U0660330

名家析名著丛书

名作欣赏

冰心

浦漫汀 主编

中国和平出版社

图书在版编目（CIP）数据

冰心名作欣赏 / 冰心著 ；浦漫汀主编. -- 北京 ：
中国和平出版社，2010.9
（名家析名著丛书）
ISBN 978-7-5137-0009-2

Ⅰ．①冰… Ⅱ．①冰… ②浦… Ⅲ．①冰心（1900～
1999）－文学欣赏 Ⅳ．①I206.6

中国版本图书馆CIP数据核字(2010)第174192号

《冰心名作欣赏》

冰心 著　浦漫汀 主编

出 版 人：肖　斌
责任编辑：庞　旸
美术编辑：杨　都
责任校对：邸　洁
责任印务：宋小仓　曲利华

出版发行：**中国和平出版社**
社　　址：北京市西城区鼓楼西大街154号　　（100009）
发 行 部：（010）84026164　84026019（传真）
网　　址：www.hpbook.com
E－mail：hpbook@hpbook.com
经　　销：新华书店
印　　刷：三河市东方印刷有限公司

开　　本：720毫米×980毫米　1/16
印　　张：20
字　　数：200千字
版　　次：2010年9月北京第1版　　2010年9月河北第 1 次印刷
（版权所有　　侵权必究）

ISBN 978-7-5137-0009-2　　　　　　　　定价：29.80元

有了爱就有了一切

冰心

冰　心

名作欣赏

目　录

小 说 卷

冰 心

名作欣赏

古今弘正氣

天地溢純情

癸酉 永正

冰心手迹

冰心（1900年10月5日～1999年2月28日）

原名谢婉莹。祖籍福建长乐，生于福州。童年在山东烟台度过。1913年全家迁至北京。从1919年9月起，以冰心为笔名写了许多问题小说，如《两个家庭》、《斯人独憔悴》、《秋风秋雨愁杀人》、《去国》等，在社会上引起了较为强烈的反响。

1921年加入文学研究会，这时作品多围绕着母爱、童心和自然美描述"爱的哲学"，代表作有《超人》、《烦闷》等。

受泰戈尔《飞鸟集》的影响，1920年开始写出了短诗集《繁星》和《春水》，为文坛瞩目。

1923年8月赴美国威尔斯利女子大学研究院读书，不久因病住疗养院七个月。这时期代表作有《悟》、《寄小读者》等。

1926年得文学硕士学位后返国，先后任教于燕京大学、清华大学和北平女子文理学院。1931年的小说《分》、1934年的《冬儿姑娘》等作品，表现出对于"爱的哲学"的深化和突破。

1946年，与丈夫吴文藻同往日本，应邀在东京大学教课。1951年秋回国，相继出版作品集《小橘灯》、《樱花赞》、《再寄小读者》等。除创作外，冰心还翻译过一些外国文学作品。

自1954年起至去世前，当选为历届全国人大代表，曾任中国文联副主席，第五届全国政协常委。1999年2月28日在北京医院逝世。

鉴赏文撰稿人

尹世霖　儿童文学作家、教育家

王炳根　冰心研究会秘书长、冰心文学馆常务副馆长

王泉根　北京师范大学中文系教授、博士生导师、系主任

汤　锐　儿童文学评论家

关登瀛　儿童文学作家

刘锡庆　北京师范大学教授，博士生导师

吴　然　《春城晚报》主任编辑，云南省作协儿童文学创作
　　　　委员会副主任

汪习麟　儿童文学评论家，上海少年儿童出版社副编审

杨羽仪　作家，广东省作协散文创作委员会主任

张美妮　儿童文学评论家，北京师范大学教授

佟舒眉　北京幼儿师范学校高级讲师，文学硕士

卓　如　中国社会科学院文学研究所研究员，冰心研究会副
　　　　会长

金　波　首都师范大学教授，中国作家协会儿童文学委员会
　　　　委员

郑　原　北京少年儿童出版社文学编辑室主任

冰　心

名作欣赏

◎ 冰心在寓所。

前　言

　　著名女作家冰心（1900年—1999年）1919年投身文坛，其七十余年的创作历程，明显地呈现早、中、晚三个时期。每个时期都有多种体裁的成人文学作品问世，也都发表许多以少年儿童生活为题材或专门为少儿而创作的优秀篇章。这使她在成为我国著名作家、诗人、散文家的同时，也成了小百花园中一位先驱者和贡献卓越的儿童文学家。

　　从"五四"到1930年为冰心创作的早期。这是冰心"爱的哲学"日趋成熟、民主主义革命思想日益发展的时期。

　　本期她的小说创作，以"问题小说"为主。这些小说所反映的虽不是"工人农民中的问题"，但在知识阶层中却有较为普遍的社会性。诸如报国无门、生活烦闷、家庭冲突以及对婚姻的不满等等，都是一些青年知识分子所关心的现实问题。

　　冰心本期的诗歌、散文多以母爱、人类之爱、童年生活以及国内外景物为主题题材，没更多地直接触及社会现实，但却不乏醒世启人的人生哲理。

她的分别囊括164首和182首小诗的《繁星》、《春水》两部诗集，皆出版于1923年，而写作则始于1919年冬。作者在《冰心全集·自序》中讲过："我写〈繁星〉"用来"收集我的零碎的思想"，"是小杂感一类的东西"。正因为集中了作者"零碎的思想"和"杂感"，它们才比一般的抒情或叙事的诗作更具哲理性。346首清丽莹洁的小诗，既蕴寓着社会、人生、宇宙、自然等多方面的哲理，又含有某些朦胧、空幻的意念与遐思，确实不同凡响。它们的"以奇迹的模样出现"，引发了小诗创作运动的萌生与兴起。冰心此间与此后的略长于小诗的新诗创作，不只进一步体现着她的理想和审美追求，而且仍以其哲理性以及对母爱、童心、自然美的成功描写而令人心折。

冰心的散文创作亦始于1919年。是年发表的《笑》，以对三个笑容、三种情境的刻画以及对"爱的调和"的理想生活的向往之情而引起读者的瞩目。其后的《到青龙桥去》等多篇散文，尤其《往事》与《寄小读者》更为她赢得了广大读者的爱戴。

自幼沐浴于母爱中的冰心，深信母爱的力量，出国后更加怀恋母亲的爱。每当提笔写通讯时"母亲的笑脸"便涌现在眼前，她说：《寄小读者》一书的"对象是我挚爱恩慈的母亲"。①书中着实写到了母亲怎样为她讲述她幼小时的故事；母亲对子女的了解如何深刻、细腻；母爱如何伟大、全面，"不因着万物毁

---

① 冰心：《寄小读者·第四版自序》。

灭而更变"等等。由于对母爱描绘得具体入微，所以虽未更多地正面刻画母亲的形象，但读者却可觉察到在许多情境、感想的背后，都隐约存在着母亲的音容笑貌，透露着她的和蔼恩慈、温纯善良、体贴孩子、富于同情心的性格特点。通讯中作为表现中心的母爱也确实"感动过千万的读者"。

对童真的珍惜与尊重，也表达得十分充分。冰心在《可爱的》一文中说："除了宇宙，最可爱的只有孩子"，又感到自己"认识孩子的烂漫的天真，过于大人的复杂心理"，[1] 在寄情于小读者的书信中，自然要集中抒写自己之所爱与所长了。而且，这些书信又都是写自途中和国外，去国离乡的处境随时会使她童心骤起，波光云影的水上航行，会大大激起她对幼时的海滨生活的回忆；客居异域会使她更加怀念母亲和往日的欢乐；因病住院则不仅加重了乡情，也加速了童心的"来复"。所有这些都深化了她对小朋友的热爱与羡慕。

冰心早期创作的贡献，就内容看，主要是以多种体裁集中地表现了母爱、童心、自然美这三大基本主题。用秦牧的话说："她望着繁星，对着大海，赞美自然，讴歌母爱，爱慕善良，探索真理。在夜气如磐、大地沉沉的当时，她告诉人们要追求真善美，憎恨假恶丑，""起了一定的启蒙作用"，"发挥了一定的时代功能"。[2]

赞美自然的积极意义也是比较明显的。冰心歌颂它，不单单是在发挥她善于写情绘景之所长，而是像颂扬母爱、童心

---

[1]《冰心全集·自序》。

[2] 秦牧：《一代女作家的光辉劳绩——祝贺谢冰心同志从事文学创作六十周年》。

一样，表露着不满社会的良苦用心。如果说，她描绘国外风光可顺势表达其触景所生之爱国思乡之情的话，那么，反复地描绘祖国的山川草木，则不止于抒发爱国情怀，而且，更着意于以大自然的美陪衬现实生活的丑恶。在《问答词》里，冰心借"我"的口说："乐园在哪里？天国在哪里？依旧是社会污浊，人生烦闷……世俗无可说，因此，我便逞玄想，撇下人生，来颂美自然，讴歌孩子。"事实上，在作品中也正是以壮美的自然、纯晶的童心、真挚的母爱为衬托，去否定充满封建专制与暴虐的现实，从而激发、培养读者追求真善美、热爱祖国人民的思想感情的。

冰心早期创作的重要贡献也在于对多种文体的开创。这开创性"体现在：诗集《繁星》、《春水》开创了新诗的小诗文体；短篇小说集《超人》开创了社会问题小说文体；散文集《寄小读者》开创了诗体散文文体"。这多种"开创"及其深远影响"使她由作家群中脱颖而出，成为五四新文学的'大家'之一。"①

1931—1951年是冰心创作的中期。本期出版了《南归》、《往事》、《冰心全集》、《去国》、《冬儿姑娘》、《关于女人》、《冰心著作集》等多种创作集，以及《冰心游记》等等。其中有不少作品写作于前期，而更多的是本期创作的。后者清晰地体现着冰心在思想、艺术上的新的变化。这变化与她生活、创作经验的增长、积累有关，也和社会、时代的直接、间接的影响紧密相连。

三十年代以来，新文学运动有了新的发展。正直而又酷爱祖国的冰心，在革命思潮的荡涤下，思想认识上必然出现新的突

---

①见《文艺动态》1991年第1期。

破。这主要表现在她明显地冲出以往所描写的有限天地，而走向广大的社会人生。这使她的创作更贴近生活，更有了分量。

中期的"划时期"的作品，在小说方面，首推被称为姊妹篇的，分别创作于1931年和1933年的《分》和《冬儿姑娘》以及1933年写的《我们太太的客厅》、1934年写的《相片》等等。

三十年代中期以后，标志冰心创作思想进一步改变的小说当是《关于女人》。本集所收的十六个短篇都写于1940—1943年间。当时，日寇日益疯狂地进攻我国，抗日救亡运动更加风起云涌，遍布各地。面对火与血的现实，冰心把笔触伸向她最熟悉的女性世界，借助描写十四位性格各异、命运不同的女人形象，赞颂了中华民族的优秀品格和不屈精神。《我的奶娘》着力突出了奶娘的善良和对侵略者的憎恨；《我的同学》在突现C女士的动人形象的过程中，展示了大学生的活泼、健康的学习生活，和对国事的关注，对美好理想的追求。《我的学生》集中表现了S的积极乐观、舍己为人的精神风貌。《张嫂》中，像"铁打"的一样的张嫂，挑水、砍柴、种田样样精通。过分的操劳虽"把她的青春洗刷得不留一丝痕迹"，她却"永远不发问，不怀疑，不怨望"。张嫂的质朴、坚韧和任劳任怨，都是值得敬佩的。这些女人各有自己的代表性。作者通过对这些形象的塑造，多角度、多层面地展现了中国妇女乃至广大群众的坚强、智慧、勤恳耐劳和不可侮的性格特色，对大后方人民的抗日救亡的爱国热情起到很大的鼓舞作用。

冰心的创作思想以及在选材方面的变化，在散文、诗歌作品中同样有所体现。1934年发表的散文《新年试笔》便表达了对现实的极大不满和对改革行动的热情呼唤。1940年写下的叙事诗《鸽子》则表达了对日本侵略者的仇视、憎恨和对未能直接投身于反侵略战斗的莫大遗憾。

各体裁创作所共同表明的是，冰心的思想和艺术实践已同生死存亡的祖国的命运、时代的迫切需求紧密地融合起来。她始于"五四"时期的"为人生而艺术"的主张，在本时期实现得切实而具体。这也正是她踏上一个新的创作阶梯的重要标志。

从五十年代开始，冰心的创作进入了晚期。

1951年冰心从日本回到解放了的祖国。举目望去，"万象更新"，她的心情无比振奋。党和人民的关怀、尊重更使她受到极大鼓舞。当选人大代表后，她多次视察全国各地，广泛地接触了各条战线上的广大群众。作为中国人民的和平使者，她又多次出国访问，足迹遍及欧洲、亚洲、非洲等许多友好国家和地区。随着生活的重大变化，视野更加开阔，创作题材空前丰富。"欣逢盛世"①的冰心，决心描写"快乐光明的新事物"和"光辉灿烂的远景"②。于是，她的笔触由中期的侧重抨击旧制度和反侵略的爱国热情，转向了对党的事业、人民的崭新的精神面貌的歌颂。五六十年代，她先后出版了《冰心散文集》、《陶奇的暑期日记》、《还乡杂记》、《归来以后》、《樱花赞》以及《拾穗小札》等等。新时期以来，又先后出版了《晚晴集》、《三寄小读者》、《记事珠》、《我的故乡》、《闲情》以及《冰心选集》等多种创作集和选集。

晚期的作品，内容丰富、体裁多样。在这多种体裁创作

①冰心：《关于男人》。
②冰心：《归来以后》。

中，冰心又把大部分精力献给了少年儿童。小说中的《陶奇的暑期日记》、《小橘灯》、《回国以前》、《好妈妈》、《在火车上》，诗歌中的《雨后》、《别踩了这朵花》、《"六一"节在拉萨》，散文中的《还乡杂记》、《再寄小读者》、《三寄小读者》等都是专为孩子而写的，也都是当代儿童文学中的典范之作。

冰心晚年作品中的"热爱祖国"是以"热爱新社会、新时代"为同义语的。写侨胞的诸篇是这样的，写五十年代以来祖国欣欣向荣、孩子们在幸福生活中成长的《陶奇的暑期日记》、《好妈妈》等莫不如是。它们既反映了建设事业的迅猛发展，也说明了作家的创作思想在新的历史阶段的飞跃。

晚期的诗歌创作比以往更为刚健、凝重。为成人而写的诗篇，不仅富于强劲的力度，且多有深沉的历史感。为孩子们而写的小诗，无论是描绘低幼儿童水中嬉戏的《雨后》、教导孩子们热爱大自然，扶植"生机"，保护环境的《别踩了这朵花》，还是着意培养他们的热爱和平、尊重友谊的开阔胸怀和国际主义情感的《小白鸽捎来的信》都不仅活泼、刚健，并且也都自然地突出了他们的幸福、欢乐和新时代的美好，而这一切又都是伴随着作家的爱心而渗浸于纸背的。

晚期的散文内容十分丰富，写作上也颇有特色。自传性散文《我到了北京》、《我入了贝满中斋》等生动地再现了作家当年的生活片断及有关情景，使人如临其境；缅怀、纪念性的散文《我的老伴——吴文藻》以及《哀悼叶老》等，情深意切，动人心弦；咏物抒怀的散文《我和玫瑰花》、《霞》等，或隐喻崇高的人格，或表达人生感悟，蕴藉精深，耐人回味；

赞美友谊的散文《一只木屐》、《火树银花的回忆》等，在深情的忆述中，饱和着对友好交往与永久和平的珍重与企盼；勉励后辈新人的散文《绿的歌》、《我梦中的小翠鸟》等，或表达愿以"化作春泥更护花"的献身精神培养"社会主义祖国的青年们"的博大胸襟，或抒写对年轻的新秀们的肯定，都充分体现了对晚辈的亲切关怀与爱惜。

散文里，宜着重提及的是专门写给孩子的，富于多义性的《再寄小读者》和《三寄小读者》。

创作于五十年代末的《再寄小读者》生动地记录了作家此间在国内外的见闻及其在参观走访、参加社会活动等实践中的切身感受。在写国内题材的通讯里，表现的重点是对新中国的无比热爱。《通讯一》便从宏观上赞颂了祖国的巨大变迁——"这变迁是天翻地覆的"，"而且一步一步地更要光明灿烂"。在《通讯三》、《通讯九》等篇中，又具体地描述了"人民做了自己的主人"之后，连水患都变成了水利，"二十年前还是人间地狱的花园口，今天过上了天上乐园的生活。"抚今追昔，难能控制心情的激动，她颇有体会地告诉小读者：祖国的巨变是人民群众奋勇创造的结果，更是党的正确领导的结果。在以国外见闻为主的通讯中，着重描绘的是：异域的民俗风情、名胜美景，但也揭示了有关国家、地区的阶级压迫、殖民主义统治以及种族歧视下的黑人的悲惨命运，更赞美了各国人民的勤劳、智慧及其对和平、友谊的钟爱。这些通讯在增强孩子们国际主义思想、观念的同时，也会激发孩子们的爱国主义精神。在介绍国外情况过程中，作家时而流露对祖国的眷恋，时而顺笔写出国外与国内某些情景的比照，从反差对比中显现了社会主义制度的可贵。

创作于七十年代末、八十年代初的《三寄小读者》中，有些篇着重讲述了中日人民、中美人民的友好及其传统，而更多的通讯是以引导孩子们从小培养起爱祖国、爱人民、爱劳动、爱科学、爱护公共财物的"五爱"的思想品德为内容的。冰心深知："这些孩子是刚从'四人帮'一手造成的黑暗、邪恶、愚昧的监牢里释放出来……必须小心翼翼地来珍惜和培育这些蓓蕾，一面扫除余毒，一面加强滋养。"①因而，这些教导孩子们应该怎样怎样的通讯，都不仅体现着党和人民的期望，融合着作家的人生经验，历史的明确教训，并且热情地预示了社会发展的光辉前景，指出新一代未来的使命。像"祖国的一切希望都寄托在你们身上！你们的责任是多么重大啊！"这样语重心长的教导在通讯中多处可见。

　　冰心在《三寄小读者·序》中谈道："自从我二十三岁起写《寄小读者》以来，断断续续地写了将近六十年。这六十年中，我收到了小读者大量的来信，这热情的回响，使我永远觉得年轻。"实际上，冰心得到的不只是孩子们的使她童心永驻的"热情的回响"，更有文坛的高度赞誉。因为，"一寄"使她开了我国现代儿童散文创作的先河，确立了她在儿童散文史上的奠基者的地位；"再寄"、"三寄"则和她晚期的其他儿童散文一道，扩大了她的声誉，巩固了她的地位。无论从这些儿童散文的创作成就，或从她坚持六十余年与孩子们通讯的赤诚的爱心来看，冰心都是我国从现代到当代无人可比的最杰出的儿童散文家。

（写作于1992年，修订于2006年）

---

① 冰心：《儿童文学工作者的任务与儿童文学的特点》。

散文卷

笑

眼前浮现的三个笑容，一时融化在爱
的调和里看不分了。

　　雨声渐渐的住了，窗帘后隐隐的透进清光来。推开窗户一看，呀！
凉云散了，树叶上的残滴，映着月儿，好似萤光千点，闪闪烁烁的动
着。——真没想到苦雨孤灯之后，会有这么一幅清美的图画！

◎ 93岁的冰心在书房。

　　凭窗站了一会儿，微微的觉得凉意侵人。转过身来，忽然眼花缭乱，屋子里的别的东西，都隐在光云里；一片幽辉，只浸着墙上画中的安琪儿。——这白衣的安琪儿，抱着花儿，扬着翅儿，向着我微微的笑。

　　"这笑容仿佛在哪儿看见过似的，什么时候，我曾……"我不知不觉的便坐在窗口下想，——默默的想。

　　严闭的心幕，慢慢的拉开了，涌出五年前的一个印象。——一条很长的古道。驴脚下的泥，兀自滑滑的。田沟里的水，潺潺的流着。近村的绿树，都笼在湿烟里。弓儿似的新月，挂在树梢。一边走着，似乎道旁有一个孩子，抱着一堆灿白的东西。驴儿过去了，无意中回头一看。——他抱着花儿，赤着脚儿，向着我微微的笑。

　　"这笑容又仿佛是哪儿看见过似的！"我仍是想——默默的想。

　　又现出一重心幕来，也慢慢的拉开了，涌出十年前的一个印象。——茅檐下的雨水，一滴一滴落到衣上来。土阶边的水泡儿，泛来泛去的乱转。门前的麦垄和葡萄架子，都濯得新黄嫩绿的非常鲜丽。——一会儿好容易雨晴了，连忙走下坡儿去。迎头看见月儿从海面上来了，猛然记得有件东西忘下了，站住了，回过头来。这茅屋里的老妇人——她倚着门儿，抱着花儿，向着我微微的笑。

　　这同样微妙的神情，好似游丝一般，飘飘漾漾的合了来，绾在一起。

　　这时心下光明澄静，如登仙界，如归故乡。眼前浮现的三个笑容，一时融化在爱的调和里看不分了。

赏析

七百字的一篇短文，不施藻饰，不加雕琢，只是随意点染，勾画了三个画面：一位画中的小天使，一位路旁的村姑，一位茅屋里的老妇人，各自捧着一束花。

没有一点声音，只有三幅画面。三束白花衬托着笑靥，真诚、纯净、自然。

然而，万籁无声中，又分明隐约地听到一支婉转轻盈的抒情乐曲。小提琴声不绝如缕，低回倾诉，使人悠悠然于心旌神摇中不知不觉地随它步入一片宁谧澄静的天地，而且深深地陶醉了。待你定睛寻觅时，琴声戛然而止。曲终人不见，只有三张笑靥，三束白花，一

◎ 风华正茂。冰心摄于1923年。

片空灵。空灵中似乎飘浮着若远若近的笑声，那么轻柔，那么甜美，注溢着纯真的爱。

于是，你沉入无限遐思，眼前见一片澄静。"如登仙界，如归故乡。"恍惚间，你找到真、善、美——人们追求的最高境界。

七百字的一篇短文，字字珠玑。

我们曾经长久地希冀散文园圃中出现更多的美文。它们给我们带来的不仅有思想上的启迪，心灵上的净化，也有美感上的享受。它们能经历时空变化和岁月冲刷，仍然留在人们的记忆里，在散文史上占有不可磨灭的位置。可惜，近几十年来，这种美文寥若晨星，甚至是可遇而不可求了。

因而，《笑》这样的典范性的美文，就更值得珍视，值得细细品味。

（袁 鹰）

问答词

世界上的力量，永远没有枉费：你的一举手，
这热力便催开了一朵花。

　　树影儿覆在墙儿上，又是凉风如洗，月明如水。

　　她看着我，"为何望天无语，莫非是起了烦闷，生了感慨？"

　　我说："我想什么是生命！人生一世，只是生老病死，便不生老病死，又怎样？浑浑噩噩，是无味的了，便流芳百世又怎样？百年之后，谁知道你？千年之后，又谁知道你？人类灭绝了，又谁知道你？便如你我月下共语，也只是电光般，瞥过无限的太空，这一会儿，已成了过去渺茫事迹。"

　　她说："这不对呵，你只管赞美'自然'，讴歌着孩子，鼓吹着宇宙的爱，称世界是绵绵无尽。你自己岂不曾说过'世界上有的是快乐光明'？"

　　我说："这只是闭着眼儿想着，低着头儿写着，自己证实，自己怀疑，开了眼儿，抬起头儿，幻象便走了！乐园在哪里？天国在哪里？依旧是社会污浊，人生烦闷！'自然'只永远是无意识的，不必说了。小孩子似乎很完满，只为他无知无识。然而难道他便永久是无知无识？便永久是无知无识，人生又岂能满足？世俗无可说，因此我便逞玄想，撇下人生，来赞美自然，讴歌孩子。一般是自欺，自慰，世界上哪里是快乐光明？我曾寻遍了天下，便有也只是相对的暂时的，世界上哪里是快乐光明？"

　　她说："希望便是快乐，创造便是快乐。逞玄想，撇下人生，难道便可使社会不污浊，人生不烦闷？"

　　我说："希望做不到，又该怎样？创造失败了，又该怎样？古往今来，创造的人又有多少？到如今他们又怎样？你只是恒河沙数中的一粒，要做也

何从做起，要比也如何比得起？即或能登峰造极，也不过和他们一样。不希望还好，不想创造还好，倒不如愚夫庸妇，一生一世，永远无烦恼！"

她微笑说："你的感情起落无恒，你的思想没有系统。你没有你的人生哲学，没有你的世界观。只是任着思潮奔放，随着思潮说话。创造是烦恼，不创造只烦闷，又如何？希望是烦恼，不希望只烦闷，又如何？"

我说："是呵！我已经入世了。不希望也须希望，不前进也须前进。车儿已上了轨道了，走是走，但不时的瞻望前途，只一片的无聊乏味！这轨道通到虚无缥缈里，走是走，俊彩星驰的走，但不时的觉着，走了一场，在这广漠的宇宙里，也只是无谓！"

她只微笑着，月光射着她清扬的眉宇，她从此便不言语。

"世界上的力量，永远没有枉费：你的一举手，这热力便催开了一朵花；你的一转身，也使万物颤动；你是大调和的生命里的一部分，你带着你独有的使命；你是站在智慧的门槛上，请更进一步！看呵，生命只在社会污浊，人生烦闷里。宇宙又何曾无情？人类是几时灭绝？不要看低了愚夫庸妇，他们是了解生命的真意义，知道人生的真价值。他们不曾感慨，不曾烦闷，只勤勤恳恳的为世人造福。回来罢！脚踏实地着想！"

这话不是她说的，她只微笑着。

"宛因呵！感谢你清扬的眉宇，从明月的光辉中，清清楚楚的告诉我。"

一九二一年七月二十二日

赏析

八十多年前一个月华如水之夜，燕园一角，一位女大学生遥望苍茫的太空，心底涌起阵阵涟漪，自问自答，品味人生，寻求答案。

探索人生真谛、生命价值的散文小品，在当代青年作者笔下，早已不是新鲜题目。不少青年朋友都写了睿智飞扬、妙语如珠的散文小品。我们现在读到的《问答词》却出自20世纪20年代初一位青年女作者之手，就不能不使人刮目相看。犹如暗夜中忽然闪烁一颗星星，虽然不那么耀眼，却透露了永恒的生命力。

19世纪末叶和20世纪初，随着帝国主义、殖民主义侵略者的炮舰轰开了中国长时期闭关锁国的大门，也随着清政府的屈辱外交、不平等条约带来的中外贸易文化交往，西方现代思潮猛烈冲击着古老腐朽的封建主义思想体系的堡垒。"欧风东渐"的直接后果之一，便是唤醒中国青年知识分子关于人生、人性和生命的自我意识。尤其是女性，开始摆脱千百年来三纲五常、三从四德的封

◎ 画家何华君为冰心画的漫画肖像。

建伦理观念的精神枷锁，努力追求独立的人格，追求属于自己的人生道路，实在是一次破天荒的思想大解放。对一个年轻的文弱女子说，首先需要有冲破樊笼、向旧传统挑战的勇气。这种探索和追求，可能不准确、不深刻，也会有挫折，有失误，漫漫长途，上下求索，最可贵的是第一步。

前一年，二十岁的冰心在《遥寄印度哲人泰戈尔》一文中，衷心赞美那位东方诗哲的"宇宙和个人心灵中间有大调和"的信念，感谢他以超卓的哲理，慰藉自己心灵的寂寞。一年以后，她似乎探索到她所追求的东西，单看这篇《问答词》中，她诚挚地讴歌"愚夫庸妇"，"他们是了解生命的真意义，知道人生的真价值。他们不曾感慨，不曾烦闷，只勤勤恳恳的为世人造福。"便可以看出我们的年轻女作者已经在人生长途上迈出脚踏实地的第一步。

（袁　鹰）

往事（一）之七

母亲呵！你是荷叶，我是红莲，心中的雨点来了，
除了你，谁是我在无遮拦天空下的荫蔽？

　　父亲的朋友送给我们两缸莲花，一缸是红的，一缸是白的，都摆在院子里。

　　八年之久，我没有在院子里看莲花了——但故乡的园院里，却有许多；不但有并蒂的，还有三蒂的，四蒂的，都是红莲。

　　九年前的一个月夜，祖父和我在园里乘凉。祖父笑着和我说，"我们园里最初开三蒂莲的时候，正好家庭中添了你们三个姊妹。大家都欢喜，说是应了花瑞。"

　　半夜里听见繁杂的雨声，早起是浓阴的天，我觉得有些烦闷。从窗内往外看时，那一朵白莲已经谢了，白瓣儿小船般散漂在水面。梗上只留个小小的莲蓬，和几根淡黄色的花须，那一朵红莲，昨夜还是菡萏的，今晨却开满了，亭亭地在绿叶中间立着。

　　仍是不适意！——徘徊了一会子，窗外雷声作了，大雨接着就来，愈下愈大。那朵红莲，被那繁密的雨点，打得左右敧斜。在无遮蔽的天空之下，我不敢下阶去，也无法可想。

　　对屋里母亲唤着，我连忙走过去，坐在母亲旁边——一回头忽然看见红莲旁边的一个大荷叶，慢慢地倾侧了来，正覆盖在红莲上面……我不宁的心绪散尽了！

◎ 冰心与母亲、三弟合影。

雨势并不减退，红莲却不摇动了。雨点不住地打着，只能在那勇敢慈怜的荷叶上面，聚了些流转无力的水珠。

我心中深深的受了感动——

母亲呵！你是荷叶，我是红莲，心中的雨点来了，除了你，谁是我在无遮拦天空下的荫蔽？

一九二二年七月二十一日

赏析

◎ 1986年5月18日，冰心参观北京工大北方月季花公司。

　　《往事》是冰心1922年7月间相继写成的，发表于《小说月报》第13卷第10期。冰心在《往事》总标题下，接连写了二十则。内容丰富多彩：有对宇宙精妙的探索；有对生命意义的思考；有童年欢乐的回忆；有少年友谊的礼赞；有未来的憧憬；有对春光的赞美；有对弱者的同情……在艺术表现上，作者从细处落笔，撷取生活中的一个片断，凝结在美的意境之中，引发出诗的情思，在行云流水般的倾吐中，闪射出智慧的光华。

《往事》之七，是这组散文中的佳作。它清新绚丽，跌宕多姿，富有独特的艺术魅力。而这一切，均源于灵巧的艺术构思。

文章的开头乍看起来，仿佛只是客观的记事，但在淡淡的叙述中，点染出色彩，流溢着芬芳，显露出高洁的情致。紧接着透过历史的空间，"作年之久"，表现出两缸莲花又是宁静的生活中跃出的一朵浪花。新奇，引人关注，为后文作了铺垫，是巧妙的伏笔。同时超越地域的阻隔，与故乡园院的红莲联系起来。映出月夜乘凉，祖孙亲切交谈的场景，不仅蕴含着祖辈对女性重视，也加深了对红莲命运的关注。

全文的中心，作者以饱蘸深情的笔触，描绘夜雨后两缸莲花的情状。白莲在繁杂的雨点摧残下凋零了，洁白的花瓣飘散在水面上，那小小的莲蓬和淡黄色的花须孤零零地留在梗上，随风摇曳，显得那样凄清、冷落，这里明显地沉浸着作者怜惜的情感，有以作为红莲的对比。那朵初开的、亭亭玉立的红莲，是高雅、清芬、瑰丽的形象，可以说是审美主体的象征。在大雷雨中，在毫无遮蔽的天空之下，被那繁密的雨点，打得左右欹斜。这自然界的雷声雨点，无疑也是黑暗、动荡时代的风雨，它摧残着娇嫩的花朵，侵袭着美好、纯洁的心灵。在风雨飘摇之中，一个大荷叶，倾侧下来，覆盖着开满的红莲。尽管雨势并不减退，而左右欹斜的红莲又稳静地玉立着，狂暴的雨点，只能在荷叶上面，聚了些流转无力的水珠。这里的倾侧、覆盖，透露出一种崇高、感人的美。荷叶勇敢地抗击自然界的风雨，无私地遮护红莲；同母亲的慈怜，无条件的自我牺牲精神，柔和地交织在一起，寄托着作者对黑暗社会的不满，对坚强的力量、英勇无畏的精神、扶持新生、美好事物的行动的赞颂。文章的主题自然地得到了升华。

（卓如）

往事（一）之九

一个冬夜，只觉得心灵从渺冥黑暗中渐渐的清醒了来。

只在夜半忽然醒了的时候，半意识的状态之中，那种心情，我相信是和初生的婴儿一样的。——每一种东西，每一件事情，都渐渐的，清澈的，侵入光明的意识界里。

一个冬夜，只觉得心灵从渺冥黑暗中渐渐的清醒了来。

雪白的墙上，哪来些粉霞的颜色，那光辉还不住地跳动——是月夜么？比它清明。是朝阳么？比它稳定。欠身看时，却是薄帘外熊熊的炉火。是谁临睡时将它添得这样旺！

这时忽然了解是一夜的正中。我另到一个世界里去了，澄澈清明，不可描画；白日的事，一些儿也想不起来了，我只静静的……

回过头来，床边小几上的那盆牡丹，在微光中晕红着脸，好

◎ 1925年暑期，冰心在绮色佳泉边。

像浅笑着对我说，"睡人呵！我守着你多时了。"水仙却在光影外，自领略她凌波微步的仙趣，又好像和倚在她旁边的梅花对语。

看守我的安琪儿呵！在我无知的浓睡之中，都将你们辜负了！

火光仍是漾着，我仍是静着——我意识的界限，却不止牡丹，不止梅花，渐渐的扩大起来了。但那时神清若水，一切的事，都像剔透玲珑的石子般，浸在水里，历历可数。

一会儿渐渐地又沉到无意识界中去了——我感谢睡神，他用梦的帘儿，将光雾般的一夜，和尘嚣的白日分开了，使我能完全的留一个清绝的记忆！

　　《往事》之九是一篇别致的散文，仿如晨曦下的露珠，那样清新；薄雾中的鲜花，具有朦胧的美。这艺术上的灵性，源于表现手法的特异。

　　冰心在少年时代，就开始接触外国文学作品。踏上文学创作道路之后，更是多方面汲取中国传统和外国文学的营养。正如她自己所说的："我从书报上，知道了杜威和罗素；也知道了托尔斯泰和泰戈尔。"比利时的剧作家、诗人、散文家梅特林克，荣获1911年的诺贝尔文学奖后，作品逐步传到中国。冰心读到梅特林克的代表作《青鸟》时，这部六幕梦幻剧所蕴含的只有把幸福给予别人，自己才会得到快乐的主题，以及象征主义表现手法，冰心深为喜爱。1920年，北方五省大旱，为了赈救灾民，她将《青鸟》译成中文，并组织排演。《往事》之九，借鉴了象征派戏剧的代表作家梅特林克的某些艺术手法。

　　文章的第一部分，描述在半梦半醒之间，由半意识状态进入清澈、光明的意识界时的独特的心境。作者以敏锐的感觉，抓住转换中的神韵，作出精当的概括。文章的中心具体地描摹了心灵从渺冥黑暗中苏醒时，映现在眼前的景象；白墙上跃动着粉霞色的光辉。作者并不点明这绚丽的光

◎ 卓如著的《冰心传》书影。

焰的实质，而用两个肯定性的问句，然后加以否定，增添了情致，笼上了迷蒙的色彩，突现出将炉火添得旺旺的人的品性。熊熊的火光，将沉沉的夜色照得"澄澈清明，酒中描画"。作者展开想象的翅膀，任意飞翔，将群芳集于她的视野之内，使读者从视觉、听觉、嗅觉上获得美的感受。作者面对着众芳的殷勤护卫，善良、美好的情意，心神为之激荡，直抒胸臆。随着意识界限的扩大，将审美感受拓展到更广阔的时空，推向更高的层次，留给读者以想象的余地。

在本文中，作者运用拟人化的手法，赋予种种花卉以人的特点，不同的性格：牡丹在微光中晕红着脸，浅笑着；水仙在光影之外，领略凌波微步的仙趣；梅花和旁边的水仙对话。作者形象地勾勒出三种不同品性的花的自然神态，生动地表现出它们各自的美的风姿，仿佛能听到花的轻柔的话语，闻到花的清香。文章具有鲜活的灵气。

作者通过意识的流动，创造出温馨、甜美、朦胧的意境，借以寄寓深邃的人生哲理，理想的人际环境，高洁的人格追求；表达出对为了别人的幸福、安宁，而默默地奉献的人的由衷赞美。而这一切，都隐藏在情景交融的意象之中，命意清晰，意味隽永。

（卓 如）

寄小读者·通讯七

约克逊号邮船无数的窗眼里，飞出五色飘扬的纸带，远远地抛到岸上，任凭送别的人牵住的时候，我的心是如何的飞扬而凄恻！

◎ 冰心与小学生亲切交谈。

亲爱的小朋友：

八月十七的下午，约克逊号邮船无数的窗眼里，飞出五色飘扬的纸带，远远地抛到岸上，任凭送别的人牵住的时候，我的心是如何的飞扬而凄恻！

痴绝的无数的送别者，在最远的江岸，仅仅牵着这终于断绝的纸条儿，放这庞然大物，载着最重的离愁，飘然西去！

船上生活，是如何的清新而活泼，除了三餐外，只是随意游戏散步。海上的头三日，我竟完全回到小孩子的境地中去了，套圈子，抛沙袋，乐此不疲，过后又决然不玩了。后来自己回想很奇怪，无他，海唤起了我童年的回忆，海波声中，童心和游伴都跳跃到我脑中来，我十分的恨这次舟中没有几个小孩子，使我童心来复的三天中，有无猜畅好的游戏！

我自少住在海滨，却没有看见过海平如镜。这次出了吴淞口，一天的航程，一望无际尽是粼粼的微波，凉风习习，舟如在冰上行。到过了高丽界，海水竟似湖光，蓝极绿极，凝成一片，斜阳的金光，长蛇般自天边直接到栏旁人立处。上自穹苍，下至船前的水，自浅红至于深翠，幻成几十色，一层层，一片片的漾开了来，小朋友，……恨我不能画，文字竟是世界上最无用的东西，写不出这空灵的妙景！

八月十八夜，正是双星渡河之夕，晚餐后独倚栏旁，凉风吹衣，银河一片星光，照到深黑的海上。远远听得楼栏下人声笑语，忽然感到家乡渐远。繁星闪烁着，海波吟啸着，凝立悄然，只有惆怅。

十九日黄昏，已近神户，两岸青山，不时的有渔舟往来。日本的小山多半是圆扁的，大家说笑，便道是"馒头山"。这馒头山沿途点缀，直到夜里，远望灯光灿然，已抵神户，船徐徐停住，便有许多人上岸去。我因太晚，只自己又到最高层上，初次看见这般璀璨的世界，天上月的光，和星光，岸上的灯光，无声相映，不时的还有一串光明从山上横飞过，想是火车周行。……舟中寂然，今夜没有海潮音，静极心绪忽起："倘若此时母亲也在这里……"

我极清晰的忆起北京来，小朋友，恕我，不能往下再写了。

冰　心

八，二十，一九二三，神户

朝阳下转过一碧无际的草坡，穿过深林，已觉得湖上风来，湖波不是昨夜欲睡如醉的样子了。——悄然的坐在湖岸上，伸开纸，拿起笔，抬起头来，四围红叶中，四面水声里，我要开始写信给我久违的小朋友。小朋友猜我的心情是怎样的呢？

水面闪烁着点点的银光，对岸意大利花园里亭亭层列的松树，都证明我已在万里上。小朋友，到此已逾一月了，便是在日本也未曾寄过一字，说是对不起呢，我又不愿！

　　我平时写作，喜在人静的时候，船上却处处是公共的地方，舱面栏边，人人可以来到。海景极好，心胸却难得清平。我只能在晨间绝早，船面无人时，随意写几个字，堆积至今，总不能整理，也不愿草草整理，便迟延到了今日。我是尊重小朋友的，想小朋友也能尊重原谅我！

　　许多话不知从哪里说起，而一声声打击湖岸的微波，一层层的没上杂立的湖石，直到我蔽膝的毡边来，似乎要求我将她介绍给我的小朋友。小朋友，我真不知如何的形容介绍她！她现在横在我的眼前。湖上的月明和

◎ 冰心为刚走下舞台的小演员擦汗。

落日，湖上的浓阴和微雨，我都见过了，真是仪态万千。小朋友，我的亲爱的人都不在这里，便只有她——海的女儿，能慰安我了。Lake Waban，谐音会意，我便唤她做"慰冰"。每日黄昏的游泛，舟轻如羽，水柔如不胜桨。岸上四围的树叶，绿的，红的，黄的，白的，一丛一丛的倒影到水中来，覆盖了半湖秋水，夕阳下极其艳冶，极其柔媚。将落的金光，到了树梢，散在湖面。我在湖上光雾中，低低的嘱咐他，带我的爱和慰安，一同和他到远东去。

小朋友！海上半月，湖上也过半月了，若问我爱哪一个更甚，这却难说。——海好像我的母亲，湖是我的朋友。我和海亲近在童年，和湖亲近是现在。海是深阔无际，不着一字，她的爱是神秘而伟大的，我对她的爱是归心低首的。湖是红叶绿枝，有许多衬托，她的爱是温和妩媚的，我对她的爱是清淡相照的。这也许太抽象，然而我没有别的话来形容了！

小朋友，两月之别，你们自己写了多少，母亲怀中的乐趣，可以说来让我听听么？——这便算是沿途书信的小序，此后仍将那写好的信，按序寄上，日月和地方，都因其旧，"弱游"的我，如何自太平洋东岸的上海绕到大西洋东岸的波士顿来，这些信中说得很清楚，请在那里看罢！

不知这几百个字，何时方达到你们那里，世界真是太大了！

冰　心
十，十四，一九二三，慰冰湖畔，威尔斯利

赏析

　　《寄小读者》是1923—1926年冰心留美期间为《晨报副刊》的"儿童世界"专栏所写的通讯。1926年5月结集出版时为27篇。1927年出第四版时另加两篇，计29篇。《寄小读者》集中歌颂的是母爱、童心、自然美，乃冰心的重要代表作。

　　本篇为第七篇。所记叙的是从上海换乘邮船后的见闻与感怀，"算是沿途书信的小序"。

　　"小序"是两封信的合二为一。两大段相汇相连又各自独立成篇。

　　第一篇，1923年8月20日写于日本神户，但开篇从送别写起，以离情别意为思念祖国、亲朋作了感情上的铺垫之后，总写了海上头三天的生活：除了就餐，便是随意散步和游戏并"乐此不疲"。何以如是？因为海使她童心来复，唤起了童年的回忆。童年冰心是在海滨度过的。以自幼爱海的童心观海，自当美丽非凡而又倾心动魄。如是描写，既讴歌了童心，又为写海定下了赞颂与抒怀的基调。

　　对于瞬息万变的海景作者依次选写了三日内的不同角度的夕照下和夜半时的水上风光：

　　十七日下午起航，过了高丽界，已时至傍晚。海平如镜，蓝极绿极。斜阳的金光又长蛇般地"自天边直接到栏旁人立处。上自穹苍，下至船前的水，自浅红至于深翠"，五光十色，变幻无穷。这夕照下的空灵妙景宛如色彩和谐，意境幻然的巨幅油画，读来不能不令人佩服于作者的笔力。

　　十八日夜，正值牛郎织女双星相会之夕，银河横空，照到深里的海上；空

中繁星闪烁，水面波涛吟啸。这
又是一番迷人而难言绘的海上夜
景。

十九日夜已抵神户，船徐徐
而停。此刻，天上的月光、星光
与岸上的灯光遥相辉映，环山周
行的火车还不时地闪现一串"光
明"。这里虽未再写海，而船停
泊于海，"我"自然可见那来自
天空、岸边的诸种"光明"如何

◎冰心为孩子们签名留念。

倒映于海中。"我"的眼前真个呈现了难得看到的"璀璨的世界"。这"世界"
实际也就是海滨码头一景。

连写三次海景，却不觉得重复，倒有层层出新之感。关键在于这三景各具特
色，而且又以"我"的时起时伏的感情为轴，即使它们潜隐着内在联系，又使绘
景之笔可进可止，不多着一句一字。

一写中，"我"心情振奋，因"自少住在海滨"却少见如此奇美的海上景
致。于是引出"恨我不能画"的自谦之语，这就在结束一写的当儿，突出了海景
的空灵绝妙，给人留下广阔的联想空间。

二写中，写"我"由遥望远空银河与"听得楼栏下人声笑语"而触景生情：
"忽然感到家乡渐远"，刚刚平复的离愁骤然再起。游兴既尽，景观再美，心中
也"只有惆怅"。

三写中，写到许多旅客离船上岸，"舟中寂然，今夜没有海潮音"，静极
之中"我""心绪忽起"：想起母亲，忆起北京。心情的沉重致使"不能再写下
去"。就此收束全段、全篇十分自然。

第二篇写于一个多月之后的意大利慰冰湖畔。全篇仍以"我"的感情为线
索，物我相合，情景交融：朝阳下"我"穿过深林来到湖滨，席石而坐，为的是

找这幽静之处给小朋友写信。面对异国风光，"我"不禁想到自己"已在万里之外"。拿起笔对久违了的小读者确实有"许多话不知从哪里说起"，而面前微漾的湖波"似乎要求我将她介绍给我的小朋友"。这交代自然地表露了绘景的目的及其感情基础。

湖上风光仪态万千，美不胜收。作者先写了所目睹的"湖上的明月和落日"，"浓阴和微雨"，继而描绘了每日黄昏泛舟游湖时所看到的极其柔媚的美景："舟轻如羽，水柔如不胜桨"，岸边树叶呈红绿黄白各种颜色，一丛丛倒映于水中，"覆盖了半湖秋水"，夕阳之下极其艳冶、喜人。

"我"对湖的这般描绘与夸赞，既因为它的美是客观存在，也因为"我的亲爱的人都不在这里"，只有它以独具的魅力给"我"以安慰。故而，"我"对湖景才未止于欣赏，而是"以心会友"，在"湖上光雾中，低低地嘱咐他，带我的爱和慰安一同和他到远东去"。至此，隐蕴于全篇的爱国深情已近明朗化，使作品更加感人。

前一篇极写海之美，本篇极写湖之美，湖海之间究竟"爱哪一个更甚？"作者以设问作答自然地引出了对两者的品评与对比：湖是"海的女儿"，"海好像我的母亲，湖是我的朋友。我和海亲近在童年，和湖亲近是现在"。海深阔无际，"她的爱是神秘而伟大的，我对她的爱是归心低首的"。湖有许多红花绿枝为衬托，"她的爱是温柔妩媚的，我对她的爱是清淡相照的"。这种对比深刻而又贴切。正是这种对比以及贯穿始终的感情线索使得这写海、写湖的两大段浑然融汇、连成一气的。

《通讯七》作为一个整体，虽极写了日本、意大利大自然的优美，但却毫无依恋难舍"乐而忘返"之意，倒是溢满爱国思乡之情，体现了写景抒情散文最为宝贵的思想意义与美学价值。

（浦漫汀）

寄小读者·通讯十

只有普天下的母亲的爱，或隐或显，或出或没，不论你用斗量，用尺量，或是用心灵的度量衡来推测。

亲爱的小朋友：

我常喜欢挨坐在母亲的旁边，挽住她的衣袖，央求她述说我幼年的事。

母亲凝想地，含笑地，低低地说：

"不过有三个月罢了，偏已是这般多病，听见端药杯的人的脚步声，已知道惊怕啼哭，许多人围在床前，乞怜的眼光，不望着别人，只向着我，似乎已经从人群里认识了你的母亲！"

这时眼泪已湿了我们两个人的眼角！

"你的弥月到了，穿着舅母送的水红绸子的衣服，戴着青缎沿边的大红帽子，抱出到厅堂前。因看你丰满红润的面庞，使我在姊妹妯娌群中，起了骄傲。"

"只有七个月，我们都在海舟上，我抱你站在栏旁；海波声中，你已会呼唤'妈妈'和'姊姊'。"

对于这件事，父亲和母亲还不时地起争

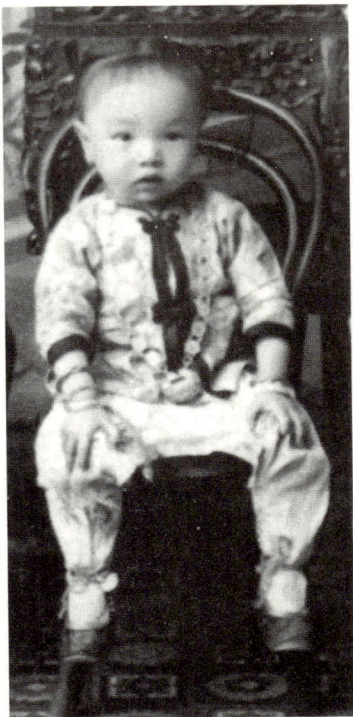

◎ 两岁时的冰心。

论，父亲说世上没有七个月会说话的孩子，母亲坚执说是的。在我们家庭历史中，这事至今是件疑案。

"深睡之中猛然听得丐妇求乞的声音，以为母亲已被她们带去了。冷汗被面的惊坐起来，脸和唇都青了，呜咽不能成声。我从后屋连忙进来，珍重地揽住，经过了无数的解释和安慰。自此后，便是睡着，我也不敢轻易地离开你的床前。"

这一节，我仿佛记得，我听时写时都重新起了呜咽！

"有一次你病得重极了，地上铺着席子，我抱着你在上面膝行。正是暑月，你父亲又不在家；你断断续续说的几句话，都不是三岁的孩子所能够说的。因着你奇异的智慧，增加了我无名的恐怖。我打电报给你父亲，说我身体和灵魂上都已不能再支持。忽然一阵大风雨，深忧的我，重病的你，和你疲乏的乳母，都沉沉地睡了一大觉。这一番风雨，把你又从死神的怀抱里，接了过来。"

我不信我智慧，我又信我智慧！母亲以智慧的眼光，看万物都是智慧的，何况她的唯一挚爱的女儿？

"头发又短，又没有一刻肯安静，早晨这左右两个小辫子，总是梳不起来。没有法子，父亲就来帮忙：'站好了，站好了，要照相了！'父亲拿着照相匣子，假作照着，又短又粗的两个小辫子，好容易天天这样的将就的编好了。"

我奇怪我竟不懂得向父亲索要我每天照的相片！

"陈妈的女儿宝姐，是你的好朋友。她来了，我就关你们两个人在屋里，我自己睡午觉，等我醒来，一切的玩具，小人小马，都当做船，飘浮在脸盆的水里，地上已是水汪汪的。"

宝姐是我一个神秘的朋友，我自始至终不记得，不认识她。然而从母亲口里，我深深的爱了她。

"已经三岁了，或者快四岁了。父亲带你到他的兵舰上去，大家匆匆

◎1908年，冰心（左）与大弟、父亲合影。

的替你换上衣服。你自己不知什么时候，把一支小木鹿，放在小靴子里。到船上只要父亲抱着，自己一步也不肯走，放到地上走时，只有一跛一跛的。大家奇怪了，脱下靴子，发现了小木鹿，父亲和他的许多朋友都笑了。——傻孩子！你怎么不会说？"

母亲笑了，我也伏在她的膝上羞愧地笑了。——回想起来，她的质问，和我的羞愧，都是一点理由没有的。十几年前事，提起当面前事说，真是无谓。然而那时我们中间弥漫了痴和爱！

"你最怕我凝神，我至今不知是什么缘故。每逢我凝望窗外，或是稍微地呆了一呆，你就过来呼唤我，摇撼我，说：'妈妈，你的眼睛怎么不动了？'我有时喜欢你来抱住我，便故意的凝神不动。"

我自己也不知道是什么缘故。也许母亲凝神，多是忧愁的时候，我要搅乱她的思路，也未可知。——无论如何，这是个隐谜！

"然而你自己却也喜凝神，天天吃着饭，呆呆地望着壁上的字画，桌上的钟和花瓶，一碗饭数米粒似的，吃了好几点钟。我急了，便把一切都挪移开。"

这件事我记得，而且很清楚，因为独坐沉思的脾气至今不改。

当她说这些事的时候，我总是脸上堆着笑，眼里满了泪，听完了用她的衣袖来印我的眼角，静静地伏在她的膝上。这时宇宙已经没有了，只母亲和我，最后我也没有了，只有母亲，因为我本是她的一部分！

这是如何可惊喜的事，从母亲口中，逐渐地发现了，完成了我自己！她从最初已知道我，认识我，喜爱我，在我不知道不承认世界上有个我的时候，她已爱了我了。我从三岁上，才慢慢地在宇宙中寻到了自己，爱了自己，认识了自己；然而我所知道的自己，不过是母亲意念中的百分之一，千分之一。

小朋友！当你寻见了世界上有一个人，认识你，知道你，爱你，都千百倍的胜过你自己的时候，你怎么不感激，不流泪，不死心塌地的爱她，而且死心塌地的容她爱你？

有一次，幼小的我，忽然走到母亲面前，仰着脸问说，"妈妈，你到底为什么爱我？"母亲放下针线，用她的面颊，抵住我的前额，温柔地，不迟疑地说："不为什么，——只因你是我的女儿！"

小朋友！我不信世界上还有人能说这句话！"不为什么"这四个字，从她口里说出来，何等刚决，何等无回旋！她爱我，不是因为我是"冰心"，或是其他人世间的一切虚伪的称呼和名字！她的爱是不附带任何条件的，唯一的理由，就是我是她的女儿。总之，她的爱，是屏除一切，拂拭一切，层层的魔开我前后左右所蒙罩的，使我成为"今我"的元素，而直接地来爱我的自身。

假使我走至幕后，将我二十年的历史和一切都更变了，再走出到她面前，世界上都没有一个人认识我，只要我仍是她的女儿，她就仍用她坚强无尽的爱来包围我。她爱我的肉体，她爱我的灵魂，她爱我前后左右，过去，将来，现在的一切！

天上的星辰，骤雨般落在大海上，嗤嗤繁响。海波如山一般的汹涌，一切楼屋都在地上旋转，天如同一张蓝纸卷了起来。树叶子满空飞舞，鸟儿归巢，走兽躲到他的洞穴。万象纷乱中，只要我能寻到她，投到她的怀里……天地一切都信她！她对于我的爱，不因着万物毁灭而更变！

她的爱不但包围我，而且普遍的包围着一切爱我的人；而且因着爱我，她也爱了天下的儿女，她更爱了天下的母亲。小朋友！告诉你一句小孩子以为是极浅显，而大人们以为是极高深的话，"世界便是这样的建造起来的！"

世界上没有两种事物是完全相同的，同在你头上的两根丝发，也不能一般长短。然而——请小朋友们和我同声赞美！只有普天下的母亲的爱，或隐或显，或出或没，不论你用斗量，用尺量，或是用心灵的度量衡来推测；我的母亲对于我，你的母亲对于你，她的和他的母亲对于她和他；她们的爱是一般的长阔高深，分毫都不差减。小朋友！我敢说，也敢信古往今来，没有一个敢来驳我这句话。当我发觉了这神圣的秘密的时候，我竟欢喜感动得伏案痛哭！

我的心潮，沸涌到最高度，我知道于我的病体是不相宜的，而且我更知道我所写的都不出乎你们的智慧范围之外。——窗外正是下着紧一阵慢一阵的秋雨，玫瑰花的香气，也正无声的赞美她们的'自然母亲'的爱！

我现在不在母亲的身畔，——但我知道她的爱没有一刻离开我，她自己也如此说！——暂时无从再打听关

◎ 幸福的新娘子冰心，摄于1929年6月15日。

于我的幼年的消息，然而我会写信给我的母亲。我说："亲爱的母亲，请你将我所不知道的关于我的事，随时记下寄来给我。我现在正是考古家一般的，要从深知我的你口中，研究我神秘的自己。"

被上帝祝福的小朋友！你们正在母亲的怀里。——小朋友！我教给你，你看完了这一封信，放上报纸，就快快跑去找你的母亲——若是她出去了，就去坐在门槛上，静静地等她回来——不论在屋里或是院中，把她寻见了，你便上去攀住她，左右亲她的脸，你说："母亲！若是你有工夫，请你将我小时候的事情，说给我听！"等她坐下了，你便坐在她的膝上，倚在她的胸前，你听得见她心脉和缓的跳动，你仰着脸，会有无数关于你的，你所不知道的美妙的故事，从她口里天乐一般的唱将出来！

然后，——小朋友！我愿你告诉我，她对你所说的都是什么事。

我现在正病着，没有母亲坐在旁边，小朋友一定怜念我，然而我有

说不尽的感谢！造物者将我交付给我母亲的时候，竟赋予了我以记忆的心才；现在又从忙碌的课程中替我匀出七日夜来，回想母亲的爱。我病中光阴，因着这回想，寸寸都是甜蜜的。

小朋友，再谈罢，致我的爱与你们的母亲！

你的朋友 冰 心

十二，五晨，一九二三，圣卜生疗养院，威尔斯利

赏析

　　本篇写于1923年12月5日。当时冰心正因病住院。在病房中因着"回想母亲的爱"而心潮"沸涌"便着墨写就了这曲情意绵绵的母爱的赞歌。这发自肺腑的礼赞，由三个大段组成。

　　第一大段，借助妈妈讲述女儿幼年的十则趣事，描绘了母爱的温暖、无微不至，同时也展现了幼儿的天真、聪明和可爱。母亲凝想着从女儿婴儿期讲起：三个月时就能从人群里认出了妈妈；弥月时便以其"丰满红润的面庞"使母亲"在姊妹妯娌群中，起了骄傲"；七个月"已会呼唤'妈妈'和'姊姊'"；三四岁时更加依恋妈妈，懂得了关心、疼爱妈妈；病中"说的几句话，都不是三岁的孩子所能够说的"。这"奇异的智慧"增加了母亲"无名的恐怖"。康复后的许多趣事，母亲记得尤为清楚。例如为女儿梳辫时需父亲假作照相她才能安静片刻方得以梳成；把小木鹿放在小靴子里，硌得一跛一跛的，等等；特别记起女儿虽小却悟出了母亲的"凝神"多发生在忧愁的时候，故总是有意地"搅乱她的思路"。这些生活片断讲的是女儿，可女儿的一举一动，她的身心的点滴长进都和母亲紧密相关。作者在字里行间也确实令人感受到了母亲充满挚爱的心灵、慈祥可亲的音容笑貌，对女儿的体贴、爱护，在性格上的影响以及小女儿的聪慧、娇憨和对母亲的热爱。

　　第二大段，写的是由回忆生发的对母爱的无限赞美。作者以激越的情怀直抒己见，认为母爱是深厚的，无私的，"她爱我，不是因为我是'冰心'，或是其

◎ 1929年，新婚不久的冰心、吴文藻夫妇与冰心父母共享天伦之乐。

◎冰心手书：有了爱就有了一切。

他人世间的一切虚伪的称呼和名字！她的爱是不附带任何条件的"；是长久的、永恒的，"不因着万物毁灭而更变"；母爱又是广阔的、博大的，"不但包围着我，而且普遍的包围着一切爱我的人，而且因着爱我，她也爱了天下的儿女，她更爱了天下的母亲"。这种至诚、坚定的抒写，有力地突现了主题，但也表露了作者的"爱的哲学"的超价级性。

　　第三大段，告诉小读者应如何珍视母爱。

　　这三个大段，夹叙夹议，又从始至终贯以浓郁的抒情。第一大段犹如一串明亮的珍珠，以回忆的情丝串起了数件富于生活气息的桩桩往事。母亲的每一片断的陈述，又都附以女儿的感慨或即兴解说。两者的契合，既展现了母亲的慈爱、女儿的痴情，又易于唤起小读者感情上的共鸣。各大段的前后呼应，不仅使主旨鲜明，也使结构更加紧凑。假如没有第一大段的甜蜜的回忆，与母女间深厚感情的层层递进的显现，第二大段的直抒胸臆与直陈事理便都显得十分突然。而成功地记述了那些小事之后，第二大段的感情的喷发、理性论述的出现，以及第三大段对小读者的"方法"的传授和诱导，也才势在必然。正因为从第一大段的描述中，读者已经了解、熟悉了这位母亲的形象，所以才会理解第二、三大段中的作者对母爱的讴歌与赞美。

　　母爱，它是建立在血缘关系上的人类的天然的感情，是母亲对子女的真挚而富于牺牲精神的爱心的集中体现，的确非同一般，尤其那种能够理解子女、关心他们健康成长、有助他们跨上正确的人生之途的母爱更是宝贵的。描写、歌颂母爱在五四时期曾是个较为普遍的主题。它反映了当时部分知识分子的一种认识和需求。冰心作品中的母爱又被写得那样细腻、感人，更会给生活在封建桎梏中的读者，特别是年少的读者，带来温暖、希望以至勇气。巴金在《冰心著作集·后记》中曾说："我是冰心的作品的爱读者"。"我的哥哥比我更爱她的著作……过去我们都是孤寂的孩子，从她的作品那里我们得到了不少的温暖和安慰……重温了我们永久失去了母爱"。我们今天的许多读者吟读《寄小读者》依然会撩情动容，享得一份温馨的暖意。特别是在本篇中，作者又把母爱的真挚、无私与人间的虚情假意作了对比，更显示了它的反封建以及弘扬真善美的进步意义。

严格说来，本篇对母爱意义的描述颇有理想化的成分，如把它写得无限圣洁，以至成为建造世界的纽带。这无疑是片面的、唯心的。然而，之所以这样写，不仅和作者当时生活天地的狭小，及由此形成的思想上的局限性有关，也与当时的社会、时代有某种联系。故此，具体地、历史主义地看待《通讯十》，仍可肯定，它乃我国现代文学史与儿童文学史上不可多得的抒情散文之名作。

（浦漫汀）

往事（二）之一

人生经得起追写几次的往事？生命刻刻
消磨于把笔之顷……

那天大雪，郁郁黄昏之中，送一个朋友出山而去。绒绒的雪上，极整齐分明的镌着我们偕行的足印。独自归来的路上，偶然低首，看见洁白匀整的雪花，只这一瞬间，已又轻轻的掩盖了我们去时的踪迹。——白茫茫的大地上，还有谁知道这一片雪下，一刹那前，有个同行，有个送别？

我的心因觉悟而沉沉的浸入悲哀！苏东坡的：

> 人生到处知何似？
> 应似飞鸿踏雪泥——
> 泥上偶然留指爪，
> 鸿飞那复计东西！
> ……

那几句还未曾说到尽头处，岂但鸿飞不复计东西？连雪泥上的指爪都是不得而留的……于是人生到处都是渺茫了！

生命何其实在？又何其飘忽？他如迎面吹来的朔风，扑到脸上时，明明觉得砭骨劲寒；他又匆匆吹过，飒飒的散到树林子里，到天空中，渺无来因去果，纵骑着快马，也无处追寻。

原也是无聊，而薄纸存留的时候，或者比时晴的快雪长久些——今日

◎ 冰心与朋友雪中偕行。

不乐，松涛细响之中，四面风来的山亭上，又提笔来写《往事》。生命的
历史一页一页地翻下去，渐渐翻近中叶，页页佳妙，图画的色彩也加倍的
鲜明，动摇了我的心灵与眼目。这几幅是造物者的手迹。他轻描淡写了，
又展开在我眼前；我瞻仰之下，加上一两笔点缀。

　　点缀完了，自己看着，似乎起了感慨，人生经得起追写几次的往事？
生命刻刻消磨于把笔之顷……

　　这时青山的春雨已洒到松梢了！

　　　　　　　　　　　　　三，七，一九二四，青山

赏析

往事常令人幽思难忘，对往昔的思念与追忆是人之常情。但在冰心笔下，"往事"所蕴含的更多是一种难以言说的情绪。去国居美，亲情的牵挂，乡愁的萦回，便凝聚在总题为"往事"（二）的十篇散文中，而这第一篇已把人们的思绪带到1924年那"满蕴着温柔，微带着忧愁"的情境中去。

这是雪飘黄昏的背景。作者送友归途，为转瞬即被掩盖去踪迹的雪景所触动，沉入莫名的悲哀之中：生命何等飘忽，人生到处渺茫，转眼之间又留存下什么东西呢？在这一段如诗如画的玄思之中，作者引领着我们探索了她心灵的奥秘：在生命旅途中，个人是孤独的，这种孤独感因为离国去家而愈发显得难以排遣，纵有往昔美好的回忆，也遮掩不去现实的伤感，更何况人生经不起几次往事的追忆，时光的流逝是决不容情的！透过这些触景生情的文字，作者情感的复杂多样表现得十分突出。在其中，既有乡思乡愁，也有些微的人生悲凉感，但同时也透露着渴求进取、把握时间和生命的积极意义。

这篇散文的艺术韵味鲜明而动人。全文沉浸于淡淡的哀愁之中，宛如流水般的思绪导引读者进入静思默想的境界。在由景而引发的感触中，令人体味到作者纤细而敏感的内心。作者善于造就引人入胜之境，郁郁黄昏，本已带着沉寂之感；雪中送友，平添了感伤情调；大雪掩迹，更把"山回路转不见君"的怅惘之情加深了一步；东坡诗句，则使深沉的人生感叹扩大化了。全文动人而低回的情感抒发，在作者构筑的冥想世界中变得如歌如泣，含蓄无穷。

◎ 1925年夏，冰心（左）和建筑学家梁思成夫人林徽因在绮色佳风景区野炊。

冰心散文语言以清丽爽洁见长，短短一篇文章，幽幽思绪，柔绵情感，都通过细致清丽的语言加以表现，写黄昏的"郁郁"，雪铺的"绒绒"，心的"沉沉"悲哀，都格外传情。因雪而生的沉郁心情，对苏东坡诗的感触，对生命存在意义的追索等文字，讲究而通畅，秀丽可人。作者擅长于用提问方式表露心绪，淡淡几笔就把她内心感情的绵长细微展现给读者。

（周 星）

往事（二）之五

海的母亲，在洪涛上轻轻的簸动这大摇篮。
几百个婴儿之中，我也许是个独醒者……

　　"风浪要来了，这一段水程照例是不平稳的！"

　　这两句话不知甚时，也不知是从哪一个侍者口中说出来的，一瞬时便在这几百个青年中间传播开了。大家不住地记念着，又报告佳音似的彼此谈说着。在这好奇而活泼的心绪里，与其说是防备着，不如说是希望着罢。

　　于是大家心里先晕眩了，分外的凝注着海洋。依然的无边闪烁的波涛，似乎渐渐的摇荡起来，定神看时，却又不见得。

　　我——更有无名的喜悦，暗地里从容的笑着。

　　晚餐的时候，灯光依旧灿然，广厅上杯光衣影，盈盈笑语之中，忽然看见那些白衣的侍者，托着盘子，欹斜的从许多圆桌中间掠走了过来，海洋是在动荡了！大家暂时的停了刀叉，相顾一笑，眼珠都流动着，好像相告说："风浪来了！"——这时都觉出了船身左右的摇摆。

　　我没有言语，又满意的一笑。

　　餐后回到房里——今夜原有一个谈话会——我徐徐的换着衣服，对镜微讴，看见了自己镜中惊喜的神情，如同准备着去赴海的女神召请去对酌的一个夜宴；又如同磨剑赴敌，对手是一个闻名的健者，而自己却有几分胜利的把握。

　　预定夜深才下舱来，便将睡前一切都安排好了。

出门一笑，厅中几个女伴斜坐在大沙发上，灯光下娇惰地谈笑着，笑声中已带晕意。

一路上去，遇见许多挟着毡子，笑着下舱来的同伴，笑声中也有些晕意。

我微笑着走上舱面去。琴旁坐着站着还围有许多人，我拉过一张椅子，坐在玲的旁边。她笑得倚到我的肩上说："风浪来了！"

◎ 1923年，乘船前往美国留学的冰心。

弹琴的人左右倾欹的双腕仍是弹奏着，唱歌的人，手扶着琴台笑着唱着，忽然身不自主一溜地从琴的这端滑到那端去。

大家都笑了，笑声里似都不想再支持，于是渐渐的四散了。

我转入交际室，谈话会的人都已在里面了，大家团团的坐下。屋里似乎很郁闷。我觉得有些人面色很无主，掩着口蹙然的坐着——大家都觉得在同一的高度中，和室内一切，一齐的反侧欹斜。

似乎都很勉强，许多人的精神，都用到晕眩上了！仿佛中谈起爱海来，华问我为何爱海？如何爱海？——我渐渐地觉得快乐充溢，怡然地笑了。并非喜欢这问题，是喜欢我这时心身上直接自海得来的感觉，我笑说："爱海是这么一点一分的积渐地爱起来的……"

未及说完，一个同伴，掩着口颠簸地走了出去。

大家又都笑了。笑声中，也似乎说："我们散了罢！"却又都不好意思走，断断续续的仍旧谈着。我心神已完全的飞越，似乎水宫赴宴的时间，已一分一分的临近；比试的对手，已一步一步地仗着剑向着我走来，——但我还天一句地一句的说着"文艺批评"。

又是一个同伴，掩着口颠簸地走了出去——于是两个，三个……

我知道是我说话的时候了，我笑说："我们散了罢，别为着我大家拘束着！"一面先站了起来。

大家笑着散开了。出到舱外，灯影下竟无一人，阑外只听得涛声。全船想都睡下了，我一笑走上最高层去。

迎着海风，掠一掠鬓发，模糊摇撼之中，我走到阑旁，放倒一个救生圈，抱膝坐在上面，遥对着高竖的烟囱与桅樯。我看见船尾的阑干，与暗灰色的天末的水平线，互相重叠起落，高度相去有五六尺。

我凝神听着四面的海潮音。仰望高空，桅尖指处，只一两颗大星露见。——我的心魂由激扬而宁静，由快乐而感到庄严。海的母亲，在洪涛上轻轻的簸动这大摇篮。几百个婴儿之中，我也许是个独醒者……

我想到母亲，我想到父亲，忆起行前父亲曾笑对我说："这番横渡太平洋，你若晕船，不配作我的女儿！"

我寄父亲的信中，曾说了这几句："我已受了一回风浪的试探。为着要报告父亲，我在海风中，最高层上，坐到中夜。海已证明了我确是父亲的女儿。"

其实这又何足道？这次的航程，海平如镜，天天是轻风习习，那夜仅是五六尺上下的震荡。侍者口中夸说的风浪，和青年心中希冀惊笑的风浪，比海洋中的实况，大得多了！

八，二十夜，一九二三，太平洋舟中

赏析

这篇散文是《往事》（二）中的第五篇。它真切地展现了作者赴美途中，乘船经过太平洋，在海浪的颠摇中的感情世界。

全文是以热闹的笑声衬托作者的内在喜悦的，最终从笑归于平静，从而展现主题的深度。最初听说风浪要来，人们以活泼喜悦的心情像报告佳音似的到处谈论着，而"我"则暗地里从容地笑着。晚餐时船身左右摇摆，"我"又满意地一笑。晚上人们欢乐地唱着跳着，笑声四溢，然而晕船的感觉已渐渐冲淡了喜悦之情，我则为这海上的感觉而喜欢。当大家都坚持不住了，只剩下我一个人静听海上潮声，我的感情达到最高点。在作者笔下，大海的强盛威武与我的乐于挑战相互映衬，而我久已期待的对阵取胜前景又分外诱人，这里另有深意。

要把握作者真正旨意，不能忽略她心情的转变：当独自一人凝听四面潮声，刚刚激昂兴奋的心情转为宁静而超然，此时，海已非对手，而是慈母，海的簸动像是母亲的摇篮，我与海融为一体。作者沉浸于庄严气氛之中，对海的敬仰之情油然而生。进一步说，一个女子在经受了风浪的考验后，她与海之间的畏惧关系，已上升到真正认识和理解海的博大浩瀚内涵的高度。她为此怡然自得，因为证明了自己的胆力。更为重要的，是作者最后点题的话，"青年心中希冀惊笑的风浪，比海洋中的实况，大得多了！"这

◎《还乡杂记》书影。

里点明了作者期待迎接前程中更为艰巨困难的决心和信心。是海给了作者搏击风浪的自信，也是作者高远志向在与海的交流中得到印证和升华。

这篇散文在艺术表达上的主要特点，是渲染烘托手法的巧妙运用。这包括用周围人们对海浪的欣喜态度和热闹氛围，来渲染一种期待心理，为作者感情流露提供背景，突出了"我"对海的特殊情感。还包括用我的一次次抑制不住的微笑，来烘托内心深处盼望和渴求风浪早来的急切心理。同时，全文从欢乐写起，把人们对海浪的热烈、激动、朝夕相盼的气氛描写得十分浓烈，为后文写宁静超然、冥想入迷的作者内心作了铺垫，对作品的主题体现起了很好的作用。

本文的描述笔墨也十分细致而传神。如对海浪将来和降临时人们神态的描摹，如对本来欣喜但终究承受不了海浪颠簸的人，在眩晕中的勉强掩饰的神态描写。当然，最精彩的当属对"我"的内心状态的描绘了，透过我不由自主的笑意，传达出作者跃跃欲试的临战心理和坦然迎接的必胜心态。

（周 星）

观舞记

——献给印度舞蹈家卡拉玛姐妹

如同一个婴儿，看到了朝阳下一朵耀眼的红莲，深林中一只旋舞的孔雀，他想叫出他心中的惊喜，但是除了咿哑之外，他找不到合适的语言！

我应当怎样地来形容印度卡拉玛姐妹的舞蹈？

假如我是个诗人，我就要写出一首长诗，来描绘她们的变幻多姿的旋舞。

假如我是个画家，我就要用各种的彩色，渲点出她们的清扬的眉宇，

◎ 冰心与印度朋友。

和绚丽的服装。

假如我是个作曲家，我就要用音符来传达出她们轻捷的舞步，和细响的铃声。

假如我是个雕刻家，我就要在玉石上模拟出她们的充满了活力的苗条灵动的身形。

然而我什么都不是！我只能用我自己贫乏的文字，来描写这惊人的舞蹈艺术。

如同一个婴儿，看到了朝阳下一朵耀眼的红莲，深林中一只旋舞的孔雀，他想叫出他心中的惊喜，但是除了咿哑之外，他找不到合适的语言！

但是，朋友，难道我就能忍住满心的欢喜和激动，不向你吐出我心中的"咿哑"？

我不敢冒充研究印度舞蹈的学者，来阐述印度舞蹈的历史和派别，来说明她们所表演的婆罗多舞是印度舞蹈的正宗。我也不敢像舞蹈家一般，内行地赞美她们的一举手一投足，是怎样地"出色当行"。

我只是一个欣赏者，但是我愿意努力地说出我心中所感受的飞动的"美"！

朋友，在一个难忘的夜晚——

帘幕慢慢地拉开，台中间小桌上供养着一尊湿婆天的舞像，两旁是燃着的两盏高脚铜灯，舞台上的气氛是静穆庄严的。

卡拉玛·拉克希曼出来了。真是光艳的一闪！她向观众深深地低头合掌，抬起头来，她亮出了她的秀丽的面庞，和那能说出万千种话的一对长眉，一双眼睛。

她端凝地站立着。

笛子吹起，小鼓敲起，歌声唱起，卡拉玛开始舞蹈了。

她用她的长眉，妙目，手指，腰肢；用她鬓上的花朵，腰间的褶裙；

用她细碎的舞步，繁响的铃声，轻云般慢移，旋风般疾转，舞蹈出诗句里的离合悲欢。

我们虽然不晓得故事的内容，但是我们的情感，却能随着她的动作，起了共鸣！我们看她忽而双眉颦蹙，表现出无限的哀愁，忽而笑颊粲然，表现出无边的喜乐；忽而侧身垂睫表现出低回宛转的娇羞；忽而张目嗔视，表现出叱咤风云的盛怒；忽而轻柔地点额抚臂，画眼描眉，表演着细腻妥贴的梳妆；忽而挺身屹立，按箭引弓，使人几乎听得见铮铮的弦响！像湿婆天一样，在舞蹈的狂欢中，她忘怀了观众，也忘怀了自己。她只顾使出浑身解数，用她灵活熟练的四肢五官，来讲说着印度古代的优美的诗歌故事！

一段一段的舞蹈表演过（小妹妹拉达，有时单独舞蹈，有时和姐姐配合，她是一只雏凤！形容尚小而工夫已深，将来的成就也是不可限量的），我们发现她们不但是表现神和人，就是草木禽兽：如莲花的花开瓣颤，小鹿的疾走惊跃，孔雀的高视阔步，都能形容尽致，尽态极妍！最精采的是"蛇舞"，颈的轻摇，肩的微颤：一阵一阵的柔韧的蠕动，从右手的指尖，一直传到左手的指尖！我实在描写不出，只能借用白居易的两句诗："珠缨炫转星宿摇，花鬘斗薮龙蛇动"来包括了。

看了卡拉玛姐妹的舞蹈，使人深深地体会到印度的优美悠久的文化艺术、舞蹈、音乐、雕刻。图画……都如同一条条的大榕树上的树枝，枝枝下垂，入地生根。这种多树枝在大地里面，息息相通，吸收着大地母亲给予他的食粮的供养，而这大地就是有着悠久历史的印度的广大人民群众。

卡拉玛和拉达还只是这棵大榕树上的两条柔枝。虽然卡拉玛以她的二十二年华，已过了十七年的舞台生活；十二岁的拉达也已经有了四年的演出经验，但是我们知道印度的伟大的大地母亲，还会不断地给她们以滋润培养的。

　　最使人惆怅的是她们刚显示给中国人民以她们"游龙"般的舞姿，因着她们祖国广大人民的需求，她们又将在两三天内"惊鸿"般地飞了回去！

　　北京的早春，找不到像她们的南印故乡那样的丰满芬芳的花朵，我们只能学她们的伟大诗人泰戈尔的充满诗意的说法：让我们将我们一颗颗的赞叹感谢的心，像一朵朵的红花似的穿成花串，献给她们挂在胸前，带回到印度人民那里去，感谢他们的友谊和热情，感谢他们把拉克希曼姐妹暂时送来的盛意！

赏析

这是一篇如诗似画的优美散文。

我们知道，冰心对印度的古老文化素有研究，她自然熟谙印度舞蹈的历史，以及它们同宗教的渊源，然而这篇散文不在于作学术论述，作者只是以一个欣赏者的身份，来说出她对舞蹈的飞动的美的感受。

倘若我们把文章的第一部分比之为中国画中的写意，因为它的用笔是这样简练，而又如此形神兼备地点染出了作品的意境，那么，这文章的第二部分可以视之为工整细致的工笔画法了。

你看，作者用她那丹青妙笔，细腻地描绘了台上的装置和它所氤氲的静穆气氛之后，又给我们刻画了舞蹈家出台亮相时的那美妙的一瞬：她似乎是低头合掌来到台口，那绚丽的服装正让人耀眼，她缓缓抬起头来，以她那"秀丽的面庞和那能说出万千种话的一对长眉，一双眼睛"，把全场的观众的视线吸引过去。人们屏住呼吸，一切赞叹、欢呼，全然缄默于胸，深恐任何一丝声响，会把这位再生之光惊逝。

作者写舞蹈家如何随着乐声翩翩起舞时，先概述她怎样运用四肢五官、服饰脚铃，以及她那时缓时疾的舞步，来表达繁复的人间亘古难以诉说的离合悲欢之情；然后再作细部的工整描绘，忽而颦蹙，忽而粲然，忽而垂睫，忽而嗔视，忽而温顺，忽而威武。而对作者为之心折的蛇舞，更是作了细致入微的描摹，从颈的轻摇，到肩的微颤，再写到平展的双臂如何作柔韧的蠕动，我们从这里不仅是

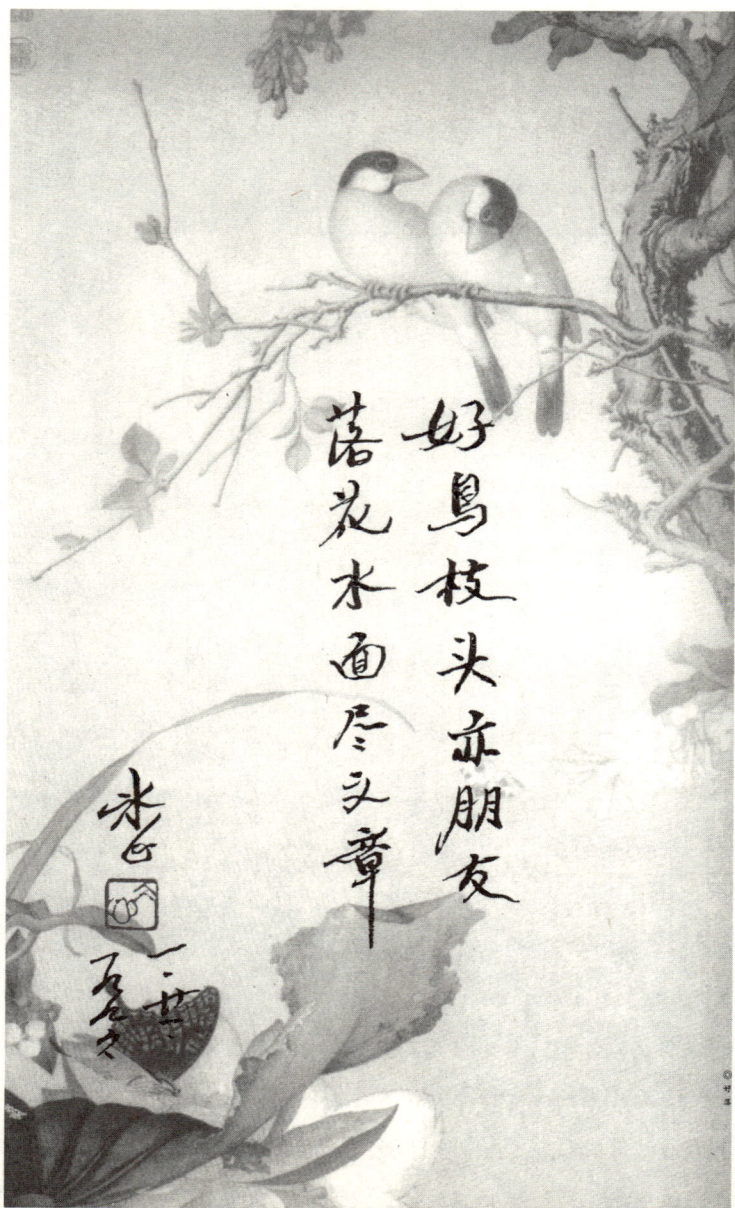

好鸟枝头亦朋友

落花水面尽文章

○ 冰心手书：好鸟枝头亦朋友，落花水面尽文章。

看到了无可疵议的风姿，更感受到那扣人心弦的旋律。

泰戈尔在他的散文诗集《再次集》中的《剧本》篇中，曾经用诗的语言对散文的艺术魅力作过如下的阐述：

> 散文时而喷射火焰，时而倾泻瀑布，散文世界室有辽阔的平原，也有巍峨的山岭，有幽深的森林，也有苍凉的荒漠……散文没有外表的汹涌澎湃，它以轻重有致的手法，激发内在的旋律。

我们以此来印证冰心的这篇散文，不是更有助于对这一佳作的理解与欣赏么？

卡拉玛姐妹都还年轻，她们的技艺固然出众，但在古老的印度文化面前，只能是榕树上的两条柔枝。这是作者的比喻，也是作者对年轻舞蹈家的期望；赞美不同于溢美，这正显出作者的仁慈敦厚，并且给我们有益的启迪。

（汪习麟）

再寄小读者·通讯四

沿途的海景，是描写不完的；而最难描述的，
还是意大利人民对于中国的热爱和向往！

亲爱的小朋友：

自从3月21日离开祖国，时间不过十多天，在我仿佛已经过了多少年月！一来是这十多天之中，我们已经飞跃过好几个亚洲和欧洲的国家；二来是祖国的跃进，一日千里。这十多天之中，不知又发现了多少新的资源，增多了多少个发明创造！这一切，都使国外的"游子"，不论何时想起，都有无限的兴奋！

欧洲本是我旧游之地，没有什么特别新鲜的感觉，现在只挑出途中最突出的奇丽的景物，来对小朋友们说一说。

首先是3月24日黄昏，从瑞士坐火车到意大利的一段，一路沿着阿尔卑斯山脚蜿蜒行来，山高接天，白雪皑皑，山顶上悬着一钩淡黄色的新月。火车飞速前进，窗外转过的一座雪山接着一座雪山，如同一架长长的大理石的屏风，横列在我们的眼前！天色渐渐地暗了下来，高高的雪山上，零乱地出现了星星点点的橘红色的灯光；一片清凉之中，给人以无限的温暖的感觉。

25日一觉醒来，我们已深入意大利的国境了。

意大利是南欧一个富有文化而又美丽的国家，它的地形，像一只伸入地中海的靴子，三面临海，气候温和。在瑞士山中还是雪深数寸的时候，这里的田野上已是桃李花开了！我们先到达意大利的京城——罗马。这是

一座建在七座小山上的古城，街道高低起伏，到处可以看见古罗马的遗迹，颓垣断柱，杂立于现代建筑之间。街道上转弯抹角，到处还可以看见淙淙的喷泉，泉座上都有神、人、鱼、兽的雕像，在片片光影之中，栩栩如生。

26日晨我们到了意大利西海岸的那坡里城，这也是一座很美丽的海边城市。但是我要为小朋友描述的，却是离那坡里四十里远的旁贝，那是将近两千年前，被火山喷发的熔岩和热尘所掩埋的古城。在1860年以后，才被发掘出来的。

背山临海的旁贝城，在纪元前六世纪——我们春秋战国的时候——就已经建立起来了。到了纪元前八十年——我们的汉代——这里成为罗马贵族豪门的别墅区，人口多至两万五千人。纪元后79年的8月，城后的维苏威火山，忽然爆发了！漫天的灼热的灰尘和喷涌的沸腾

◎ 小朋友送给冰心的礼物
"拾麦穗的小女孩
（木雕）"。

的熔岩，在两三日之中，将这座豪华的市镇，深深地封闭了。大多数居民幸得突围而出，而老、弱、囚犯，葬身于热尘火海之中的，至少还有两千人左右。

我们在废墟上巡礼：这里的房舍，绝大部分都没有屋顶了，只有根根的断柱和扇扇的颓垣，矗立于阳光之下！石块铺成的道路，还有很深的车辙的痕迹。这市上有广场，有神庙，有大厅，有法院，有城堡……街道两旁还有酒店和浴堂。酒店里遗留着一排一排的陶制的酒缸；浴堂里有大理石砌成的冷热浴池，化妆室，按摩床，墙上还有石雕和壁画。人家尤其讲究：院里有喷泉，有雕像，层层的居室里，都有红黄黑三色画成的壁画，

鲜艳夺目！后花园也很宽大，点缀的石像也很多，想当年花木葱茏的时节，景物一定很美。最使我感到惊奇的，就是这些房屋里，已经有铅制的水管和水龙头。导游的人告诉我，旁边的水道是直通罗马的。

这里的博物院里，还看到发掘出来的，很精致的金银陶瓷和玻璃制成的日用器皿，以及金珠首饰。此外还有人兽的残骸，形状扭曲，可以想见临死前的挣扎和痛苦。

小朋友，上面的几段，是陆续写成的，中间已经过意大利南部和西西里岛的几个城市。沿途的海景，是描写不完的；而最难描述的，还是意大利人民对于中国的热爱和向往！我们到处受到最使人感动的欢迎，尤其是在中小城市，工农群众的款待，最为真挚而热烈！一束一束的递到我们手里的鲜花，如玫瑰，石竹，郁金香……替他们说出了许多话语。在群众的集会上，向我们献花的都是最可爱的意大利小朋友。从他们嘴里叫出的"友谊"和"和平"，那清脆的声音，几乎是神圣的，使我们不自主地涌上了感动的眼泪！

我们在昨天又渡海回到意大利本土，沿着地图上的靴尖、靴跟，直上到东海岸的巴利城。今夜又要回到罗马去了。趁着一天的访问日程还没有开始，面对着窗外晨光熹微的大海，和轻盈飞掠的海鸥，给小朋友们写完这一封信。我知道小朋友们是会关心我的旅程，而且是亟待我的消息的，但是也请你们体谅到我们旅行的匆忙！外面有人在敲门，这信必须结束了，我的心永远和你们在一起，深深地祝福你们！

你的朋友　冰　心

1958年4月4日意大利，巴利城

赏析

　　冰心写于1923年至1926年间的通讯《寄小读者》，以女性特有的温柔细腻的情感，以诗人般才华横溢的文笔赢得了极为广泛的读者的赞誉。三十五年后，冰心在她即将出访欧洲时，又重新提笔在《人民日报》上发表《再寄小读者》。本篇通讯是冰心离开祖国后写给小读者的第一封信。

　　这篇通讯实际上是一则游记，记录了作者在意大利的观感。作品主要篇幅是向小读者描绘意大利的奇异的景观，尤其着重于意大利文化遗迹的介绍。

　　在人们的印象中，意大利，这只"伸入地中海的靴子"是一个富有浪漫情调的国度。作者在对古城罗马的市容描写中以简洁的语言，将意大利京城的浪漫色彩点染出来，使读者能够从中嗅出几分异域传统文化的气息。更为详实地介绍是对旁贝城遗址的描述。在谈及古城旁贝的悠久的历史时，冰心很自然地以中华民族的历史发展为参照对象，字里行间潜藏着一种民族自豪感。

　　这篇写给小读者的游记，在介绍意大利时，把它的奇观异景展现给小读者，大大地开阔了我国儿童的视野。这部分内容是作品的主体，但是作者真正动情的笔墨还是落在中意人民的友好感

◎《寄小读者》书影。

情和对祖国的热爱之情上。

　　意大利人民的友谊在她看来是神圣的。在冰心眼里，一束束鲜花凝聚着一份份浓浓的情。孩子们稚嫩与真诚，使作者感动得热泪盈眶。《再寄小读者》与《寄小读者》的一个共同之处是都写于即将离国远行之际。《寄小读者》写于离国赴美之前，《再寄小读者》写于离国访欧之前。两次远离祖国，冰心都在通讯中表达了她对祖国的思念之情。但是，这篇通讯中所表达的思念与三十多年前那种缠绵伤感的思念截然不同，这是一种充满自豪感的思念。思念引来的不是离愁，而是"兴奋"。虽然写这篇通讯时，冰心离开祖国只有十余天，她却极为迫切地渴望了解国内的情况。从这里，我们又能窥见作者当时那种振奋昂扬的精神风貌。

（郑　原）

再寄小读者·通讯六

夜间一行行一串串的灯火，倒影在颤摇的水光里，真是静美极了！

亲爱的小朋友：

4月12日，我们在微雨中到达意大利东海岸的威尼斯。

威尼斯是世界闻名的水上城市，常有人把它比作中国的苏州。但是苏州基本上是陆地上的城市，不过城里有许多河道和桥梁。威尼斯却是由一百多个小岛组成的，一条较宽的曲折的水道，就算是大街，其余许许多多纵横交织的小水道，就算是小巷。三四百座大大小小的桥，将这些小岛上的一簇一簇的楼屋，穿连了起来。这里没有车马，只有往来如织的大小汽艇，代替了公共汽车和小卧车；此外还有黑色的、两端翘起、轻巧可爱的小游船，叫做Gondola，译作"共渡乐"，也还可以谐音会意。

这座小城，是极有趣的！你们想象看：家家户户，面临着水街水巷，一开起门来，就看见荡漾的海水和飞翔的海鸥。门口石阶旁边，长满了厚厚的青苔，从石阶上跳上公共汽艇，就上街去了。这座城里，当然也有教堂，有宫殿，和其他的公共建筑，座座都紧靠着水边。夜间一行行一串串的灯火，倒影在颤摇的水光里，真是静美极了！

威尼斯是意大利东海岸对东方贸易的三大港口之一，其余的两个是它南边的巴利和北边的特利斯提。在它繁盛的时代，就是公元后十三世纪，那时是中国的元朝，有个商人名叫马可波罗曾到过中国，在扬州作过官。他在中国住了二十多年，回到威尼斯之后，写了一本游记，极称中国文物

◎ 冰心与美国小朋友合影。

之盛。在他的游记里，曾仔细地描写过卢沟桥，因此直到现在，欧洲人还把卢沟桥称作马可波罗桥。

　　国际间的贸易，常常是文化交流的开端，精美的商品的互换，促进了两国人民相互的爱慕与了解。和平劳动的人民，是欢迎这种"有无相通"的。近几年来，中意两国间的贸易，由于人为的障碍，大大地减少了。这几个港口的冷落，使得意大利的工商业者，渴望和中国重建邦交，畅通贸易，这种热切的呼声，是我们到处可以听到的。

　　这几天欧洲的气候，真是反常！昨天在帕都瓦城，遇见大雪，那里本已是桃红似锦，柳碧如茵，而天空中的雪片，却是搓棉扯絮一般，纷纷下落。在雪光之中，看到融融的春景，在我还是第一次！

　　昨晚起雪化成雨，凉意逼人，现在我的窗外呼啸着呜呜的海风，风声中夹杂着悠扬的钟声；回忆起二十几年前的初春，我也是在阴雨中游了威尼斯，它的明媚的一面，我至今还没有看到！今天又是星期六，在寂静的时间中，我极其亲切地想起了你们。住学校的小朋友们，现在都该回到家里了吧？灯光之下，不知你们和家里人谈了些什么？是你们学习的情况，还是跃进的计划？又有几天没有看到祖国的报纸，消息都非常隔膜了。出国真不能走得太久，思想跟不上就使人落后！小朋友一定会笑我又"想家"了吧？——同行的人都冒雨出去参观，明天又要赶路，我独自留下，抽空再写几行，免得你们盼望，遥祝你们好好地度一个快乐的星期天！

> 你的朋友　冰　心
> 1958年4月12日夜意大利，威尼斯

赏析

　　这是一篇记述作者雨中游访威尼斯的通讯。我们能够从中看到：冰心在走访这座世界闻名的水上城市时，可谓身在异邦，情系故乡。写威尼斯的水路纵横，她便记起中国的苏州；写威尼斯的贸易，她又联想到商人马可·波罗的游记，自豪地谈及"中国文物之盛"，谈及卢沟桥的浑名字——马可·波罗桥；从威尼斯是意大利东海岸对东方贸易的大港，她又联想到中意两国间的经济文化交流现状。早年，冰心在《寄小读者》中抒发自己在海外对故乡的热爱时，虽然也有很强的民族自豪感，但更多地表现为一种对祖国如对母亲般的深情的依恋。而写这篇通讯时的冰心，再也不是一个孤单的海外游子，而是作为中国人民的使者出访异邦。她既是祖国的女儿，又代表着中国。这种身份角色的转变使得冰心对祖国的情感也从依恋转化为一种主人翁的自豪感。同时，在她的一片乡心中还融合着一份责任感。呼吁加强中意双方经济文化交流的一段文字便是这种责任感的具体表现。惟其如此，在这篇通讯中，冰心对祖国的感情不是炽烈的思念，而是一种平和温情的挂念。

　　新中国建立以后，冰心曾在第二次文代会上明确表示，要将自己的心血倾注到儿童文学事业中。她说："我选定了自己的工作，就是愿为创作儿童文学而努力。"尽管当年《寄小读者》曾给她带来很高的声誉，但她还是认为《寄小读者》没有写好。原因在于那些通讯越写到后来，读者对象越模糊，只顾自己抒情。在《再寄小读者》中，冰心有意识地增强了读者意识，自觉地为儿童创作。此时的冰心在年龄上与小读者的距离和当年不可同日而语，但她以她的平等真诚，把小读者拉近她的身旁。她依旧是孩子们的朋友——一个见多识广的老朋友。

在这篇通讯中，冰心向小读者介绍一座他们十分陌生的西方城市。她有意识地增强了通讯的趣味性。威尼斯的独具特色的自然环境以及威尼斯人与众不同的交通方式在中国小读者看来都是极为新奇的。作者在描述这一切时，就仿佛是面对着一群好奇的小朋友，语气极为温和亲切。对帕都瓦城雪光之中的融融春景的描写，语言极为优美凝练、生动逼真。通讯结

◎ 《儿童文学》杂志社送给冰心的画。

尾处，作者"极其亲切地想起了"小读者。对国内小读者日常生活的揣测，又把她对儿童怀有的真切细腻的情感婉转地传达给读者。这里面没有强烈的思念，却寄寓着温情的关怀。

（郑 原）

十三陵工地上的小五虎

他们夹杂在十万修建大军之中，左顾右盼，脑海中响着万丈的热潮，恨不得一时便在这荒滩秃岭上面，堆起一道万里长城似的高大的水坝！

在十三陵水库火热沸腾的工地上，千千万万干劲冲天的英雄堆里，有一组五个小老虎似的少年，个子小，劲头大，情绪高，快乐而活泼地在热火朝天的修建队伍中穿来穿去，快步如飞！这五只欢蹦乱跳的小老虎，不能不引起周围人们的注视、赞叹。他们是修建工地上千百个集体中年纪最小的一组，都只有十六七岁，是民工六大队二中队里的"五小组"。

这五个孩子是昌平区卫星社的社员子弟，都在昌平镇上住家，门户相望，从小在一块长大，长大了一点就一块上学，或是下地劳动。去年十二月到今年一月十五号，为着响应水利抗旱的号召，他们也在一起参加了本社的青年水库的修建。十三陵水库开工的消息传来，他们奔走相告，笑逐颜开，也不顾家长们和大队长的顾虑和劝阻，他们坚持地跳着蹦着就跟着大队来了。

他们最高兴而自豪的是：他们是第一批参加十三陵水库修建工程的民工。用他们自己的话："那时工地上连一根电线杆也没有呢！"真的，那时工地上除了四面黄秃的山岭，就是一望无际的枯草和沙砾；薄薄的冬阳和凛凛的北风，欢迎着这往来如织的人群。他们这一大队因为住家较近，下工回家，中间在工地吃一顿干粮。每天来回几十里地，早起迎着严冬的朔风，冰凉的小刀似的，直往领子里和袖口里钻，扎！刮起的冰冻的黄沙，打在脸上，又尖又利。带来的捆在腰里的干粮，都冻成了冰疙

◎ 1975年，冰心在山西昔阳县大寨参观时留影。

瘩，必得用铁镐砸开了，才能下咽。走了路，干了活，出了汗，小棉袄上的雪花就融化了，挨着皮肉冰凉精湿的，好像披着铁甲似的……但是这雨雪风沙，都没有困倒这五只欢蹦乱跳的小老虎，他们夹杂在十万修建大军之中，左顾右盼，脑海中响着万丈的热潮，恨不得一时便在这荒滩秃岭上面，堆起一道万里长城似的高大的水坝！

他们一来到工地，就先挖地、栽电线杆、清理坝基……地面和沙下的冰水，把他们的脚都冻在泥里了。但他们拔出脚来，嘻嘻哈哈地挑起沙土来又往前跑。他们不论是挑沙土或者挑石子，都是满满尖尖的两筐子，至少也有一百二十来斤。

轮到他们推手车子了！说起推手车，工地上多少好汉英雄，都有过困难的经验，对于推车技术不熟悉的民工，须要经过多少天的艰苦锻炼，才能从不翻车而平平稳稳地走。这五个孩子，人比手车高不了多少，推着车胳臂要架起老高，比大人分外吃力。可是他们勤学苦练，一两天就找到了窍门，"推小车子不用学，全凭屁股摇！"——两手抓紧车把，两眼专看前方，车子一歪斜，身子就跟着来回地扭、摇。对于这些，这几个孩子又比大人灵活多了！一星期以后，他们就又推着满满尖尖的满车沙土，往坝上飞奔，在两千公尺的距离上，一班走上十四趟！

这是讲灵巧，说起力气他们也不弱，我们不是说过他们挑土也挑一百二十来斤吗？这就连带着提起他们成立"五小组"的经过了。他们民工六大队里，有五位老人，在三月二十二那一天，成立了"五老组"，这五个老头儿，一个跟一个地稳稳当当，扎扎实实，挑着满筐土，和人家挑起战来了。五个孩子在一旁看得眼热手痒，五个小脑袋碰在一起，嘀咕了一会儿，到三月二十四那天，"五小组"也成立起来了，第一个措施，便是对"五老组"挑战，比赛挑土。五老五少，干劲冲天！老人家是不慌不忙，小孩子是连跑带跳，把两旁的人们都看傻，笑坏了！结果呢，据"五小"说，他们虽然没有赢，但是他们超额完成了当天土方任务的一百二十三，他们还加上一句："实际上是完成了土方任务的二百二十三！"

对于他们，奔向社会主义社会的一切，都是有意思的，都是快乐而光明的。他们脑子里，有的是最新最美的文字，最新最美的画图，虽然他们的话很少。有时被追问紧了，他们便腼腆地相视而笑，把头一低，侧着脸看着远处，仿佛是回避人家的问题，而从他们笑眯眯乐滋滋的眼光里，我们看到了他们灵魂深处，凭着他们双手开辟出来的社会主义幸福美丽的世界！

他们和五老不同的地方在这里：五老都是从旧社会千灾百难里滚过

来的人，提起旧事来就心烦，可提起新旧对比来却又滔滔不断，一阵伤心，又加上一场欢喜。这几个孩子都有父母，父母都是农业社的社员。解放时期他们都还小，解放前的那层阴影，他们早已忘记，而且也不愿意去想了。本来嘛，眼前的一片光明，已经照耀得他们眼花缭乱，耳中心头的无数的农业工业的生产计划，像一望无际青青的春草一般，蓬蓬勃勃地在遍地生长。因此，工地上的狂风大雨，飞沙走石，对于他们，是过眼烟云一般，简直挤不进这充满了快乐的心眼里去。在修建的日子里，有多少次，工地上起过七八级的大风，下过倾盆的大雨，电线杆刮倒了，电线吹折了，白茫茫，呼喇喇的旷野上，对面看不见人，雨打风吹得人都站不住，冰冷，黑暗，泥泞……手车斗车都停止了。在大风雨里，他们还半侧着头，半闭着眼，握着扁担和土筐，不肯离开工地一步！他们的口号是："小雨大干，大雨特干，不下雨猛干！"这块工地是他们的，他们决不肯放弃他们斗争的阵地。

他们的话虽然不多，而从这五张小嘴里，牵引出来的生动而鲜明的片言断句，都可以看出，一日一夜二十四小时，除了小脑袋着枕，一梦沉酣之外，他们都是小老虎似的生气勃勃地活跃着！

问他们每天工作完毕，走几十里路回家，是不是觉得累呢？觉得路长了呢？他们都笑着摇头说："累什么？几十里路，打打闹闹地就到家了！"好一个"打打闹闹"！我们不是可以想象得到：当工地上三班轮换的时候，不管是朝日初出，晚霞满天，星月当空，或是风晨雨夕，这一大队人马，长蛇似的由家里出发，或是从工地上回家，在漫长的山路上，有五个活泼而欢乐的孩子在队伍的前前后后，奔走追逐，欢呼高唱，自己发泄了说不尽的热情，使不完的干劲，而同时也鼓舞了别人了呢？

他们从工地上回了家，还在自己社的菜园里，做两个钟头的义务劳动。在工地上，有两小时的学习。"五小"中有高小毕业程度的小崔，还兼宣传员，给队员读报。他们最喜欢的是唱歌了，而且跟谁都可以合在一

◎ 冰心与朝夕相伴的咪咪。

起，他们和本大队的东风妇女组一块儿学歌，在别的队员打夯的时候，他们也在一旁帮着唱，帮着喊："哎嗨哟！"

问他们长大了想做什么？那是没有二话！异口同声斩钉截铁地说："当农业社员！"现在的农业社真是前途似锦。将来的小城市大花园般的农村，岂止是"楼上楼下，电灯电话"而已，这五个小孩子心里，个个有他自己最新最美的画图。他们自小在农村里长大，知道水利是庄稼的生命，也知道劳动得越紧张，农村面貌也改变得越快，他们的话却是这样说的："我们自己的青年水库一完工，我们就赶到这里，成了第一批的民工。等这里修完了，我们还要赶到怀柔去，赶到密云去，我们修水库修得上了瘾了！"

一九五八年七月三十日，北京

赏析

十三陵水库位于北京西北郊昌平县十三陵地区。水库库容量为8100万立方米，于1958年1月21日正式动工，同年6月底建成。毛主席、周总理等党和国家领导人以及首都四十多万人曾参加了水库工程的义务劳动。在这支浩大的劳动大军中，涌现出来许许多多可歌可泣的英雄模范人物及其动人的事迹、佳话。冰心先生的散文《十三陵工地上的小五虎》（以下简称《小五虎》），则专门写这支劳动大军中五位"十六七岁"的少年的故事。

《小五虎》是一篇写人叙事的纪实散文，作于1958年7月30日，即十三陵水库建成后的一个月。冰心先生的这篇散文，同她的其他作品一样，文笔清新练达，写得十分真挚感人。读了这篇作品，我们仿佛来到喧闹热烈的建设工地，看到了那极为雄伟壮观的劳动场面，在"千千万万干劲冲天的英雄堆里"，仿佛看见了"个子小，劲头大，情绪高，快乐而活泼地在热火朝天的修建队伍中穿来穿去，快步如飞"的"五只欢蹦乱跳的小老虎"，"小老虎"们的勃勃生气，他们的机智勇敢，不怕艰难困苦，以及他们的善良、天真和乐观，给我们留下了极为深刻的印象。

冰心先生的这篇散文，没有一点雕琢和造饰，通篇作品恰如一道清溪，潺潺流淌，畅达爽朗，自然极了。作家仿佛只是很随意地把想要说的人和事，用朴实的话语，说给读者听。没有人为的"关子"，没有生硬设计的"高潮"，也没有故作惊人之笔，一切实实在在，像生活中发生的一样。作品很动人，因为生活本身确实动人。这种精深质朴的"无技巧"，实际上正是最高的技巧，非一般作者所能企及和达到的。

作品中写道，对于这五只"小老虎"，"奔向社会主义社会的一切，都是有意思的，都是快乐而光明的。他们脑子里，有的是最新最美的文字，最新最美的画图"。这也是那个时代许许多多热血青少年普遍的精神状态。我想凡是从那个年代里生活过来的人，读了《小五虎》中如下的描写，很可能会说：没错，类似这种感受、这种场面，我们也有过的、经历过的——

"……工地上的狂风大雨，飞沙走石，对于他们，是过眼烟云一般，简直挤不进这充满了快乐的心眼里去。在修建的日子里，有多少次，工地上起过七八级的大风，下过倾盆的大雨，电线杆刮倒了，电线吹折了，白茫茫，呼喇喇的旷野上，对面看不见人，雨打风吹得人都站不住，冰冷，黑暗，泥泞……手车斗车都停止了。在大风雨里，他们还半侧着头，半闭着眼，握着扁担和土筐，不肯离开工地一步！他们的口号是："小雨大干，大雨特干，不下雨猛干！"……

（樊发稼）

樱花赞

我的心猛然地跳了一下，像点着的焰火一样，从心灵深处喷出了感激的漫天灿烂的火花……

樱花是日本的骄傲。到日本去的人，未到之前，首先要想起樱花；到了之后，首先要谈到樱花。你若是在夏秋之间到达的，日本朋友们会很惋惜地说："你错过了樱花季节了！"你若是冬天到达的，他们会挽留你说："多呆些日子，等看过樱花再走吧！"总而言之，樱花和"瑞雪灵峰"的富士山一样，成了日本的象征。

我看樱花，往少里说，也有几十次了。在东京的青山墓地看，上野公园看，千鸟渊看……；在京都看，奈良看……；雨里看，雾中看，月下看……日本到处都是樱花，有的是几百棵花树拥在一起，有的是一两棵花树在路旁水边悄然独立。春天在日本就是沉浸在弥漫的樱花气息里！

我的日本朋友告诉我，樱花一共有三百多种，最多的是山樱、吉野樱和八重樱。山樱和吉野樱不像樱花那样地白中透红。也不像梨花那样地白中透绿，它是莲灰色的。八重樱就丰满红润一些，近乎北京城里春天的海棠。此外还有浅黄色的郁金樱，枝花低垂的枝垂樱，"春分"时节最早开花的徒岸樱，花瓣多到三百余片的菊樱……掩映重叠、争妍斗艳。清代诗人黄遵宪的樱花歌中有：

……

墨江泼绿水微波

◎ 冰心在日本的赏樱会上。

万花掩映江之沱
倾城看花奈花何
……

人人同唱樱花歌

……

花光照海影如潮
游侠聚作萃渊薮
……

> 十日之游举国狂
>
> 岁岁骊虞朝复暮
>
> ……

这首歌写尽了日本人春天看樱花的举国若狂的盛况。"十日之游"是短促的,连阴之后,春阳暴暖,樱花就漫山遍地的开了起来,一阵风雨,就又迅速地凋谢了,漫山遍地又是一片落英!日本的文人因此写出许多"人生短促"的凄凉感喟的诗歌,据说樱花的特点也在"早开早落"上面。

也许因为我是个中国人,对于樱花的联想,不是那么灰暗。虽然我在一九四七年的春天,在东京的青山墓地第一次看樱花的时候,墓地里尽是些阴郁的低头扫墓的人;间以喝多了酒引吭悲歌的醉客,当我穿过圆穹似的莲灰色的繁花覆盖的甬道的时候,也曾使我起了一阵低沉的感觉。

今年春天我到日本,正是樱花盛开的季节,我到处都看了樱花,在东京,大阪,京都,箱根,镰仓……但是四月十三日我在金泽萝香山上所看到的樱花,却是我所看过的最璀璨,最庄严的华光四射的樱花!

四月十二日,下着大雨,我们到离金泽市不远的内滩渔村去访问。路上偶然听说明天是金泽市出租汽车公司工人罢工的日子,金泽市有十二家出租汽车公司,有汽车二百五十辆,雇用着几百名的司机和工人。他们为了生活的压迫,要求增加工资,已经进行过五次罢工了,还没有达到目的,明天的罢工将是第六次。

那个下午,我们在大雨的海滩上,和内滩农民的家里,听到了许多工农群众为反对美军侵占农田作打靶场奋起斗争终于胜利的种种可泣可歌的事迹。晚上又参加了一个情况热烈的群众欢迎大会,大家都兴奋得睡不好觉。第二天早起,匆匆地整装出发,我根本把今天汽车司机罢工的事情,忘在九霄云外了。

早晨八点四十分,我们从旅馆出来,十一辆汽车整整齐齐地摆在门口。我们分别上了车,徐徐地沿着山路,曲折而下。天气晴明,和煦的东

◎ 冰心与日本女演员山本安英（右一）。

风吹着，灿烂的阳光晃着我们的眼睛……

　　这时我才忽然想起，今天不是汽车司机们罢工的日子么？他们罢工的时间不是从早晨八时开始么？为着送我们上车，不是耽误了他们的罢工时刻么？我连忙向前面和司机同坐的日本朋友询问究竟。日本朋友回过头来微微地笑说："为着要送中国作家代表团上车站，他们昨夜开个紧急会议，决定把罢工时间改为从早晨九点开始了！"我正激动着要说一两句道谢的话的时候，那位端详稳静、目光注视着前面的司机，稍稍地侧着头，谦和地说："促进日中人民的友谊，也是斗争的一部分呵！"

　　我的心猛然地跳了一下，像点着的焰火一样，从心灵深处喷出了感激的漫天灿烂的火花……

　　清晨的山路上，没有别的车辆，只有我们十一辆汽车，沙沙地飞驰。这时我忽然看到，山路的两旁，簇拥着雨后盛开的几百树几千树的樱花！这樱花，一堆堆，一层层，好像云海似的，在朝阳下绯红万顷，溢彩流光。当曲折的山路被这无边的花云遮盖了的时候，我们就像坐在十一只首尾相接的轻舟之中，凌驾着骀荡的东风，两舷溅起哗哗的花浪，迅捷地向着初升的太阳前进！

下了山，到了市中心，街上仍没有看到其他的行驶的车辆，只看到街旁许多的汽车行里，大门敞开着，门内排列着大小的汽车，门口插着大面的红旗，汽车工人们整齐地站在门边，微笑着目送我们这一行车辆走过。

到了车站，我们下了车，以满腔沸腾的热情紧紧地握着司机们的手，感谢他们对我们的帮忙，并祝他们斗争的胜利。

热烈的惜别场面过去了，火车开了好久，窗前拂过的是连绵的雪山和奔流的春水，但是我的眼前仍旧辉映着这一片我所从未见过的奇丽的樱花！

我回过头来，向着同行的日本朋友："樱花不消说是美丽的，但是从日本人看来，到底樱花美在哪里？"他搔了搔头，笑着说："世界上没有不美的花朵……至于对某一种花的喜爱，却是由于各人心中的感触。日本文人从美而易落的樱花里，感到人生的短暂，武士们就联想到捐躯的壮烈。至于一般人民，他们喜欢樱花，就是因为它在凄厉的冬天之后，首先给人民带来了兴奋喜乐的春天的消息。在日本，樱花就是多！山上、水边、街旁、院里，到处都是。积雪还没有消融，冬服还没有去身，幽暗的房间里还是春寒料峭，只要远远地一丝东风吹来，天上露出了阳光，这樱花就漫山遍地的开起！不管是山樱也好，吉野樱也好，八重樱也好……向它旁边的日本三岛上的人民，报告了春天的振奋蓬勃的消息。"

这番话，给我讲明了两个道理。一个是：樱花开遍了蓬莱三岛，是日本人民自己的花，它永远给日本人民以春天的兴奋与鼓舞；一个是看花人的心理活动，做成了对于某些花卉的特别喜爱。金泽的樱花，并不比别处的更加美丽。汽车司机的一句深切动人的、表达日本劳动人民对于中国人民的深厚友谊的话，使得我眼中的金泽的漫山遍地的樱花，幻成一片中日人民友谊的花的云海，让友谊的轻舟，激箭似的，向着灿烂的朝阳前进！

深夜回忆，暖意盈怀，欣然提笔作樱花赞。

1961年5月18日夜

赏析

《樱花赞》是冰心解放后创作的一系列国际题材散文的代表作。六十年代初，冰心作为和平友好使者随中国作家代表团再次东渡扶桑，所到之处，时时感受到日本人民对中国人民的深挚的情谊，这一切令作家暖意盈怀，感慨万千，于是深夜执笔，写下了这首脍炙人口的樱花的赞歌。

散文的开篇便开门见山从樱花入笔，写樱花和"瑞雪灵峰"的富士山一样，成了日本的象征。樱花共有三百多种，每年春天，它们"掩映重叠，争妍斗艳"，虽则花期只有短暂的十日，但日本人观花却必然倾城出动，"举国若狂"。而"我看樱花，往少里说，也有几十次了。在东京的青山墓地看，上野公园看，千鸟渊看……；在京都看，奈良看……；雨里看，雾中看，月下看……"每次观花，都深切领略了樱花之美。以上这一系列的描写，不仅使散文一开头便"沉浸在弥漫的樱花气息里"，渲染了气氛，同时更重要的是起到了极好的铺垫作用，强烈地烘托了"四月十三日我在金泽萝香山上所看到的樱花"，"是我所看过的最璀璨，最庄严的华光四射的樱花！"

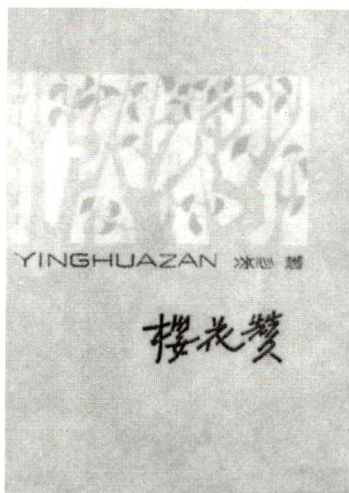

"年年岁岁花相似，岁岁年年人不同"。

○《樱花赞》书影。

"樱花不消说是美丽的"，然而因环境的变迁，心境的殊异，也会使人产生不同的感受。冰心紧紧抓住这不同的感受作为文章的创作契机，以饱蘸诗意的笔，逐层开拓出一个深邃雄浑的意境。

日本的文人从美而易落的樱花里发出"人生短促"的凄凉感喟；日本的武士从浓艳怒放的樱花中联想到捐躯的壮烈；而日本的寻常百姓，因为樱花在凄厉的冬天之后，首先带来了振奋蓬勃的春天的消息而感到兴奋、鼓舞。的确，"一个是看花人的心理活动，做成了对于某些花卉的特别喜爱。"冰心曾多次赏樱，虽然她作为一个中国人，对于樱花的联想，不像日本文人武士那么灰暗，然而当她第一次目睹覆盖了甬道的"莲灰色的繁花"时，心中还是产生了"一阵低沉的感觉"。时隔十几年，冰心再来日本，在金泽的萝香山上，她见到了最美、最令她激动的绚烂的樱花。其实，金泽的樱花，并不比东京、大阪的更加美丽。然而金泽的汽车司机原定那天举行第六次罢工，因为要送中国作家代表团上车站而经过连夜磋商后决定推迟罢工时间，汽车司机对作者说："促进日中人民的友谊，也是斗争的一部分"，这动人的话语，深厚的情谊，使作家的心"像点着的焰火一样，从心灵深处喷出了感激的漫天灿烂的火花"，以至于当汽车奔驰在清晨的山路上时，作家的眼前竟会"辉映着这一片我所从未见过的""绯红万顷，溢彩流光"的"奇丽"的樱花。

所以，在她的笔下，樱花不仅是日本的象征，也是中日人民友谊的象征。礼赞樱花就是礼赞日本人民，礼赞日本人民对中国人民的深情厚谊。

（佟舒眉）

感谢我们的语文老师

我看着这几双发亮的感激的眼睛，使我想起了许多往事，从欣赏到写作，从幼芽到小树，是经过多少人的细心培养啊。

前天近午，有三个在初中和高中读书的少年来看我。他们坐了一大段车，还走了一大段路，带着满脸的热汗，满身的热气，满心的热情，一进门就喊：

"×妈妈，您好，我们来了！"

这几个孩子，几乎是我看着他们长大的，几个月不见，仿佛又长了一大截！有的连嗓音都变了，有的虽然戴着红领巾，却不像个中学生而像个辅导员，有的更加持重腼腆，简直像个大姑娘了，可是在我这里，他们就像回到自己家里一样，一面扇扇子，喝凉水，眼睛四下里看，嘴里还不住地说。最后，他们就跑到书架和书桌前面去……

"您有什么新书没有？"

"您这儿还有《红旗谱》哪，我看过一遍都忘了，老师还让我们夏天看呢，借给我好不好？"

"这《蕙风词话》、《人间词话》说的是什么呀？"

我一个人实在对付不了三张快速的嘴，我只看着他们笑，我只感到心花怒放，多么火热的青春呵！

慢慢地，他们手里拿着书、水杯和大蒲扇，围着我坐下来了，谈着看书，谈着文学作品，忽然谈锋转向语文老师。

那个变了嗓音的大小孩子说："我看书的兴趣，完全是我们的语文老师引起的。在前年，我们的那位语文老师，不用提多好啦，给我们上语文课的时候，讲的那么生动，我们都听得入了迷。下课以后去找他谈话，他还给我介绍许多课外的书籍。那一年，我看的书最多了，课内的古典文学，像《琵琶行》，我到现在还能背。可惜这位老师只教我们一年，就去编教材去了。后来的语文老师，上课时候讲的内容和政治课差不多，我们对于课文的感受就不特别深了……"

那个更加沉静的姑娘，这时也微笑说："我们的语文老师也不错，我就是喜欢跟他写作文。他出的题目好，总让人人都有自己的话说，而且说起来没有完。他在卷本上批改的并不多，但是他和每个学生谈话的时候，却能谈到几个钟头。现在，我才知道写作文也可以是一件很快乐的事……"

我看着这几双发亮的感激的眼睛，使我想起了许多往事，从欣赏到写作，从幼芽到小树，是经过多少人的细心培养啊。

我嘴里只说，"我真愿意你们的语文老师都在这里,他们听了不知要怎样地高兴。但是，也别忘了，'师父领进门，修行在个人'，阅读和写作，一旦有了好的开头，就得自己努力继续下去，要不然，老师走了，这些好习惯也跟着走了，你说可惜不可惜？那老师也就白教了！"

他们都笑了，"也可能是白教了，我们努力就是，不过，我们还是感谢我们的老师！"

◎1923年，冰心（左二）与美籍英文教师鲍贵思（左三）及燕大同学合影。

我好像是对自己说的，

"只要努力，老师就绝没有白教，让我们都感谢我们的老师！"

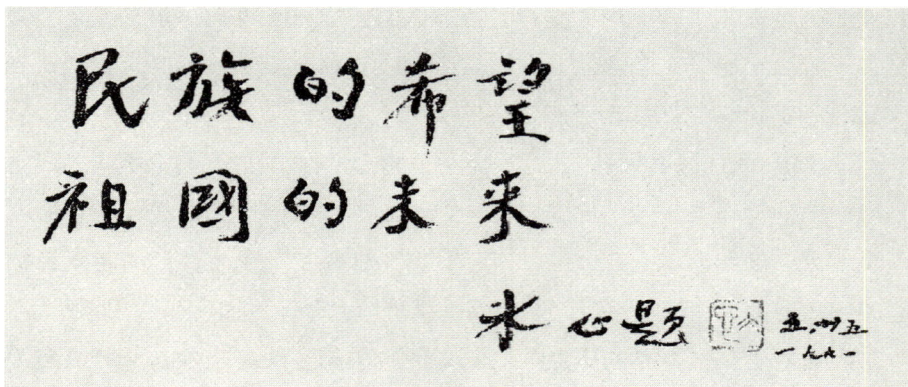

◎ 冰心给少年儿童的题词：民族的希望　祖国的未来。

赏析

《感谢我们的语文老师》的中心主要是赞美优秀的语文老师，启发教育青少年要尊敬自己的师长，感谢老师的一片爱心，认真学好老师传授的文化知识。

这是一篇具有很强的启发教育意义的散文，但作者在表现主题时，并没有以长辈或教育者的严肃的面孔出现，对他们进行生硬的说教，而是选取了一个非常祥和随意的生活场景，以一种自然轻松的笔触动之以情，晓之以理。

文章一开始写三位充满青春活力的中学生到"我"家中前来看望。在十分随意、轻松的气氛中，三位中学生由谈论读书引起对自己的语文老师的评价。作者在这里重点通过两个孩子十分坦率而真诚的话语，具体描绘可他们喜爱的语文老师的形象，表达他们对自己老师的热爱。这些话以孩子们的口吻说出，能够自然地引起青少年读者，乃至曾有过学生时代的成年人的共鸣。这些话使读者感到好似遇到了一位知音，说出了他们心里的话。在这些话语之后，冰心又不失时机地发出"从欣赏到写作，从幼芽到小树，是经过多少人的细心培养啊"的感叹，及时引导读者去深思老师的辛勤劳动及对学生的一片爱心，从心底涌出对老师深深的敬意和感激之情，决心不辜负老师的栽培，努力学好文化知识。作品的启发教育作用就是这样在不知不觉中自然而然地进入读者内心深处，使他们深受教益的。

除以生动形象，轻松自然的笔触向读者晓之以理外，文章中质朴丰厚的真情也深深打动着读者。冰心善于描绘情感，善于抒发情感，更善于以文章的情

◎ 冰心给小朋友讲小橘灯
是怎样制作的。

感牵动和感染读者的情感。本篇文章便是这样，将文中描绘对象中学生的情感，作者自己的情感，及读者的情感巧妙地融在了一起。作品描写的中心是表露中学生对语文老师的尊敬与喜爱之情；其次是"我"在细心观察孩子们的一举一动、倾听他们的一字一句中表现出的慈爱、关切及油然而生的欣悦之情；与此同时，作者在无意识中呼唤和牵动读者的情感随文章的情感的波动而波动，虽无大起大伏，但质朴、坦率、真诚，依然可感人至深。特别在文章结尾部分，"我"从静听者变为谈话的加入者，对孩子们进行必要而正确的引导和启发，作为三条情感线中的主线，逐步把三者的情感推向一个共同高潮，发出"让我们都感谢我们的老师"的召唤。这句话是全文的一个升华，也是这三种情感最终的最强烈的融汇点。它不仅在"我"心中，在文中三个中学生心中，也在从那时一直到现在的读者心中永远放射着美丽而崇高的光彩。

（袁海娜）

一只木屐

每一个不眠的夜晚，我都听到嘎达嘎达的
木屐声音，一阵一阵的从我楼前走过。

淡金色的夕阳，像这条轮船一样，懒洋洋地停在这一块长方形的海水上。
两边码头上仓库的灰色大门，已经紧紧地关起了。一下午的嘈杂的人声，已经
寂静了下来，只有乍起的晚风，在吹卷着码头上零乱的草绳和尘土。

我默默地倚伏在船栏上，周围是一片的空虚——沉重，时间一分一分
地过去，苍茫的夜色，笼盖了下来。

猛抬头，我看见在离船不远的水面上，飘着一只木屐，它已被海水泡
成黑褐色的了。它在摇动的波浪上，摇着、摇着，慢慢地往外移，仿佛要
努力地摇到外面大海上去似的！

啊！我苦难中的朋友！你怎么知道我要悄悄地离开？你又怎么知道我
心里丢不下那些把你穿在脚下的朋友？你从岸上跳进海中，万里迢迢地在
船边护送着我？

过去几年的、在东京的苦闷不眠的夜晚——相伴我的只有瓦檐上的雨
声，纸窗外的月色，更多的是空虚——沉重的、黑黝黝的长夜；而每一个
不眠的夜晚，我都听到嘎达嘎达的木屐声音，一阵一阵的从我楼前走过。
这声音，踏在石子路上，清空而又坚实；它不像我从前听过的、引人憎恨
的、北京东单操场上日本军官的军靴声，也不像北京饭店的大厅上日本官
员、绅士的皮鞋声。这是日本劳动人民的、风里雨里寸步不离的、清空而

◎ 冰心与日本友人山口和子。

又坚实的木屐的声音……

　　我把双手交叉起，枕在脑后，随着一阵一阵的屐声，在想象中从穿着木屐的双脚，慢慢地向上看，我看到悲哀憔悴的穿着外褂、套着白罩衣的老人、老妇的脸；我看到痛苦愤怒的穿着工裤、披着蓑衣的工人、农民的脸；我看到忧郁彷徨的戴着四角帽、穿着短裙的青年、少女的脸……这些脸，都是我白天在街头巷尾不断看到的，这时都汇合了起来，从我楼前嘎达嘎达地走过。

　　"苦难中的朋友！在这黑黝黝的长夜，希望在哪里？你们这样嘎达嘎达地往哪里走呢？"在失眠的辗转反侧之中，我总是这样痛苦地想。

但是鲁迅的几句话，也常常闪光似的刺进我黑暗的心头，"我想：希望本无所谓有，也无所谓无的。这正如地上的路；其实地上本没有路，走的人多了，也便成了路。"

就这样，这清空而又坚实的木屐声音，一夜又一夜地、从我的乱石嶙峋的思路上踏过；一声一声、一步一步地替我踏出了一条坚实平坦的大道，把我从黑夜送到黎明！

事情过去十多年了，但是我还常常想起那日那时日本横滨码头旁边水上的那只木屐。对于我，它象征着日本劳动人民，也使我回忆起那几年居留日本的一段生活，引起我许多复杂的情感。

从那日那时离开日本后，我又去过两次。这时候，日本人民不但是我的苦难中的朋友，也是我的斗争中的朋友了，我心中的苦乐和十几年前已大不相同。但是，当同去的人们，珍重地带回了些与富士山或樱花有关的纪念品的时候，我却收集一些小小的、引人眷恋的玩具木屐……

赏析

1946年末之后，冰心前后有四年的时间旅居日本。《一只木屐》是作者回国十多年后写下的离别日本时凄婉而动人的情景。

在诸多描写别离的作品中，《一只木屐》显得很是别致。作者没有去写送别的人，而是写了一只漂浮的木屐。"我"默默地倚伏在即将载"我"离去的船栏上，晚风冰凉，夜色苍茫，周围空虚而沉重，就在这时，"我看见在离船不远的水面上，飘着一只木屐，它已被海水泡成黑褐色的了。它在摇动的波浪上，摇着、摇着，慢慢地往外移，仿佛要努力地摇到外面大海上去似的！"漂浮的木屐与离别的愁绪立即有了勾通，作者将木屐迅速转换为第二人称的"你"。"你怎么知道我要悄悄地离开？""你从岸上跳进海中，万里迢迢地在船边护送着我？"木屐在这儿作为一种拟定的情绪代码出现，一腔的离愁别绪都被它点燃。这就造成了冰心笔下独特的离别情景：没有送别的话语，没有挥手，没有泪眼，夕照、晚风、苍茫的夜色，波动的海面上，一只送别的木屐，然而，仅仅是这些便是愁绪万千了。

那么，木屐为何有这种分量呢？它到底包容了一些什么？隐藏了一些什么？

接着，"我"由木屐想到在日本几年的长夜，那嘎达嘎达的木屐声总在长夜中从楼前走过，陪伴着"我"的木屐声"清空而又坚实"；并且"我"在这声声的嘎嘎达中，想象着穿着木屐的双脚，想象着一张张老人、老妇的脸，工人、农民的脸，青年、少女的脸，他们或是悲哀憔悴，或是痛苦愤怒，或是忧郁彷徨，在长夜中漫无目的地走着，在长夜里寻找光明之路。

这就是那只漂浮的木屐之所以能引起那股别离的愁绪的原委所在。木屐，连接着"我"在日本战后所交结的苦难中的朋友，木屐也勾起我对那一段即将离别岁月的伤情，离别木屐，实际上是离别那朝夕相处的苦难中的朋

◎ 1980年4月，冰心冒雨访问日本乡村。

友，离别逝去的岁月，漂浮的木屐代表了伤情，也代表了友谊。

《一只木屐》是以回忆中的两组画面结构而成的，一组是情景画面：码头、落日、夜色、晚风、海浪、漂浮的木屐；一组是联想的画面：嘎达嘎达的木屐声，声音中流动的不同表情的脸。这两种画面被一种忧伤愁情紧紧裹住，这是一篇典型的忧伤美文。流动着一种泱泱的忧伤与愁绪是冰心早期散文的最大特色。不过，在这篇散文中还有另外一种东西，这就是木屐的另一种含意：木屐踩在地上坚实的声音，木屐向前行走的本能，作品中特地引用了鲁迅关于路的一段话，从而现出了一种光明与希望的企盼。

（王炳根）

三寄小读者·通讯六

切不可把看书当做一种负担，
看书是一种快乐，一种享受。

亲爱的小朋友：

　　窗外一声爆竹，把我从沉思中惊醒了，往窗外看时，我看见一个小朋友正在雪地上放爆竹呢。他只有七八岁光景，穿着一件蓝色棉猴，蹲在地上，把手臂伸得长长地在点一支立在地上的鞭炮。远远地还站着一个穿着红色棉猴的小女孩，大概是他的妹妹吧。她双手捂着耳朵，充满着惊喜的双眼却注视着那嗤嗤发声的鞭炮……多么生动而可爱的一幅图画呵！这使我想起我小的时候，每到新春季节，总会看见人家门口贴的红纸春联，上面有的写着："爆竹一声除旧，桃符万户更新"——桃符就是春联的别名——这对春联，到现在也还有其现实的意义，就是说一声巨响的爆竹，一阵浓烈的硝烟，扫除了阻碍我们前进的一切旧的东西，比如说，封建主义、官僚主义；之后，家家户户的春联还要写上他们自己迎接新春的最新最好的决心和愿望，这不但是鞭策自己，也是鼓励别人！小朋友，一九七九年来到了，我们最新最美的决心和愿望是什么呢？

　　党的三中全会，向我们号召说："全党工作的着重点应该从一九七九年转移到社会主义现代化的建设上来。"小朋友，你们都是社会主义现代化的后备军，今天，你们的着重点应该放在哪里呢？

　　四个现代化关键在科技，基础在教育，而中小学的教育更是基础的基础！那么，在中小学的课程里，哪一门是最重要的呢？我觉得最重要的还

◎ 冰心就读贝满女中时的校舍。

应当是语文！

　　文字是写在纸上的语言。认不清、看不懂文字就等于视而不见的瞎子；写不出，写不好文字就等于说不出话的哑巴。生活在旧社会的广大劳动人民所吃过的不识字的苦，我们听到看到的难道还少吗？

　　有好几位数、理、化的教师，都恳切地对我谈过，学生如不把语文学好，就看不懂数、理、化的书本和习题，对于他所认为最重要的数、理、化课程，就不会有很好的理解。他们感慨地说："数、理、化学不好，拉了四个现代化的后腿，而语文学不好就拉了数、理、化的后腿。"他们讲得多么深刻呵！

　　学习语文本来就是要培养我们识字、阅读和写作的能力，这是在四个现代化长征路上最起码的武装。语文又是一切装备中，最锐利的武器。语文学好了，工作才能做好，才能精益求精，学外语也是如此。还有，无论外语学得多好，如果不在本国语文上下工夫，也就不能把外语翻译得准确、鲜明、生动，也就不能收到"洋为中用"的效果！

要学好语文，上课、听讲、做作业，当然是主要的，但这还不够。我们一定要把学习语文的门户开得大大的，一定要除了课本之外，各人自己找书看，看到好书之后，同学之间还要互相介绍，也要向老师和家长请教。

小朋友，切不可把看书当做一种负担，看书是一种快乐，一种享受。苏联文学家高尔基曾经这样说过："我兴奋地、惊异地阅读了许多书，但这些书并没有使我脱离现实，反而加强了我对现实的兴趣，提高了观察、比较的能力，燃起了我对生活知识的渴望。"你一旦进入了生活知识的宝库，你就会感到又喜又惊，流连忘返。而你从这宝库里所探到的一切，就会把你"全副披挂"了起来，使你能在社会主义现代化的长征路上，成为一个无比坚强的战士。

让我告诉你们一个大好的消息：全国少年儿童读物出版工作会议，拟定了一个1978年至1980年部分重点少儿读物出版的规划。拟定出版的图书有：《少年百科全书》、《小学生文库》、《少年自然科学丛书》、《少年科学画册》以及《外国儿童文学名著》等将近三十套。我们有了已经出版的许多儿童读物，再加上这将近三十套的图书，在将来的三年中，就尽够你们在知识的海洋中游泳的了。不是吗？

我在充满了希望与喜悦的心情之中，向你们祝贺，愿你们过一个健康快乐的春节！

你们的朋友　冰　心

1978年12月30日

赏析

这篇通讯写于1978年、1979年之间的除旧迎新之际，作者伴着"爆竹除旧、桃符迎新"的喜悦时刻，怀着春回大地的激动心情，向小朋友们介绍了新年——1979年这一重大历史转折时期的发轫点，并由此而引出了学习语文的重要意义及学好语文的有效途径。

作家首先从窗外爆竹声起笔，接着以清新细腻的笔触描述了一对兄妹喜放爆竹的情景："他只有七八岁光景，穿着一件蓝色棉猴，蹲在地上，把手臂伸得长长地在点一支立在地上的鞭炮。远远地还站着一个穿着红色棉猴的小女孩……她双手捂着耳朵，充满着惊喜的双眼却注

◎ 《三寄小读者》书影。

视着那嗤嗤发声的鞭炮……"真可谓一幅有声有色的喜庆画，从小男孩那伸得长长的手臂人们仿佛触摸到了一颗被强烈的期待和些许的恐惧填塞得胀鼓鼓的心，小女孩那捂着耳朵的双手、充满惊喜的眼睛也活画出一个娇憨、稚气、跃跃欲试的形象。那活灵活现的蓝棉猴、红棉猴，那嗤嗤作响的鞭炮，竟被几十个字描绘得这般生动，由此，我们不得不叹服作家貌似平淡然而异常老辣的笔力。这种笔力在这篇通讯中几乎随处可见，比如，作家在谈到党的三中全会提出了工作着重

点的转移后，立刻写道："小朋友，你们都是社会主义现代化的后备军，今天，你们的着重点应该放在哪里呢？"接着，由战略转移的"科技是关键"、"教育是基础"毫不含糊地提出了自己的观点："我觉得最重要的还应当是语文！"读到这儿，小朋友们可能会不以为然，但看下去却又不得不心悦诚服了："文字是写在纸上的语言。认不清、看不懂文字就等于视而不见的瞎子；写不出、写不好文字就等于说不出话的哑巴。"一对寻常得不能再寻常的句子，两个通俗得不能再通俗的比喻，却把其中的道理讲得明白而又透彻，这绝非一般的笔力所能达到。接着作家又引证了数、理、化老师的看法及自己的认识，进一步对自己的观点进行了论证，有理、有力。

（徐莉萍）

三寄小读者·通讯八

习惯成自然，她的良好的一言一动是多么自然，多么可爱。

亲爱的小朋友：

　　节日好！好久没有给你们写信了，但是在这一春天里我一刻也没有把你们忘掉，特别是看到春草绿了，春花开了，想到在春天里生气勃勃地锻炼着、学习着、工作着的我国的两亿小朋友，我对我国的四个现代化的未来，总是充满着希望和喜悦。现在借着向你们祝贺节日的机会，告诉你们我最近遇到的很难忘记的一件事。

　　有一天早晨，我出去开会，因为是雨后初晴，这大院里的地上还是很滑的，我只顾低头看路，忽然听见前面有清脆的声音叫："老爷爷，慢点走，等我来扶您！"抬头看时，原来是一个背着书包、戴着红领巾、梳着双辫的小姑娘，正在追上一位老爷爷扶着他的胳臂，慢慢地走过一段泥泞的路。等到走上了柏油大路，老爷爷向她点了点头，她才放了手，笑着跳着向前走了。这时马路边有几个小孩子，正在围住一棵新栽上的小杨树使劲地摇晃。这个小姑娘走过去，不知道对那些孩子说些什么，孩子们都放了手，抬头看着她不好意思地笑着。她笑着拍了拍每个孩子的头，正要往前走，又看见马路上散落着一些纸片，那是走在她前面的那个男孩子边走边撒的。她就停下来，把那些碎纸一片一片地捡了起来，三步两步地追上前去，把这些纸塞在那个男孩子的手里。他们站在路边说了几句话，我也听不见他们说些什么，只看见那个男孩子先是低下头，后来又点了头，最

○ 冰心与印度少年合影。

后他们两人又说又笑地向前走去。

我想再跟她走下去，但是我开会地点和她要去的学校不在一条路上，我们必须分开走了。而我还是站在路口望着他们并肩走去的背影，久久舍不得离开。

多么好的一个孩子！只在短短的几分钟里，短短的一段路上，她已经做了这几件好事，那么，在一天、一年、一生中，她该为人民为国家做多少好事呢？

亲爱的小朋友，我们都知道而且坚信，只有现在的"三好"学生，才能胜任地负起实现我国四个现代化的光荣任务。关于怎样能做到身体好，学习好，小朋友们一定都听得很多，在此我就不多说了。因着那位小姑娘的启发，对于怎样做到工作好，我倒有点想法。小朋友们不但在家庭里和学校里有许多工作可做，而且在社会上也可以做许多工作。就像我看到的那个小姑娘，她在上学路上，就扶着一位老大爷走过一段难走的泥路；还说服了几个小孩子，要他们爱护绿化城市的树木；还帮助她的同学，要他爱护公共卫生和整洁的市容。她不知道我跟在她后面，她不是做给我看。她的这些良好的表现是从她所受过的良好的家庭、学校、社会教育里逐渐养成的。习惯成自然，她的良好的一言一动是多么自然，多么可爱。

小朋友，让我们都向她学习，一个小朋友每天做几件好事，那么两亿小朋友会做出多少好事呢？我们祖国面貌的日日更新，还会是一件很难的事情吗？

小朋友们一定会看到更多的像我所看到的这样闪光的儿童形象，不妨也写出来让我们互相学习吧！

再一次祝你们节日快乐！

你们的朋友　冰　心

1979年5月12日

赏析

　　在这篇通讯中，作家向小朋友们讲述了她所遇到的一件难忘的事：一个雨后初晴的早晨，她出去开会，一路上跟随着一位小姑娘，发现她在短短的几分钟里，竟做了那么多的好事：先是扶一位老爷爷慢慢走过一段泥泞的路，随后又说服了几个孩子，要他们爱护绿化城市的树木，接着帮助随地扔纸片的同学，要他爱护公共卫生和整洁的市容。

　　表面看来，这段叙述并没有强烈的抒情、议论，但却使人感受到一股不可遏止的情感的撞击，这便是叙述人强烈而内在的叙述态度所形成的。

　　向小朋友们叙述这件难忘的事并不是作家的最终目的，作家旨在通过这个叙述教育小朋友向那位做好事的小姑娘学习。因此，紧承叙述，作家又在通讯的后半部分中进行了议论。在这篇通讯中，作家的议论主要表现为以下三个特点：

　　第一，议论不空泛，而是与叙事、抒情紧密结合在一起。如，作家讲述了她开会途中遇到的小姑娘的所作所为后，紧接着抒发了自己无比喜悦及赞赏的情怀："我想再跟她走下去，但是我开会地点和她要去的学校不在一条路上，我们必须分开走了。而我还是站在路口望着他们并肩走去的背影，久久舍不得离开。"接着，又发出了感慨："多么好的一个孩子！"然后才对所叙之事进行议论。

　　第二，议论有力而不武断。这主要表现为反问的适当运用。如，"只在短短的几分钟里，短短的一段路上，她已经做了这几件好事，那么，在一天、一年、一生中，她该为人民为国家做多少好事呢？"反问的恰当运用既增强了议论的语

◎ 国画《百年冰心》 卢志强 作。

气，又给人留下了思考的空间。

第三，议论层层推进。在这篇通讯中主要有两处议论：一是就事论事，就小姑娘的所作所为议论这种所作所为（如上）；二是超越具体事件进行更宽泛的议论。在进行就事论事之后，作家又自然而然地写道："小朋友，让我们都向她学习，一个小朋友每天做几件好事，那么两亿小朋友会做出多少好事呢？我们祖国面貌的日日更新，还会是一件很难的事情吗？"显然有所深入而又切入题旨。

（徐莉萍）

腊八粥

象征着我们这一代准备走上各条战线的中国少年，大家紧紧地、融洽地、甜甜蜜蜜地团结在一起……

从我能记事的日子起，我就记得每年农历十二月初八，母亲就给我们煮腊八粥。

这腊八粥是用糯米、红糖和十八种干果掺在一起煮成的。干果里大的有红枣、桂圆、核桃、白果、杏仁、栗子、花生、葡萄干等，小的有各种豆子和芝麻之类，吃起来十分香甜可口。母亲每年都是煮一大锅，不但合家大小都吃到了，有多的还分送给邻居和亲友。

母亲说：这腊八粥本来是佛教寺院煮来供佛的——十八种干果象征着十八罗汉，后来这风俗便在民间通行。因为借这机会，清理橱柜，把这些剩余杂果煮给孩子吃，也是节约的好办法。最后，她叹一口气说："我的母亲是腊八这一天逝世的！那时我只有十四岁。我伏在她身上痛哭之后，赶忙到厨房去给父亲和哥哥做早饭，还看见灶上摆着一小锅她昨天煮好的腊八粥。现在我每年还煮这腊八粥，不是为了供佛，而是为了纪念我的母亲。"

我的母亲是一九三〇年一月七日逝世的，正巧那天也是农历腊八！那时我已有了自己的家，为了纪念我的母亲，我也每年在这一天煮腊八粥，虽然我凑不上十八种的干果，但是孩子们也还是爱吃的。抗战后南北迁徙，有时还在国外，尤其是最近的十年，我们几乎连个"家"都没有，也就把"腊八"这个日子淡忘了。

◎ 冰心与女儿吴青一家。

今年"腊八"这一天早晨，我偶然看见我的第三代几个孩子，围在桌子旁边，在洗红枣、剥花生，看见我来了，都抬起头来说："姥姥，以后我们每年还煮腊八粥吃吧！妈妈说这腊八粥可好吃啦。您从前是每年都煮的。"我笑了，心想这些孩子们真馋。我说："那是你妈妈们小时候的事情了，在抗战的时候，难得吃到一点甜食，吃腊八粥就成了大典。现在为什么还找这个麻烦？"

他们彼此对看了一下，低下头去，一个孩子轻轻地说："妈妈和姨妈说，您母亲为了纪念她的母亲，就每年煮腊八粥，您为了纪念您的母亲，也每年煮腊八粥。现在我们为了纪念我们敬爱的周总理、周爷爷，我们也要每年煮腊八粥！这些红枣、花生、栗子和我们能凑来的各种豆子，不是代表十八罗汉，而是象征着我们这一代准备走上各条战线的中国少年，大家紧紧地、融洽地、甜甜蜜蜜地团结在一起……"他一面从口袋里掏出一

　　小张叠得很平整的小日历纸，在一九七六年一月八日的下面，印着："农历乙卯年十二月八日"字样。他把这张小纸送到我眼前说："您看，这是妈妈保留下来的，周爷爷的忌表，就是腊八！"

　　我没有说什么，只泫然地低下头去，和他们一同剥起花生来。

1979年2月3日凌晨

赏析

　　在冰心关于故乡、童年的若干散文中，《腊八粥》尤显特别的是它并非一篇纯粹的忆旧文字。自然，作者也用"满蕴着温柔"的委婉尽意的笔致，抒写着母亲煮腊八粥的往事。然而，在这篇散文中，拨动读者心弦的，并不限于往事的回忆，而是冰心纪念周总理逝世三周年的精心之作。它以孩子们纪念周爷爷的独特的角度，抒写人民对自己的好总理的敬仰、爱戴与怀念之情。

　　读《腊八粥》不禁想到：沉郁凝重的格调，洗尽铅华的平实与素朴的文字，何以那样感人，那样摄人心魄？首先，我们注意到正是作者对于"所描述的人、物、情、景"——腊八粥、母亲、周总理的熟悉，并"有着浓厚真挚的情感"。譬如"母亲的母亲"、母亲、周总理都是腊八这一天逝世的这个细节，要不是最亲近最熟识的人，一般不会知道。而他们的"忌辰"腊八正好与吃腊八粥的民俗相"巧合"，这或许就是作者写作这篇散文的契机。在浮想联翩中，这最初的契机变得明晰起来，丰富起来，最终成了作者行文运笔的轴心，思想驰骋的基石。

　　其次，是作者"从真挚的情感出发，抒真情，写实境"，使读者得到"同感与共鸣"。

　　《腊八粥》在写到"几个孩子"为了纪念周总理爷爷而洗红枣、剥花生准备煮腊八粥的"实境"时，一个孩子"低下头"讲的那番话是多么动情，多么天真可爱！你看，"他一面从口袋里掏出一小张叠得很平整的小日历纸，在一九七六年一月八日的下面，印着：'农历乙卯年十二月八日'字样。他把这张小纸送到我眼前说：'您看，这是妈妈保留下来的，周爷爷的忌表，就是腊八！'"这是"实境"的叙写，又是融和了"真情"的抒发。作者写道："我没有说什么，只泫然地低下头去，和他们一同剥起花生来。"文章到此收笔，无声胜有声，留下无穷韵味。可否这样说，没有"实境"的叙写，抒情将是空泛无力的；而没有"真情"的抒发，"实境"绝不会灵动感人。

　　说到这里，我们读完了《腊八粥》。细心的读者一定还会注意到，那文末所注的写作日期有"凌晨"二字。这两个字，告诉我们作者的一次情感经历。可以想见在排山倒海而来的关于母亲，关于往事，关于周总理的回忆中，作者是怎样的辗转反侧，夜不能寐，一任满溢的情感的潮水在胸中激荡、回旋。于是披衣而起，在凌晨的清寒与薄明中，把自己的情感倾注笔端，写下了这篇散文名作。读着这至情至文，作者握管伏案的身影，正涌现在我们眼前！

（吴　然）

我和玫瑰花

每天早起，我还在梳洗的时候，只要听到轻轻的
叩门声，我的喜悦就像泉水似的涌溢了出来……

我和玫瑰花接触，是从青年时代开始的。

记得在童年时代，在烟台父亲的花园里，只看到有江西腊梅、秋海棠和菊花等等。在福州祖父的花园里，看到的尽是莲花和兰花。兰花有一种清香，但很娇贵，剪花时要用竹剪子。还很怕蚂蚁，花盆架子的四条腿子，还得垫上四只水杯，阻止蚂蚁爬上去。用的肥料，是浸过黑豆的臭水。

差不多与此同时，我就开始看《红楼梦》，看到小厮兴儿对尤三姐形容探春，形容得很传神的句子，他说："三姑娘的混名儿叫'玫瑰花儿'，又红又香，无人不爱，只是有刺扎手……"我就对这种既浓艳又有风骨的花，十分向往，但我那时还没有具体领略到她的色香，和那尖锐的刺。

直到一九一八年的秋季，我进了大学，那时协和女大的校址，是在北京灯市口佟府夹道（后改同福夹道）。这本是清朝佟王的府邸，女大的大礼堂就是这王府的大厅堂三间打通改成的。厅前的台阶很高，走廊也很长，廊前台阶两旁就种着一行猩红的玫瑰。这玫瑰真是"又红又香，无人不爱"，而且花朵也大到像一只碟子！我们同学们都爱摘下一朵含苞的花蕊，插在鬓上。当然我们在攀摘时也很小心花枝上的尖刺。记得我还写了一首诗，叫做《玫瑰的荫下》。因为那一行玫瑰的确又高又大，枝叶浓密，我们总喜欢坐在花下草地上，在香气氤氲中读书。

◎ 花前留影的冰心，心情格外畅快。

等到我出国后，在美国或欧洲，到处都可以看到品种繁多的玫瑰，而且玫瑰的声价，也可与我们的梅、兰、竹、菊相比！玫瑰园之多，到处都是，在印度的泰姬陵，我就惊喜地参观了陵畔五色缤纷、香气四溢的玫瑰园。

　　一九二九年以后，我自己有了家，便在我家廊前，种了两行德国种的白玫瑰，花也开得很大，而且不断地开花，从阴历的三月三，一直开到九月九，使得我家的花瓶里，繁花不断。我不但自己享受，也把它送给朋友，或是在校医院里养病的学生。

　　抗战军兴，我离开了北京。从此东迁西移，没有一定的住址，也更没有栽花的心绪。一九四一至一九四五年之间，我在重庆歌乐山下，倒是买了一幢土房，没有围墙，四周有点空地。但那时蔬菜紧张，我只在山坡上种些瓜菜之类，我记得有一年夏天，我们光吃南瓜下饭，就吃了三个月！

　　解放后回国来，有了自己的宿舍了，但是我们住的单元，是在楼上，没有土地，而我的幸运也因之而来：在我们楼下，有两家年轻人，都是业余的玫瑰花爱好者，花圃里栽满了各种各色的玫瑰。这几位年轻人，知道我也喜欢，就在他们清晨整理花圃的时候，给我送上来一把一把的鲜艳的带有朝露的玫瑰——他们几乎是轮流地给我送花，我在医院时也不例外，从春天开的第一朵直到秋后开的末一朵——每天早起，我还在梳洗的时候，只要听到轻轻的叩门声，我的喜悦就像泉水似的涌溢了出来……

一九八一年十一月五日

赏析

《我和玫瑰花》记录了"我"与玫瑰花几十年的交情。

"我和玫瑰花接触，是从青年时代开始的。"第一次见到玫瑰花是在女大的礼堂走廊前，"这玫瑰真是'又红又香，无人不爱'，而且花朵也大到像一只碟子！"惊喜之后是将花插在发髻上，以至爱到为它写诗，喜欢到常常坐在花旁的草地上读书。以后的岁月，玫瑰花总与"我"相伴，出国在外，惊喜于那品种繁多的玫瑰，惊喜于泰姬陵畔"五色缤纷、香气四溢的玫瑰园"。待到有家之后，便亲自栽种玫瑰，"使得我家的花瓶里，繁花不断"，直至解放后虽无土地种花，但那玫瑰花的爱好者轮流给"我"送来"一把一把的鲜艳的带有朝露的玫瑰"，以至每天早晨，"听到轻轻的叩门声，我的喜悦就像泉水似的涌溢了出来……"

玫瑰给"我"带来幸福、喜悦、温馨，显然是这篇散文所要传达的情绪，每当作者轻活地写到玫瑰时，我们便能感受到这种情绪，一旦失却玫瑰，作者的笔便显得迟重。抗战军兴，歌乐山下种南瓜，那情绪与笔触与描写到玫瑰的情绪与笔触区别是很鲜明的。

也许我们能自然地感受到作者所传达的情绪，但我们还必须回答这样一个问题：玫瑰花为什么会给"我"带来那种喜悦？

作品在写童年对玫瑰花向往时，曾给此花下了一个定义："既浓艳又有风骨"，那时，"我"十分的向往，却还领略不到"她的色香，和那尖锐的刺"。可见，后来是领略到的。玫瑰：浓艳而不失风骨，国色天香却又长满尖

锐的刺。艳与骨、香与刺，构成了玫瑰花的独特品格。正是这种品格，才是那样深深地吸引了"我"，几十年的交情，几十年的伴随。正是这种品格，才给"我"带来那一分分泉涌般的喜悦。同样，"我"对玫瑰的喜爱，实际上也是作者人格的隐喻。

（王炳根）

忆昆明——寄春城的小读者

对这座四季如春的城市，我的回忆永远是绚烂芬芳的！

四十年前，我在昆明住过两个春秋。对这座四季如春的城市，我的回忆永远是绚烂芬芳的！这里：天是蔚蓝的，山是碧青的，湖是湛绿的，花是绯红的。空气里永远充满着活跃的青春气息。今日，我遥望南天，祝愿住在祖国春城的小朋友们，不辜负你们周围灵秀的湖山，给与你们的美感和熏陶。努力把自己培育成为一个德、智、体、美四育兼优的少年，准备把我们的祖国建设得更伟大而美好。

一九八二年七月八日

○ 未名湖畔，杨柳依依。

赏析

◎1937年6月29日，冰心夫妇欧洲游归国，游览北平西郊卧佛寺。

冰心热爱大自然，崇尚自然美。她那描山绘水的画笔，不知曾为多少风物美景写意传神！

抗日战争期间的1939年和1940年，她在被誉为"春城"的昆明"住过两个春秋"。有一段时间她住在郊外呈贡。在题为《默庐试笔》的散文中，她对昆明郊外呈贡周围的景致作过精彩的描写，说这里清极静极美极，"山之青翠"，湖之涟漪，风物之醇永亲切"，"整个是一首华茨华斯的诗"！冰心对昆明的印象真是既深刻又美丽，以至四十多年过去，对这座四季如春的城市，她的回忆还"永远是绚烂芬芳的！"你看，"这里：天是蔚蓝的，山是碧青的，湖是湛绿的，花是绯红的。空气里永远充满着活跃的青春气息。"仍然是一首华茨华斯的诗！由此，我们或可以体会到大自然是如何的唤起人们内心美好的情感；我们甚至可以进而体会大自然对人的造就和影响，大自然给与人的美感享受和熏陶等等。冰心正是把大自然给与的这份美好情感诉诸笔端，"祝愿住在祖国春城的小朋友们"，不辜负他们周围灵秀的湖山给与他们的美感和熏陶，"努力把自己培育成为一个德、智、体、美四育兼优的少年，准备把我们的祖国建设得更伟大而美好"。这是美的祝愿，既是对春城的小朋友，也是对全国所有的小朋友。特别是在大自然遭受严重破坏，生态环境越来越恶化的今天，冰心对美的祝愿，也就是对美对大自然的深情呼唤！

《忆昆明》这篇优美精致的散文，原是冰心应《春城晚报》副刊编辑之请而写"寄春城的小读者"的。笔调亲切喜悦，语言精练、准确、鲜亮是其特色，如用"蔚蓝"、"碧青"、"湛绿"、"绯红"来分别写天、山、湖、花。短短一百多字，诗情画意，充溢弥漫，已然一首"冰心体"的歌诗，让人读后成诵，激情奋发。

（吴　然）

绿 的 歌

我深深地体会到"绿"是象征着：浓郁
的春光，蓬勃的青春，崇高的理想，热
切的希望……

我的童年是在大海之滨度过的，眼前是一望无际的湛蓝湛蓝的大海，
身后是一抹浅黄的田地。

那时，我的大半个世界是蓝色的。蓝色对于我，永远象征着阔大，深
远，庄严……

我很少注意到或想到其他的颜色。

离开海边，进入城市，说是"目迷五色"也好，但我看到的只是杂色
的黯淡的一切。

我开始向往看到一大片的红色，来振奋我的精神。

我到西山去寻找枫林的红叶。但眼前这一闪光艳，是秋天的"临去秋
波"，很快地便被朔风吹落了。

在怅惘迷茫之中，我凝视着这满山满谷的吹落的红叶，而"向前看"
的思路，却把我的心情渐渐引得欢畅了起来！

"落红不是无情物"，它将在春泥中融化，来滋润培养它的新的
一代。

这时，在我眼前突兀地出现了一幅绿意迎人的图画！那是有一年的
冬天，我回到我的故乡去，坐汽车从公路进入祖国的南疆。小车在层峦叠
嶂中穿行，两旁是密密层层的参天绿树：苍绿的是松柏，翠绿的是竹子，

◎ 70年代初，冰心（左一）
  与鲁迅夫人许广平（中）
  等合影。

中间还有许许多多不知名的、色调深浅不同的绿树，衬以遍地的萋萋的芳草。"绿"把我包围起来了。我从惊喜而沉入恬静，静默地、欢悦地陶醉在这铺天盖地的绿色之中。

我深深地体会到"绿"是象征着：浓郁的春光，蓬勃的青春，崇高的理想，热切的希望……

绿，是人生中的青年时代。

个人、社会、国家、民族、人类都有其生命中的青年时代。

我愿以这支"绿的歌"献给生活在青年的社会主义祖国的青年们！

一九八三年二月十七日

赏析

　　蓝色→红色→绿色，宛如一条幻彩斑斓的丝带，贯串起这篇玲珑而又深长的散文，又像一条曲折迷蒙的小路，贯串起一个坎坷而又豁然的人生。

　　蓝色，用来衬托儿童天真纯洁、一尘不染的心灵。在儿童稚嫩无邪的目光中，世界便是"一望无际的湛蓝湛蓝的大海"，生活的全部（至少大半）是由真善美组成的。儿童当然盼望长大、成熟，而对他们来说，成熟的人生无疑都是英雄的人生，因此他们除了惊叹于、向往于那蓝色象征的"阔大、深远、庄严"之外，"很少注意到或想到其他的颜色"。

　　走出童年，也就走出了那掩盖着大半个世界的蓝色，于是便有了"目迷五色"，有了"杂色的黯淡的一切"，这"杂色的黯淡的一切"寥寥数字，轻轻地概括了作者几十年人生的风雨和无限的感喟。在杂色而黯淡的世界中仍孜孜以求"一大片的红色"，固然需要纯真的理想和勇气，而当秋天的落红无情地宣示人生的暮年临近之时，又需要怎样高尚宽广的襟怀方能坦荡而欢畅地告别惆怅与迷茫！

　　"绿，是人生中的青年时代"，是"象征着：浓郁的春光，蓬勃的青春，崇高的理想，热切的希望……"只有甘为护花的春泥，才能够在人生的秋季欣赏到"绿意迎人的图画"，韶华尽逝的生命才能够在"铺天盖地的绿色之中"获得再生。

　　这篇散文给人突出的感受便是作者精巧的艺术构思和色彩意境的营造。作者

以"蓝色"、"红色"、"绿色"分别象征人生中的某一阶段，象征人生中某一
阶段的心境和哲学意义，这种心境和哲学意义则又是透过三种不同的色彩意境体
现出来的。如"一望无际的湛蓝湛蓝的大海，身后是一抹浅黄的田地"，呈现出
一种明丽纯真的情调；又如"光艳一闪"的枫林红叶，在飒飒朔风中纷纷飘落，
表现的则是"逝者如斯"的失意和紧迫感；而那"苍绿的"、"翠绿的"、"深
浅不同"、"铺天盖地"的绿色，又浸透着一种无限欢畅与恬静的情绪，那是生
命升华后必然产生的，给读者以清新、欢悦的艺术享受，同时恰到好处地烘托出
作品的主旨。

（汤 锐）

火树银花里的回忆

现在北京就是我的家，我没有客子思家的怅惘，我苦忆的是我的万里外的许多朋友！

　　窗外是声声繁密而响亮的爆竹，中间还有孩子们放的二踢脚，是地下一声、曳着残声又在天上发出一声巨响。薄纱的窗帘上还不时地映出火树银花般的粲然一亮，那是孩子们在放着各种各样的烟火呢。多么热闹欢畅的北京除夕之夜啊，我的心中为什么有一点惆怅呢？

　　我想起古人的两句诗，是"一年将尽夜，万里未归人"。现在北京就是我的家，我没有客子思家的怅惘，我苦忆的是我的万里外的许多朋友！

　　我的好友不多，这不多之中，海外的朋友几乎占了一半；这"一半"之中，日本朋友又占去大半。

　　我开始结识日本朋友，还是在万里外的美国。二十年代初期，我在美国留学，在同学中，和日本女学生更容易亲近。大家拿起毛笔写汉字，拿起筷子吃米饭，一下子就"相视而笑，莫逆于心"。那时正是日本军国主义者当权，中日关系相当紧张，但我们谈起国事来都有很坚定的信念，认为我们两个东方国家应该而且必须永远和平友好下去，来维持东亚和世界的繁荣和进步，只要我们年轻一代不断地为此奋斗，在我们有生之年，我们的崇高理想一定会实现。

　　在这些日本同学中，我特别要提到濑尾澄江，她和我住在同一宿舍——娜安碧珈楼。她是一个地道的东方女孩子，敏而好学，沉静而温柔，我们虽不同班，下了课却常在一起。我们吃西餐吃腻了，就从附近村里买点大米，肉末和青菜，在电炉上做饭吃。一般总是我烹调，她洗碗，吃得十分高兴。这几十年来，除了抗战那几年外，我们通信不断。我每次到日本去都见得着她；她也到过中国，北京。前几天我还得到她的贺年信。

一九四六年冬，我到了战后的东京，结识了松冈洋子。她是一位评论家，又是一位热心从事日中友好和世界和平工作的人。她也在美国留过学，我们用英语交谈，越说越兴奋。此后我们不断地在北京或东京，或国际和平会议上见面。不幸她在七十年代末期逝世了。一九八○年，我们作家代表团访日时，巴金和我曾到她家吊唁；见到她的女儿——曾在中国上过学的松冈征子。前几天我得到她给我的一封贺年信，她说："我要在今年为日中友好做出更多的贡献。"多么可爱的接班人啊！

这里应当提到女作家三宅艳子，她也是和松冈洋子一起搞和平友好运动的。我在六十年代初期写了篇《尼罗河上的春天》，那里面的两位日本妇女，就是以她们为模特儿的。她们都曾分别单独访问过中国，我也曾分别陪着她们乘京广火车南下，一路参观游览，并一直送到深圳。现在回想起来，那时我们在车中舟上，山光水色中的深谈，真有许多是值得好好地追记的。

谈到女作家，我还接待过有吉佐和子。她对中国很有感情，我只在北京陪她游览，日子不多，但我每次到日本都见到她。

还有濑户内晴美，也是一位女作家，在六十年代的一次访问中，我同诗人李季曾到过她家。一九八○年春，我再到日本时，她已削发为尼，但谈锋之健，不减当年。

一路写来，提到的尽是些女性朋友！其实我的日本男性朋友的数目，不在我的女朋友之下。现在索性把他们放过一边，谈谈他们的夫人吧。

中岛健藏自称为我的哥哥，中岛夫人就是我最敬爱的嫂嫂。每次我到东京中岛先生的府上，在四壁图书、茶香酒冽之中，总有中岛夫人慈柔的

○ 与 朋 友 一 起
赏 花 的 冰 心
（左）。

笑脸和亲切的谈话。一九八〇年我生病以后，中岛夫人每次来华，必到医院或家中来看我。还有井上靖先生的夫人，也是多次在井上先生的书室里以最精美的茶点来招待我，也曾在我病中到医院或我蜗居来探问我。她们两位的盛情厚意，都使我感激，也使我奋发，我愿自己早早康复起来，好和她们一起多做些有益于中日友好的工作。

我的回忆潮水般涌来，我的笔也跑开了野马。在我勒住缰绳之先，我还必须提到一位在友谊桥上奔走招呼的人，佐藤纯子女士。我和日本朋友相见的场合，常常有她在座。仅仅一个多月以前，陪着井上靖先生到我新居来看我的，就是她！

窗外的爆竹声音更加脆亮，更多的烟火照得我的窗帘上一时浓红，一时碧绿。孩子们大声欢呼拍手跳跃，甲子之旦来到了！我这篇短文竟然写了两年，也是从未有过的。在这欢庆声中我祝愿我的日本朋友们（不论是女士，先生，夫人）健康长寿。我将永远和他们一起为中日友好和世界和平努力到底！

一九八四年二月一日子夜

赏析

　　这篇散文，作家坦诚地倾诉了她的真挚的情思。在除夕之夜，当民族学院职工宿舍大院里，到处是孩子们的欢声笑语，到处是火树银花的色彩缤纷，以至千家万户的人们围坐电视机前，沉浸于春节晚会的欢乐之中的时候，冰心老人却独坐灯下，"多么热闹欢畅的北京除夕之夜啊，我的心中为什么有一点惆怅呢？"——这是老人藏于心底的一个强烈的感情反差，现在忽作披露，自然引起读者的关切。

　　这是一个多么精彩的开头：文章从窗外繁密的爆竹声写起，而后写到窗帘上所映出的粲然亮光，宛如摄影机的采用摇摄，渐渐把视线集中到灯下独坐的老人，她沉思，她惆怅，她在苦忆万里之外的故友。欢畅与怅惘、热闹与沉思之间的反差对比，愈发显露出老人的一往情深，而叙述中的一波三折，又似乎在不经意间布下的悬念，紧扣读者心弦，从而收到引人入胜的效果。

　　虽说"艺术的最高境界是无技巧"，但既为文学艺术，总还需要掌握各自领域内的种种技巧，只是要求运用中不露痕迹，如水入乳，交融无隙。冰心是一位善于根据不同内容需要，灵活运用不同艺术技巧的文学大家，她的作品无不经过精心构思，字斟句酌，尽管已至八九十岁的高龄，她的文笔清新隽永依旧。

　　而占据这篇散文主要篇幅的，正是题目所点明的对友人的回忆，只是作者把她的友人范围，逐层收拢，然后像聚光灯集中于一点，单单叙述对日本友人的思念。通过点点深情的回忆，来赞颂那些在不同时期为中日友好而做过有益工作的日本朋友。

◎ 崔硕为冰心发表《寄小读者》60周年而制作的绢人。

她的笔，追溯到二十年代初在美国留学时最早结识的日本同学，然后再写到抗战胜利后，她随吴文藻教授东渡日本，在东京所相识的评论家松冈洋子；再之后，就是新中国成立后，作者在为和平友好而参与的各种活动中所结交的朋友。在这些叙述中，作者还两次提到1980年春天，她与巴金率领中国作家代表团访问日本时，去看望昔日老友的情景。这种友好往来的美好情谊，作者一直记叙到1983年底，也即撰写此文的一个多月以前。

中日两国，一衣带水，这是就地理而言，但作者精心炼材，更着重于两国古老文化的挖掘，"拿起毛笔写汉字，拿起筷子吃米饭，一下子就'相视而笑，莫逆于心'"，寥寥数语，就那么亲切地点出了彼此间的可亲可近。不仅是年轻时的同学，就是与年长的学者交往，"在四壁图书、茶香酒洌之中"，也同样显得亲密无间。这种细节的运用，正有助于主旨的深化。而这些感情色彩的点染，无不显示作者的艺术功力。

韩愈诗曰："少年乐新知，衰暮思故友。"作者在她的晚年，在除夕之夜，她的思念已非一己的故旧，而是为了中日友好和世界和平事业，这正是这篇散文闪出动人异彩的所在。

（汪习麟）

霞

东方不亮西方亮，我窗前的晚霞，正向美
国东岸的慰冰湖上走去……

四十年代初期，我在重庆郊外歌乐山闲居的时候，曾看到英文《读者
文摘》上，有个很使我惊心的句子，是：

May there be enough clouds in your life to make a beautiful sunset.

我在一篇短文里曾把它译成："愿你的生命中有够多的云翳，来造成一
个美丽的黄昏。"

◎ 原燕京大学校园。

其实，这个sunset应当译成"落照"或"落霞"。

霞，是我的老朋友了！我童年在海边、在山上，她是我的最熟悉最美丽的小伙伴。她每早每晚都在光明中和我说"早上好"或"明天见"。但我直到几十年以后，才体会到云彩更多，霞光才愈美丽。从云翳中外露的霞光，才是璀璨多彩的。

生命中不是只有快乐，也不是只有痛苦，快乐和痛苦是相生相成，互相衬托的。

快乐是一抹微云，痛苦是压城的乌云，这不同的云彩，在你生命的天边重叠着，在"夕阳无限好"的时候，就给你造成一个美丽的黄昏。

一个生命会到了"只是近黄昏"的时节，落霞也许会使人留恋，惆怅。但人类的生命是永不止息的。地球不停地绕着太阳自转。东方不亮西方亮，我窗前的晚霞，正向美国东岸的慰冰湖上走去……

1985年4月26日清晨

赏析

《霞》是冰心的晚年力作。

我想在这里记述阅读冰心这篇散文所得的印象。这是一种愉快的印象。阅读时曾于不知不觉之间进入一种美丽的艺术天地，享受一种幸福。因为《霞》中出现智慧和哲理；出现含蓄、深刻和深沉；出现沉痛和希冀；出现作家的洞察力、敏锐，以及对于人生之含义的感知。此等感知有时是积蓄数十年，一旦化为灵感，凝聚成为警句、成为诗情。我不得不引录一段原文：

> 霞，是我的老朋友了！（何等妙语。引录者）我童年在海边、在山上，她是我的最熟悉最美丽的小伙伴。她每早每晚都在光明中和我说"早上好"或"明天见"（如此以老年的深情写童年对早霞或晚霞的感觉，妙不可言。引录者）。但我直到几十年以后，才体会到云彩更多，霞光才愈美丽。从云翳中外露的霞光，才是璀璨多彩的（我刚才说过，其感知有的是积蓄数十年，到暮年一旦发为灵感，发为智慧，凝聚成为警句，诗情，读到这里，诸君当知愚见之不谬？引录者）。

其实，文中后面三四个自然段，几乎全是诗情的迸发，全是警句，全都发出智慧和哲理之光。全文四百余字，六七个自然段，写得从容不迫，洒脱自如；表面看来，似乎全不费工夫。其实无一句，无一段不是落到是处；这一短文，实乃一生素养（包括思想和艺术）之自然的发挥。

（郭 风）

话说短文

你只能用最真切、最简练的文字，才能描画出你心尖上的
那一阵剧痛和你面前的那一霎惊惶！

◎ 90高龄仍坚持写作的冰心。

也许是我的精、气、神都不足吧，不但自己写不出长的东西，我读一
本刊物时，也总是先挑短的看，不论是小说、散文或是其他的文学形式，
最后才看长的。

我总觉得，凡是为了非倾吐不可而写的作品，都是充满了真情实感的。反之，只是为写作而写作，如上之为应付编辑朋友，下之为多拿稿费，这类文章大都是尽量地往长里写，结果是即便有一点点的感情，也被冲洗到水分太多、淡而无味的地步。

当由一个人物，一桩事迹，一幅画面而发生的真情实感，向你袭来的时候，它就像一根扎到你心尖上的长针，一阵卷到你面前的怒潮，你只能用最真切、最简练的文字，才能描画出你心尖上的那一阵剧痛和你面前的那一霎惊惶！

我们伟大的祖国，是有写短文的文学传统的。那部包括上下数千年的《古文观止》，"上起东周，下迄明末，共选辑文章220篇"，有几篇是长的？如杜牧的《阿房宫赋》，韩愈的《祭十二郎文》等等，哪一篇不是短而充满了真情实感？今人的巴金的《随感录》，不也是一个实例吗？

1988年1月30日晨

![赏析]

　　冰心的《话说短文》只有四百多字，就把一个时代的文字弊病说得透透彻彻了。

　　这篇短文，层次十分分明地说了四个问题。一是人们喜欢看短而精的文学作品；二是作品或短或长，其要害是否写真情；三是真情是用最真切、最简洁的文字写成的，因为它摒弃了矫揉和虚饰；四是中国有写短文的传统。

　　这篇文章最重要的是第二、三段。第二段从反面一针见血地指出，写长文的时弊，"凡是为了非倾吐不可而写的作品，都是充满了真情实感的。"反之，"为写作而写作，""即便有一点点的感情，也被冲洗到水分太多、淡而无味的地步。"这就道破了写长文的不正之风，因写作动机不纯，为编辑而写作，为稿费而写作……故意东拉西扯，把文

◎ 1987年4月23日，冰心和美国作家韩素音。

章拉长。这样的长文，是无病呻吟的，缺乏真情实感的。

第三段正面阐述写真情实感的文章才能短。这说明文章的短与长，不纯粹是长短问题。冰心说，真情实感有如"一根扎到你心尖上的长针，一阵卷到你面前的怒潮，你只能用最真切、最简练的文字，才能描画出你心尖上的那一阵剧痛和你面前的那一霎惊惶！"既教人如何写短文，又教人短而精的文章因蕴含着纯粹的真情，没有在纯酒中冲入大量的白开水，文章才能动情。冰心用"只能"两字，揭示了写真情与短的必然联系，那是值得我们思考和实践的。

这篇文章写于1988年初，那时，假大空的文章堆积市场，短小精悍者受世人鄙视，而动辄数十万言的才算"力作"。这种风气的蔓生，使文坛一度黯然。冰心的《话说短文》，可说是针砭时弊的力作。

（杨羽仪）

我梦中的小翠鸟

这只小翠鸟绿得夺目，绿得醉人！

六月十五夜，在我两次醒来之后，大约是清晨五时半吧，我又睡着了，而且做了一个使我永不忘怀的梦。

我梦见：我仿佛是坐在一辆飞驰着的车里，这车不知道是火车？是大面包车？还是小轿车？但这些车的坐垫和四壁都是深红色的。我伸着左掌，掌上立着一只极其纤小的翠鸟。

这只小翠鸟绿得夺目，绿得醉人！它在我掌上清脆吟唱着极其动听的调子。那高亢的歌声和它纤小的身躯，毫不相衬。

我在梦中自己也知道这是个梦。我对自己说，醒后我一定把这个神奇的梦，和这个永远铭刻在我心中的小翠鸟写下来，……这时窗外啼鸟的声音把我从双重的梦中唤醒了，而我的眼中还闪烁着那不可逼视、翠绿的光，耳边还缭绕着那动人的吟唱。

做梦总有个来由吧？是什么时候、什么回忆、什么所想，使我做了这么一个翠绿的梦？我想不出来了。

○《我梦中的小翠鸟》书影。

赏析

本世纪的同龄人冰心在九十岁时写了这样一篇小小的"奇文"。

它清晰而朦胧，精悍而味永。

"小翠鸟"的情感走向是很清楚的：赞赏"小翠鸟"，肯定"小翠鸟"。

这里蕴含着深沉的思念，诚挚的赞美，热情的讴歌。

"小翠鸟"这个象征意象，包蕴着三方面内涵：一是身躯"纤小"；二是"绿得夺目"、"绿得醉人"；三是吟唱"动听"，其"清脆"、"高亢"的歌声和它的纤小身躯"毫不相衬"。

这"纤小"、"翠绿"、吟唱"高亢"的"小翠鸟"象征着什么呢？

我们从"绿"入手（这在三方面内涵中是最突出也最关键的一点）来探寻一下它的奥秘。

冰心在《绿的歌》（写于1983年初）中说：

> 我深深地体会到"绿"是象征着：浓郁的春光，蓬勃的青春，崇高的理想，热切的希望……
>
> 绿，是人生中的青年时代。

由此可知，"绿"代表了青春，青年。

另外两方面"内涵"是可以附着于其中的。

那么，"青春"、"青年"又所指为何呢！

一种可能是"自指"。如系这样，那么，"飞驰着的车"就象征了流逝着的"人生"，行进着的"生命"，而"小翠鸟"则代表了作者永是年轻的"灵魂"，永不衰老的"精神"！这个小"精灵"的幻入"梦"境，是作者一生为"文"（吟唱）、一世"青春"的真实写照！

另一种可能（我觉得它更大些）是"他指"。如系这样，那么，这"飞驰着的车"就代表了变动不居的现实生活，滚滚前进的火热时代，而"小翠鸟"则象征着作者钟爱、翼护的文学女青年。她们虽身躯纤小但歌声嘹亮，虽年纪轻轻却光彩夺目，这些"粲若花"的"才人"思极入"梦"，反映了女性文学的现代开拓者对后辈新人的热情肯定和深切思念！

当然，不同的阅读者还可以有不尽相同的审美感受。

究竟如何，怕作者也解说不清。

但这种"梦幻"，这种"情绪"是十分真实的。这种"真实"是心理的真实，是心灵的真实。它通过"梦幻"的变异更加浓烈地"折射"出了生活的真实，现实的真实。变异、象征使这种心理、心灵"化"成了艺术，"化"成了审美。

传统的"意"在这里变为一种情感、倾向的总体"走向"，单一、明晰的"主题"在这里变为一种多义、朦胧的"旨归"。

能"直感"到却"说"不出，觉得"明白"了却不能"一言以蔽之"，正所谓"可以意会，难以言传"——能够进入此等"境界"的文章必是精妙佳品。

（刘锡庆）

小说卷

两个家庭

因为你有快乐，就有希望。不像我没有快乐，
所以就觉得前途非常的黑暗了！"

　　前两个多月，有一位李博士来到我们学校，演讲"家庭与国家关系"。提到家庭的幸福和苦痛，与男子建设事业能力的影响，又引证许多中西古今的故实，说得痛快淋漓。当下我一面听，一面速记在一个本子上，完了会已到下午四点钟，我就回家去了。

　　路上车上，我还是看那本笔记。忽然听见有一个小姑娘的声音叫我说："姐姐！来我们家里坐坐。"抬头一看，已经走到舅母家门口，小表妹也正放学回来；往常我每回到舅母家，必定说一两段故事给她听，所以今天她看见我，一定要拉我进去。我想明天是星期日，今晚可以不预备功课，无妨在这里玩一会儿，就下了车，同她进去。

　　舅母在屋里做活，看见我进来，就放下针线，拉过一张椅子，叫我坐下。一面笑说："今天难得你有工夫到这里来，家里的人都好么？功课忙不忙？"我也笑着答应一两句，还没有等到说完，就被小表妹拉到后院里葡萄架底下，叫我和她一同坐在椅子上，要我说故事。我一时实在想不起来，就笑说："古典都说完了。只有今典你听不听？"她正要回答，忽然听见有小孩子啼哭的声音。我要乱她的注意，就问说："妹妹！你听谁哭呢？"她回头向隔壁一望说："是陈家的大宝哭呢，我们看一看去。"就拉我走到竹篱旁边，又指给我看说："这一个院子就是陈家，那个哭的孩子，就是大宝。"

　　舅母家和陈家的后院，只隔一个竹篱，本来篱笆上面攀缘着许多扁豆叶子，现在都枯落下来；表妹说是陈家的几个小孩子，把豆根拔去了，因此只有几片的黄叶子挂在上面，看过去是清清楚楚的。

　　陈家的后院，对着篱笆，是一所厨房，里面看不清楚，只觉得墙壁被炊烟熏得很黑。外面门口，堆着许多杂物，如破瓷盆之类。院子里晾着几件衣服。廊子上有三个老妈子，廊子底下有三个小男孩。不知道他们弟兄为什么打吵，那个大宝哭得很利害，他的两个弟弟也不理他，只管坐在地下，抓土捏小泥人玩耍。那几个老妈子也咕咕哝哝的不知说些什么。表妹悄悄地对我说："他们老妈子真可笑，各人护着各人的少爷，因此也常常打吵。"

　　这时候陈太太从屋里出来，挽着一把头发，拖着鞋子，睡眼惺忪，容貌倒还美丽，只是带着十分娇惰的神气。一出来就问大宝说："你哭什么？"同时那两个老妈子把那两个小男孩抱走，大宝一面指着他们说："他们欺负我，不许我玩！"陈太太啐了一声："这一点事也值得这样哭，李妈也不劝一劝！"李妈低着头不

◎ 冰心（左三）随访问团参观印度喀塔克城外古石庙。

知道说些什么，陈太太一面坐下，一面摆手说："不用说了，横竖你们都是不管事的，我花钱雇你们来做什么，难道是叫你们帮着他们打架么？"说着就从袋里抓出一把铜子给了大宝说："你拿了去跟李妈上街玩去罢，哭得我心里不耐烦，不许哭了！"大宝接了铜子，擦了眼泪，就跟李妈出去了。

陈太太回头叫王妈，就又有一个老妈子，拿着梳头匣子，从屋里出来，替她梳头。当我注意陈太太的时候，表妹忽然笑了，拉我的衣服，小声说："姐姐！看大宝一手的泥，都抹到脸上去了！"

过一会子，陈太太梳完了头。正在洗脸的时候，听见前面屋里电话的铃响。王妈去接了，出来说："太太，高家来催了，打牌的客都来齐了。"陈太太一面擦粉，一面说："你说我就来。"随后也就进去。

我看得忘了神，还只管站着，表妹说："他们都走了，我们走罢。"我摇手说："再等一会儿，你不要忙！"

十分钟以后。陈太太打扮得珠围翠绕的出来，走到厨房门口，右手扶在门框上，对厨房里的老妈说："高家催得紧，我不吃晚饭了，他们都不在家，老爷回来，你告诉一声儿。"说完了就转过前面去。

我正要转身，舅母从前面来了，拿着一把扇子，笑着说："你们原来在这里，树荫底下比前院凉快。"我答应着，一面一同坐下说些闲话。

忽然听有皮鞋的声音，穿过陈太太屋里，来到后面廊子上。表妹悄声对我说："这就是陈先生。"只听见陈先生问道："刘妈，太太呢？"刘妈从厨房里出来说："太太刚到高家去了。"陈先生半天不言语。过一会儿又问道："少爷们呢？"刘妈说："上街玩去了。"陈先生急了，说："快去叫他们回来。天都黑了还不回家。而且这街市也不是玩的去处。"

刘妈去了半天，不见回来。陈先生在廊子上踱来踱去，微微地叹气，一会子又坐下。点上雪茄，手里拿着报纸，却抬头望天凝神深思。

又过了一会儿，仍不见他们回来，陈先生猛然站起来，扔了雪茄，戴上帽子，拿着手杖径自走了。

表妹笑说："陈先生又生气走了。昨天陈先生和陈太太拌嘴，说陈太太不像一个当家人，成天里不在家，他们争辩以后，各自走了。他们的李妈说，他们拌嘴不止一次了。"

舅母说："人家的事情，你管他做什么，小孩子家，不许说人！"表妹笑着说："谁管他们的事，不过学舌给表姊听听。"舅母说："陈先生真也特别，陈太太并没有什么大不好的地方，待人很和气，不过年轻贪玩，家政自然就散漫一点，这也是小事，何必常常动气！"

谈了一会儿，我一看表，已经七点半，车还在外面等着，就辞了舅母，回家去了。

第二天早起，梳洗完了，母亲对我说："自从三哥来到北京，你还没有去看看，昨天上午亚茜来了，请你今天去呢。"——三哥是我的叔伯哥哥，亚茜是我的同学，也是我的三嫂。我在中学的时候，她就在大学第四年级，虽只同学一年，感情很厚，所以叫惯了名字，便不改口。我很愿意去看看他们，午饭以后就坐车去了。

他们住的那条街上很是清静，都是书店和学堂。到了门口，我按了铃，一个老妈出来，很干净伶俐的样子，含笑地问我："姓什么？找谁？"我还没有答应，亚茜已经从里面出来，我们见面，喜欢的了不得，拉着手一同进去。六年不见，亚茜更显得和蔼静穆了，但是那活泼的态度，仍然没有改变。

院子里栽了好些花，很长的一条小径，从青草地上穿到台阶底下。上了廊子，就看见苇帘的后面藤椅上，一个小男孩在那里摆积木玩。漆黑的眼睛，绯红的腮颊，不问而知是闻名未曾见面的侄儿小峻了。

亚茜笑说："小峻，这位是姑姑。"他笑着鞠了一躬，自己觉得很不自然，便回过头去，仍玩他的积木，口中微微地唱歌。进到中间的屋子，窗外绿荫遮满，几张洋式的椅桌，一座钢琴，几件古玩，几盆花草，几张图画和照片，错错落落地点缀得非常静雅。右边一个门开着，里面几张书橱，垒着满满的中西书籍。三哥坐在书桌旁边正写着字，对面的一张椅子，似乎是亚茜坐的。我走了进去，三哥站起来，笑着说："今天礼拜！"我道："是的，三哥为何这样忙？"三哥说："何尝是忙，不过我同亚茜翻译了一本书，已经快完了，今天闲着，又拿出来消遣。"我低头一看，桌上对面有两本书，一本是原文，一本是三哥口述亚茜笔记的，字迹很草率，也有一两处改抹的痕迹。在桌子的那一边，还垒着几本也都是亚茜的字迹，是已经翻译完了的。

亚茜微微笑说："我哪里配翻译书，不过借此多学一点英文就是了。"我说："正合了梁任公先生的一句诗'红袖添香对译书'了。"大家一笑。

三哥又唤小峻进来。我拉着他的手，和他说话，觉得他应对很聪明，又知道他是幼稚生，便请他唱歌。他只笑着看着亚茜。亚茜说："你唱罢，姑姑爱听的。"他便唱了一节，声音很响亮，字句也很清楚，他唱完了，我们一齐拍手。

随后，我又同亚茜去参观他们的家庭，觉得处处都很洁净规则，在我目中，可以算是第一了。

下午两点钟的时候，三哥出门去访朋友，小峻也自去睡午觉。我们便出来，坐在廊子上，微微的风，送着一阵一阵的花香。亚茜一面织着小峻的袜子，一面和我谈话。一会儿三哥回来了，小峻也醒了，我们又在一处游玩。夕阳西下，一抹晚霞，映着那灿烂的花，青绿的草，这院子里，好像一个小乐园。

晚餐的肴菜，是亚茜整治的，很是可口。我们一面用饭，一面望着窗外。小峻已经先吃过了，正在廊下捧着沙土，堆起几座小塔。

门铃响了几声，老妈子进来说："陈先生来见。"三哥看了名片，便对亚茜说："我还没有吃完饭，请我们的小招待员去领他进来罢。"亚茜站起来唤道，"小招待员，有客来了！"小峻抬起头来说："妈妈，我不去，我

◎ 冰心夫妇在日本东京寓所前
　 的草坪上。

正盖塔呢！"亚茜笑着说："这样，我们往后就不请你当招待员了。"小峻
立刻站起来说："我去，我去。"一面抖去手上的尘土，一面跑了出去。

　　陈先生和小峻连说带笑的一同进入客室，——原来这位就是住在舅母
隔壁的陈先生——这时三哥出去了，小峻便进来。天色渐渐的黑暗，亚茜
捻亮了电灯，对我说："请你替我说几段故事给小峻听。我要去算账了。"
说完了便出去。

　　我说着"三只熊"的故事，小峻听得很高兴，同时我觉得他有点倦
意，一看手表，已经八点了。我说："小峻，睡觉去罢。"他揉一揉眼睛，
站了起来，我拉着他的手，一同进入卧室。

　　他的卧房实在有趣，一色的小床小家具，小玻璃柜子里排着各种的玩

具，墙上挂着各种的图画，和他自己所画的剪的花鸟人物。

他换了睡衣，上了小床，便说："姑姑，出去罢，明天见。"我说："你要灯不要？"他摇一摇头，我把灯捻下去，自己就出来了。

亚茜独坐在台阶上，看见我出来，笑着点一点头。我说："小峻真是胆子大，一个人在屋里也不害怕，而且也不怕黑。"亚茜笑说："我从来不说那些神怪悲惨的故事，去刺激他的娇嫩的脑筋。就是天黑，他也知道那黑暗的原因，自然不懂得什么叫做害怕了。"

我也坐下，看着对面客室里的灯光很亮，谈话的声音很高。这时亚茜又被老妈子叫去了，我不知不觉地就注意到他们的谈话上面去。

只听得三哥说："我们在英国留学的时候，觉得你很不是自暴自弃的一个人，为何现在有了这好闲纵酒的习惯？我们的目的是什么，希望是什么，你难道都忘了么？"陈先生的声音很低说："这个时势，不游玩，不拼酒，还要做什么，难道英雄有用武之地么？"三哥叹了一口气说："这话自是有理，这个时势，就有满腔的热血，也没处去洒，实在使人灰心。但是大英雄，当以赤手挽时势，不可为时势所挽。你自己先把根基弄坏了，将来就有用武之地，也不能做个大英雄，岂不是自暴自弃？"

这时陈先生似乎是站起来，高大的影子，不住在窗前摇漾，过了一会说："也难怪你说这样的话，因为你有快乐，就有希望。不像我没有快乐，所以就觉得前途非常的黑暗了！"这时陈先生的声音里，满含愤激悲惨。

三哥说："这又奇怪了，我们一同毕业，一同留学，一同回国。要论职位，你还比我高些，薪俸也比我多些，至于素志不偿，是彼此一样的，为何我就有快乐，你就没有快乐呢？"陈先生就问道："你的家庭什么样子？我的家庭什么样子？"三哥便不言语。陈先生冷笑说："大概你也明白……我回国以前的目的和希望，都受了大打击，已经灰了一半的心，并且在公事房终日闲坐，已经十分不耐烦。好容易回到家里，又看见那凌乱无章的

◎ 冰心在威尔斯利女子大学，摄于1925年。

家政，儿啼女哭的声音，真是加上我百倍的不痛快。我内人是个宦家小姐，一切的家庭管理法都不知道，天天只出去应酬宴会，孩子们也没有教育，下人们更是无所不至。我屡次地劝她，她总是不听，并且说我'不尊重女权'、'不平等'、'不放任'种种误会的话。我也曾决意不去难为她，只自己独力的整理改良。无奈我连米盐的价钱都不知道，并且也不能终日坐在家里，只得听其自然。因此经济上一天比一天困难，儿女也一天比一天放纵，更逼得我不得不出去了！既出去了，又不得不寻那剧场酒馆热闹喧嚣的地方，想以猛烈的刺激，来冲散心中的烦恼。这样一天一天地过去，不知不觉地就成了习惯。每回到酒馆的灯灭了，剧场的人散了。更深夜静，踽踽归来的时候，何尝不觉得这些事不是我陈华民所应当做的？然而……咳！峻哥呵！你要救救我才好！"这时已经听见陈先生呜咽的声音。三哥站起来走到他面前。

门铃又响了，老妈进来说我的车子来接我了，便进去告辞了亚茜，坐车回家。

两个月的暑假又过去了，头一天上学从舅母家经过的时候，忽然看见陈宅门口贴着"吉屋招租"的招贴。

放学回来刚到门口，三哥也来了，衣襟上缀着一朵白纸花，脸上满含着凄惶的颜色，我很觉得惊讶，也不敢问，彼此招呼着一同进去。

母亲不住地问三哥："亚茜和小峻都好吗？为什么不来玩玩？"这时三哥脸上才转了笑容，一面把那朵白纸花摘下来，扔在字纸篮里。

母亲说："亚茜太过于精明强干了，大事小事，都要自己亲手去做，我看她实在太忙。但我却从来没有看见过她有一毫勉强慌急的态度，匆忙忧倦的神色，总是喜喜欢欢从从容容的。这个孩子，实在可爱！"三哥说："现在用了一个老妈，有了帮手了，本来亚茜的意思还不要用。我想一切的粗活，和小峻上学放学路上的照应，亚茜一个人是决然做不到的。并且我们中国人的生活程度还低，雇用一个下人，于经济上没有什么出入，因此就雇了这个老妈，不过在粗活上，受亚茜的指挥，并且亚茜每天晚上还教她念字片和《百家姓》，现在名片上的姓名和账上的字，也差不多认得一多半了。"

我想起了一件事，便说："是了，那一天陈先生来见，给她名片，她就知道是姓陈。我很觉得奇怪，却不知是亚茜的学生。"

三哥忽然叹了一口气说："陈华民死了，今天开吊，我刚从那里回来。"——我才晓得那朵白纸花的来历，和三哥脸色不好的缘故——母亲说："是不是留学的那个陈华民？"三哥说："是。"母亲说："真是奇怪，像他那么一个英俊的青年，也会死了，莫非是时症？"三哥说："哪里是时症，不过因为他这个人，太聪明了，他的目的希望，也太过于远大。在英国留学的时候养精蓄锐的，满想着一回国，立刻要把中国旋转过来。谁知回国以后，政府只给他一名差遣员的缺，受了一月二百块钱无功的俸禄，他已经灰了一大半的心了。他的家庭又不能使他快乐，他就天天的拼酒，那一天他到我家里去，吓了我一大跳。从前那种可敬可爱的精神态度，都不知丢在哪里去了，头也垂了，眼光也散了，身体也虚弱了，我十分的伤心，就恐怕不大好，因此劝他常常到我家里来谈谈解闷，不要再拼酒了，他也不听。并且说：'感谢你的盛意，不过我一到你家，看见你的儿女和你的家庭生活，相形之下，更使我心中难过，不如……'以下也没说什么，只有哭泣，我也陪了许多眼泪。以后我觉得他的身子，一天一天的软弱下去，便勉强他一同去到一个德国大夫那里去查验身体。大夫说他已得了第三期肺病，恐怕不容易治好。我更是担心，勉强他在医院住下，慢慢的治疗，我也天天去看望他。谁知上礼拜一晚上，我去看他就是末一次了。……"说到这里，三哥的声音颤动得很厉害，就不再往下说。

母亲叹了一口气说："可惜可惜！听说他的才干和学问，连英国的学生都很妒羡的。"三哥点一点头，也没有说什么。这时我想起陈太太来了，

◎ 半湖秋水，满心思念，冰心在慰冰湖畔遐想。

我问："陈先生的家眷呢？"三哥说："要回到南边去了。听说她的经济很拮据，债务也不能清理，孩子又小，将来不知怎么过活！"母亲说："总是她没有受过学校的教育，否则也可以自立。不过她的娘家很有钱，她总不至于十分吃苦。"三哥微笑说："靠弟兄总不如靠自己！"

三哥坐一会儿，便回去了，我送他到门口，自己回来，心中很有感慨。随手拿起一本书来看看，却是上学期的笔记，末页便是李博士的演说，内中的话就是论到家庭的幸福和苦痛，与男子建设事业能力的影响。

赏析

　　《两个家庭》是冰心创作的一篇颇为吸引人的短篇小说。这篇作品写就于1919年风雨如磐的旧中国，通过对高家、陈家两个知识分子家庭的描写，否定了封建官僚家庭培育出来的女子，她们游手好闲，不事家政，影响丈夫的事业，摧残丈夫的身心；肯定了受过资产阶级教育的治家教子有方的亚茜。这是镀上了一层薄薄的西方文明金液的中国传统式的贤妻良母，或者叫新贤妻良母主义。正如作者所说的那样："……看到或听到'打倒贤妻良母'的口号时，我总觉得有点逆耳刺眼。"作品的内涵虽有其局限性，但它提出了改造旧家庭、建立新生活的必要性。

　　这篇作品是冰心的"问题小说"之一。她目睹有的知识分子颓唐、沉沦、家庭破裂，有意使他们找到一种出路。作者虽指出了国家政治的腐败，但更多的是从"爱的哲学"来破题的。陈先生对黑暗的政治失望，他的消沉、败落是糟乱的家庭造成的。高先生在陈先生同样的政治条件下，由于有一个贤内助与温馨的家，仍然有所作为，生活幸福。在"五四"运动之后，阶级斗争趋于深化和激化，部分资产阶级和上层小资产阶级知识青年茫然无措，他们既不满现实，却不敢与反动统治者作斗争，又急于从这种痛苦的处境中解脱出来，找到一个容身之处，他们迫切要求一种廉价的止痛片。《两个家庭》以深切的同情心，委婉而恳切地向他们诉说，你们去承受家庭的甘霖吧，这无非是在"爱的哲学"的避风港里，让人们去自我陶醉、自我安慰。

◎ 马背上的冰心，摄于内蒙古。

尽管冰心的早期的短篇小说存在着缺陷，但也不能抹杀它的积极的一面。作为一个有爱国心和民主思想的青年，冰心在"五四"运动的推动之下，曾参与过某些爱国反帝的社会活动，她的早期作品反对封建主义和军阀混战，揭露旧中国政治的一些腐败现象，这对促进知识青年的觉醒是有好处的。由于她所处的阶级地位、所受的教育和家庭环境，她的作品又未能强烈地反帝反封建统治，未能完全与这压迫和束缚它的势力断绝联系，从而缺乏勇往直前的革命锐气。

《两个家庭》在创作艺术上，有不少可取之处。作者对陈、高两个家庭太熟悉了，在介绍这两个家庭时，都是从日常生活琐事说起的，"我"进舅母家，讲了高家的情况，舅母家的后院、隔着一个竹篱笆，就是陈华民的家，听到了陈家孩子大宝的哭闹，进而描这一家矛盾纠葛，可以说是顺序而叙，自然成章。小说的标题是两个家庭，其实重点写了陈家。如写陈先生从怀有抱负走向消沉、颓废，他与高先生的裸露心态的对话，都使人觉得写得真实可信，没有掺假做作的痕迹。作者对陈先生看来并无夸张的描绘，由于铺垫得坚实，烘托得有力，陈先生这个夸张的消沉的人物，又真实地活脱脱地站在我们面前。不是夸张，胜似夸张，正是作者的功底与高明之处。

（陈 模）

超人

世界上的母亲和母亲都是好朋友，世界上的儿子和儿子也都是好朋友。

何彬是一个冷心肠的青年，从来没有人看见他和人有什么来往。他住的那一座大楼上，同居的人很多，他却都不理人家，也不和人家在一间食堂里吃饭，偶然出入遇见了，轻易也不招呼。邮差来的时候，许多青年欢喜跳跃着去接他们的信，何彬却永远得不着一封信。他除了每天在局里办事，和同事们说几句公事上的话；以及房东程姥姥替他端饭的时候，也说几句照例的应酬话，此外就不开口了。

他不但是和人没有交际，凡带一点生气的东西，他都不爱；屋里连一朵花，一根草，都没有，冷阴阴的如同山洞一般。书架上却堆满了书。他从局里低头独步的回来，关上门，摘下帽子，便坐在书桌旁边，随手拿起一本书来，无意识的看着，偶然觉得疲倦了，也站起来在屋里走了几转，或是拉开帘幕望了一望，但不多一会儿，便又闭上了。

程姥姥总算是他另眼看待的一个人；她端进饭去，有时便站在一边，絮絮叨叨的和他说话，也问他为何这样孤零。她问上几十句，何彬偶然答应几句说："世界是虚空的，人生是无意识的。人和人，和宇宙，和万物的聚合，都不过如同演剧一般：上了台是父子母女，亲密的了不得；下了台，摘了假面具，便各自散了。哭一场也是这么一回事，笑一场也是这么一回事，与其互相牵连，不如互相遗弃；而且尼采说得好，爱和怜悯都是恶……"程姥姥听着虽然不很明白，却也懂得一半，便笑道："要这样，

◎ 1995年3月7日，黎巴嫩大使法里德·萨玛赫为冰心佩戴上黎巴嫩国家雪松骑士勋章。

活在世上有什么意思？死了，灭了，岂不更好，何必穿衣吃饭？"他微笑道："这样，岂不又太把自己和世界都看重了。不如行云流水似的，随他去就完了。"程姥姥还要往下说话，看见何彬面色冷然，低着头只管吃饭，也便不敢言语。

这一夜他忽然醒了。听得对面楼下凄惨的呻吟着，这痛苦的声音，断断续续的，在这沉寂的黑夜里只管颤动。他虽然毫不动心，却也搅得他一夜睡不着。月光如水，从窗纱外泻将进来，他想起了许多幼年的事情，——慈爱的母亲，天上的繁星，院子里的花……他的脑子累极了，极力地想摈绝这些思想，无奈这些事只管奔凑了来，直到天明，才微微的合一合眼。

他听了三夜的呻吟，看了三夜的月，想了三夜的往事——

眠食都失了次序，眼圈儿也黑了，脸色也惨白了。偶然照了照镜子，自己也微微的吃了一惊，他每天还是机械似的做他的事——然而在他空洞洞的脑子里，凭空添了一个深夜的病人。

第七天早起，他忽然问程姥姥对面楼下的病人是谁？程姥姥一面惊讶着，一面说："那是厨房里跑街的孩子禄儿，那天上街去了，不知道为什么把腿摔坏了，自己买块膏药贴上了，还是不好，每夜呻吟的就是他。这孩子真可怜，今年才十二岁呢，素日他勤勤恳恳极疼人的……"何彬自己只管穿衣戴帽，好像没有听见似的，自己走到门边。程姥姥也住了口，端起碗来，刚要出门，何彬慢慢地从袋里拿出一张钞票来，递给程姥姥说："给那禄儿罢，叫他请大夫治一治。"说完了，头也不回，径自走了。——程姥姥一看那巨大的数目，不禁愕然，何先生也会动起慈悲念头来，这是破天荒的事情啊！她端着碗，站在门口，只管出神。

呻吟的声音，渐渐的轻了，月儿也渐渐的缺了。何彬还是朦朦胧胧的——慈爱的母亲，天上的繁星，院子里的花……他的脑子累极了，竭力地想摈绝这些思想，无奈这些事只管奔凑了来。

过了几天，呻吟的声音住了，夜色依旧沉寂着，何彬依旧"至人无梦"的睡着。前几夜的思想，不过如同晓月的微光，照在冰山的峰尖上，一会儿就过去了。

程姥姥带着禄儿几次来叩他的门，要跟他道谢；他好像忘记了似的，冷冷地抬起头来看了一看，又摇了摇头，仍去看他的书。禄儿仰着黑胖的脸，在门外张着，几乎要哭了出来。

这一天晚饭的时候，何彬告诉程姥姥说他要调到别的局里去了，后天早晨便要起身，请她将房租饭钱，都清算一下。程姥姥觉得很失意，这样清净的住客，是少有的，然而究竟留他不得，便连忙和他道喜。他略略的点一点头，便回身去收拾他的书籍。

他觉得很疲倦，一会儿便睡下了。——忽然听得自己的门钮动了几下，接着又听见似乎有人用手推的样子。他不言不动，只静静的卧着，一会儿也便渺无声息。

第二天他自己又关着门忙了一天，程姥姥要帮助他，他也不肯，只说有事的时候再烦她。程姥姥下楼之后，他忽然想起一件事来，绳子忘了买了。慢慢地开了门，只见人影儿一闪，再看时，禄儿在对面门后藏着呢。他踌躇着四围看了一看，一个仆人都没有，便唤："禄儿，你替我买几根绳子来。"禄儿趔趄的走过来，欢天喜地的接了钱，如飞走下楼去。

不一会儿，禄儿跑得通红的脸，喘息着走上来，一只手拿着绳子，一只手背在身后，微微露着一两点金黄色的星儿。他递过了绳子，仰着头似乎要说话，那只手也渐渐的回过来。何彬却不理会，拿着绳子自己走进去了。

他忙着都收拾好了，握着手周围看了看，屋子空洞洞的——睡下的时候，他觉得热极了，便又起来，将窗户和门，都开了一缝，凉风来回地吹着。

"依旧热得很。脑筋似乎很杂乱，屋子似乎太空沉。——累了两天了，起居上自然有些反常。但是为何又想起深夜的病人。——慈爱的……，不想了，烦闷的很！"

微微的风，吹扬着他额前的短发，吹干了他头上的汗珠，也渐渐地将他扇进梦里去。

四面的白壁，一天的微光，屋角几堆的黑影。时间一分一分的过去了。

慈爱的母亲，满天的繁星，院子里的花。不想了，——烦闷……闷……

黑影漫上屋顶去，什么都看不见了，时间一分一分的过去了。

风大了，那壁厢放起光明。繁星历乱的飞舞进来。星光中间，缓缓地走进一个白衣的妇女，右手撩着裙子，左手按着额前。走近了，清香随将过来；渐渐地俯下身来看着，静穆不动的看着，——目光里充满了爱。

神经一时都麻木了！起来罢，不能，这是摇篮里，呀！母亲，——慈爱的母亲。

母亲啊！我要起来坐在你的怀里，你抱我起来坐在你的怀里。

母亲啊！我们只是互相牵连，永远不互相遗弃。

渐渐的向后退了，目光仍旧充满了爱。模糊了，星落如雨，横飞着都聚到屋角的黑影上。——

"母亲呵，别走，别走！……"

十几年来隐藏起来的爱的神情，又呈露在何彬的脸上；十几年来不见点滴的泪儿，也珍珠般散落了下来。

清香还在，白衣的人儿还在。微微的睁开眼，四面的白壁，一天的微光，屋角的几堆黑影上，送过清香来。——刚动了一动，忽然觉得有一个小人儿，蹑手蹑脚地走了出去，临到门口，还回过小脸儿来，望了一望。他是深夜的病人——是禄儿。

何彬竭力的坐起来。那边捆好了的书籍上面，放着一篮金黄色的花儿。他穿着单衣走了过去，花篮底下还压着一张纸，上面大字纵横，借着微光看时，上面是：

我也不知道怎样可以报先生的恩德。我在先生门口看了几次，桌子上都没有摆着花儿。——这里有的是卖花的，不知道先生看见过没

◎ 1925年，冰心参观康奈尔大学日晷。

有？——这篮子里的花，我也不知道是什么名字，是我自己种的，倒是香得很，我最爱它。我想先生也必是爱它。我早就要送给先生了，但是总没有机会。昨天听见先生要走了，所以赶紧送来。

我想先生一定是不要的。然而我有一个母亲，她因为爱我的缘故，也很感激先生。先生有母亲么？她一定是爱先生的。这样我的母亲和先生的母亲是好朋友了。所以先生必要敢母亲的朋友的儿子的东西。

禄儿叩上

何彬看完了，捧着花儿，回到床前，什么定力都尽了，不禁呜呜咽咽的痛哭起来。

清香还在，母亲走了！窗内窗外，互相辉映的，只有月光，星光，泪光。

早晨程姥姥进来的时候，只见何彬都穿着好了，帽儿戴得很低，背着脸站在窗前。程姥姥陪笑着问他用不用点心，他摇了摇头。——车也来了，箱子也都搬下去了，何彬泪痕满面，静默无声的谢了谢程姥姥，提着一篮的花儿，遂从此上车走了。

禄儿站在程姥姥的旁边，两个人的脸上，都堆着惊讶的颜色。看着车尘远了，程姥姥才回头对禄儿说："你去把那间空屋子收拾收拾，再锁上门罢，钥匙在门上呢。"

屋里空洞洞的，床上却放着一张纸，写着：

小朋友禄儿：

我先要深深的向你谢罪，我的恩德，就是我的罪恶。你说你要报答我，我还不知道我应当怎样的报答你呢！

你深夜的呻吟，使我想起了许多的往事。头一件就是我的母亲，她的爱可以使我止水似的感情，重要荡漾起来。

我这十几年来，错认了世界是虚空的，人生是无意识的，爱和怜悯都是恶德。我给你那医药费，里面不含着丝毫的爱和怜悯，不过是拒绝你的呻吟，拒绝我的母亲，拒绝了宇宙和人生，拒绝了爱和怜悯。上帝呵！这是什么念头啊！

我再深深地感谢你从天真里指示我的那几句话。小朋友呵！不错的，世界上的母亲和母亲都是好朋友，世界上的儿子和儿子也都是好朋友，都是互相牵连，不是互相遗弃的。

你送给我那一篮花之先，我母亲已经先来了。她带了你的爱来感动我。我必不忘记你的花和你的爱，也请你不要忘了，你的花和你的爱，是借着你朋友的母亲带了来的！

我是冒罪丛过的，我是空无所有的，更没有东西配送给你。——然而这时伴着我的，却有悔罪的泪光，半弦的月光，灿烂的星光。宇宙间只有它们是纯洁无疵的。我要用一缕柔丝，将泪珠儿穿起，系在弦月的两端，摘下满天的星儿来盛在弦月的圆凹里，不也是一篮金黄色的花儿么？它的香气，就是悔罪的人呼吁的言词，请你收了罢。只有这一篮花配送给你！

天已明了，我要走了。没有别的话说了，我只感谢你，小朋友，再见！再见！世界上的儿子和儿子都是好朋友，我们永远是牵连着呵！

何彬草

我写了这一大段，你未必都认得都懂得；然而你也用不着都懂得，因为你懂得的，比我多得多了！又及。

"他送给我的那一篮花儿呢？"禄儿仰着黑胖的脸儿，呆呆地望着天上。

赏析

《超人》是冰心早期的成功的代表作，打动了千万个年轻人的心，尤其是出身于资产阶级、小资产阶级家庭的知识青年。

作者创作《超人》的时代，是国难深重、政治腐败的旧中国，许多青年发生种种悲观的念头：世界是空虚的，人生是梦幻的。何彬的形象有着典型的意义。作者苦心的用意，在于援救一般颓丧的青年，委婉地告诫青年：徒然烦闷苦恼，想消除社会恶势力，不能实现光明的世界，不如让爱去引导自己的人生。何彬何尝是一个"冷心肠"，外观虽冷，里面却很热，我们看他对穷孩子禄儿，就有一副强烈的同情心，他从禄儿身上受到爱的启发，触起了他长期割断的母爱，他承认禄儿比他"懂得多得多"了，这就击响了他那孤独的丧钟。

从表面上看，何彬那独来独往的举止，颇像超人的行径。从整体来看，何彬的超人的行径，不过是一时的心灵的扭曲。《超人》虽然显示给读者，世界是空虚的，无意识的，但仍然有鲜花、阳光和爱。爱，尤其是母爱，是这篇小说的主旨，作者宣扬这样一种消极的爱的观点："世界上的母亲和母亲都是好朋友，世界上的儿子和儿

◎《超人》书影。

子也都是好朋友。"这样的爱绝不能解决世道的腐败，人和人之间的恶斗。离开了民族解放和革命斗争这个大前提，要让何彬脱离虚无主义的厌世思想，树立生活的勇气和信心，看到光明的前程，这是相当渺茫，不切实际的。

《超人》在艺术上的独到之处是，作者不事情节的铺排，而以何彬思想的转化为线索，集中笔墨揭示何彬的内心冲突。作者侧重人物的心理描写，通过何彬与禄儿交往中心灵的搏斗，展示主题，突出人物的性格。作者写了关于母亲的不寻常的梦，所以能打动了读者的心。例如作者写到超人何彬对程姥姥的一段话，内容很平常，却是他虚无观念、孤独伤感的流露，小说未予正面批驳，作者却使何彬从死灰槁木般的转到对母亲的梦，对往昔错误观念的悔恨，读者能对何彬有一个清楚的认识。

《超人》以艺术见长，首先在于有一个独特的构思。它从何彬悲观厌世超人的表现开场，通过与禄儿的交往，程姥姥对他的启发，巧设悬念，逐渐揭示虚无主义的破灭，以非超人的意识而告终，显示了作者独具匠心和高超的才华。其间，夜闻凄惨的呻吟声、给禄儿买药、两封裸露肺腑的信等细节，都是很吸引人的。其次是作者的行云流水、清新隽逸的笔锋，引人入胜，令人欣赏耐读。

（陈　模）

六一姊

童稚烂漫流动的心，在无数的过眼云烟之
中，不知怎的就挺得这一个影子，自然不
忘的到了现在。

这两天来，不知为什么常常想起六一姊。

她是我童年游伴之一，虽然在一块儿的日子不多，我却着实的喜欢
她，她也尽心的爱护了我。

她的母亲是菩提的乳母——菩提是父亲朋友的儿子，和我的大弟弟
同年生的，他们和我们是紧邻——菩提出世后的第三天，她的母亲便带了
六一来。又过两天，我偶然走过菩提家的厨房，看见一个八九岁的姑娘，
坐在门槛上。脸儿不很白，而双颊自然红润，双眼皮，大眼睛，看见人总
是笑。人家说这是六一的姊姊，都叫她六一姊。那时她还是天足，穿一套
压着花边的蓝布衣裳。很粗的辫子，垂在后面。我手里正拿着两串糖葫
芦，不由地便递给她一串。她笑着接了，她母亲叫她道谢，她只看着我
笑，我也笑了，彼此都觉得很腼腆。等我吃完了糖果，要将那竹签儿扔去
的时候，她拦住我；一面将自己竹签的一头拗弯了，如同钩儿的样子，自
己含在口里，叫我也这样做，一面笑说："这是我们的旱烟袋。"

我用奇异的眼光看着她——当然我也随从了，自那时起我很爱她。

她三天两天的便来看她母亲，我们见面的时候很多。她只比我大
三岁，我觉得她是我第一个好朋友，我们常常有事没事的坐在台阶上谈
话。——我知道六一是他爷爷六十一岁那年生的，所以叫做六一。但六一
未生之前，他姊姊总该另有名字的。我屡次问她，她总含笑不说。以后我

◎ 1925年，冰心（右）参加美东中国学生会。

仿佛听得她母亲叫她铃儿，有一天冷不防我从她背后也叫了一声，她连忙答应。回头看见我笑了，她便低头去弄辫子，似乎十分羞涩。我至今还不解是什么缘故。当时只知道她怕听"铃儿"两字，但时常叫着玩，但她并不恼我。

水天相连的海隅，可玩的材料很少，然而我们每次总有些新玩艺儿来消遣日子。有时拾些卵石放在小铜锣里，当鸡蛋煮着。有时在沙上掘一个大坑，将我们的脚埋在里面。玩完了，我站起来很坦然的；她却很小心地在岩石上蹴踏了会子，又前后左右的看她自己的鞋，她说："我的鞋若是弄脏了，我妈要说我的。"

还有一次，我听人家说煤是树木积压变成的，偶然和六一姊谈起，她笑着要做一点煤冬天烧。我们寻得了一把生锈的切菜刀，在山下砍了些荆棘，埋在海边沙土里，天天去掘开看变成了煤没有。五六天过去了，依旧是荆棘，以后再有人说煤是树木积压成的，我总不信。

下雨的时候，我们便在廊下"跳远"玩，有时跳得多了，晚上睡时觉得脚跟痛，但我们仍旧喜欢跳。有一次我的乳娘看见了，隔窗叫进我去说："她是什么人？你是什么人？天天只管同乡下孩子玩，姑娘家跳跳钻钻的，也不怕人笑话！"我乍一听说，也便不敢出去，次数多了，我也有些气忿，便道："她是什么人？乡下孩子也是人呀！我跳我的，我母亲都不说我，要你来管做什么？"一面便挣脱出去。乳娘笑着拧我的脸说："你真个学坏了！"

以后六一姊长大了些，来的时候也少了。她十一岁那年来的时候，她的脚已经裹尖了，穿着一双青布扎红花的尖头高底鞋。女仆们都夸赞她说："看她妈不在家，她自己把脚裹得多小呀！这样的姑娘，真不让人费心。"我愕然，背后问她说："亏你怎么下手，你不怕痛么？"她摇头笑说："不。"随后又说："痛也没有法子，不裹叫人家笑话。"

从此她来的时候，也不能常和我玩了，只挪过一张矮凳子，坐在下房里，替六一浆洗小衣服，有时自己扎花鞋。我在门外沙上玩，她只扶着门框站着看。我叫她出来，她说："我跑不动。"——那时我已起首学做句子，读整本的书了，对于事物的兴味，渐渐的和她两样。在书房窗内看见她来了，又走进下房里，我也只淡淡的，并不像从前那种着急，恨不得立时出去见她的样子。

菩提断了乳，六一姊的母亲便带了六一走了。从那时起，自然六一姊也不再来。——直到我十一岁那年，到金钩寨看社戏去，才又见她一面。

我看社戏，几乎是年例，每次都是坐在正对着戏台的席棚底下看的。这座棚是曲家搭的，他家出了一个副榜，村里要算他们最有声望了。从我们楼上可以望见曲家门口和祠堂前两对很高的旗杆，和海岸上的魁星阁。这都是曲副榜中了副榜以后，才建立起来的。金钩寨得了这些点缀，观瞻顿然壮了许多。

金钩寨是离我们营垒最近的村落，四时节庆，不免有馈赠往来。我曾在父亲桌上，看见曲副榜寄父亲的一封信，是五色信纸写的，大概是说沿海不靖，要请几名兵士保护乡村的话，内中有"谚云'……'足下乃今日之大树将军也，小草依依，尚其庇之……""谚云"底下是什么，我至终想不起来，只记得纸上龙蛇飞舞，笔势很好看的。

社戏演唱的时候，父亲常在被请参观之列。我便也跟了去，坐在父亲身旁看。我矮，看不见，曲家的长孙还因此出去，踢开了棚前土阶上列坐的乡人。

实话说，对于社戏，我完全不感兴味，往往看不到半点钟，便缠着要走，父亲也借此起身告辞。——而和六一姊会面的那一次，不是在棚里看，工夫却长了些。

那天早起，在书房里，已隐隐听见山下锣鼓喧天。下午放学出来，要回到西院去，刚走到花墙边，看见余妈抱着膝坐在下台阶上打盹。看见我便一把拉住笑说："不必过去了，母亲睡觉呢。我在这里等着，领你听社戏去，省得你一个人在楼上看海怪闷的。"我知道是她自己要看，却拿我作盾牌。但我在书房坐了一天，也正懒懒的，便任她携了我的手，出了后门，夕阳中穿过麦垄。斜坡上走下去，已望见戏台前黑压压的人山人海，卖杂糖杂饼的担子前，都有百十个村童围着，乱哄哄的笑闹；墙边一排一排的板凳上，坐着粉白黛绿，花枝招展的妇女们，笑语盈盈的不休。

我觉得瑟缩，又不愿挤过人丛，拉着余妈的手要回去。余妈俯下来指着对面叫我看，说："已经走到这里了——你看六一姊在那边呢，过去找她说话去。"我抬头一看，棚外左侧的墙边，穿着新蓝布衫子，大红裤子，盘腿坐在长板条的一端，正回头和许多别的女孩子说话的，果然是六一姊。

余妈半推半挽的把我撮上棚边去，六一姊忽然看见了，顿时满脸含笑的站起来让："余大妈这边坐。"一面紧紧地握我的手，对我笑，不说什么话。

一别三年，六一姊的面庞稍稍改了，似乎脸儿长圆了些，也白了些，样子更温柔好看了。我一时也没有说什么，只看着她微笑。她拉我在她身旁半倚的坐下，附耳含笑说："你也高了些——今天怎么又高兴出来走走？"

当我们招呼之顷，和她联坐的女孩们都注意我——这时我愿带叙一个人儿，我脑中常有她的影子，后来看书一看到"苎萝村"和"西施"字

◎ 冰心向所有为教育工作作出贡献的人致谢。

样，我立刻就联忆到她，也不知是什么缘故。她是那天和六一姊同坐的女伴中之一，只有十四五岁光景。身上穿着浅月白竹布衫儿，襟角上绣着卐字。绿色的裤子。下面是扎腿，桃红扎青花的小脚鞋。头发不很青，却是很厚。水汪汪的一双俊眼。又红又小的嘴唇。净白的脸上，薄薄的搽上一层胭脂。她顾盼撩人，一颦一笑，都能得众女伴的附和。那种娟媚入骨的丰度，的确是我过城市生活以前所见的第一美人儿！

到此我自己惊笑，只是那天那时的一瞥，前后都杳无消息，童稚烂漫流动的心，在无数的过眼云烟之中，不知怎的就捉得这一个影子，自然不忘的到了现在。——生命中原有许多"不可解"的事！

她们窃窃议论我的天足，又问六一姊，我为何不换衣裳出来听戏。众口纷纭，我低头听得真切，心中只怨余妈为何就这样的拉我出来！我身上穿的只是家常很素静的衣服，在红绿丛中，更显得非常的暗淡。

百般局促之中，只听得六一姊从容的微笑说："值得换衣服么？她不到棚里去，今天又没有什么大戏。"一面用围揽着我的手抚我的肩儿，似乎教我抬起头来的样子。

我觉得脸上红潮立时退去，心中十分感激六一姊轻轻的便为我解了围。我知道这句话的分量，一切的不宁都恢复了。我暗地惊叹，三年之别，六一姊居然是大姑娘了，她练达人情的话，居然能庇覆我！

恋恋的挨着她坐着，无聊的注目台上。看见两个婢女站在两旁，一个皇后似的，站在当中，摇头掩袖，咿咿地唱。她们三个珠翠满头，粉黛俨然，衣服也极其闪耀华丽，但裙下却都露着一双又大又破烂的男人单脸鞋。

金色的斜阳，已落下西山去，暮色逼人。余妈还舍不得走，我说："从书房出来，简直就没到西院去，母亲要问，我可不管。"她知道我万不愿再留滞了，只得站起来谢了六一姊，又和四围的村妇纷纷道别。上坡来时，她还只管回头望着台上，我却望着六一姊，她也望着我。我忽然后悔为何忘记吩咐她来找我玩，转过麦垄，便彼此看不见了。——到此我热烈的希望那不是最末次的相见！

回家来已是上灯时候，母亲并不会以不换衣裳去听社戏为意，只问我今天的功课。我却告诉母亲我今天看见了六一姊，还有一个美姑娘。美姑娘不能打动母亲的心，母亲只殷勤地说："真的，六一姊也有好几年没来了！"

十年来四围寻不到和她相似的人，在异国更没有起联忆的机会，但这两天来，不知为何，只常常想起六一姊！

她这时一定嫁了，嫁在金钩寨，或是嫁到山右的邻村去，我相信她永远是一个勤俭温柔的媳妇。

山坳海隅的春阴景物，也许和今日的青山，一般的凄黯消沉！我似乎能听到那呜呜的海风，和那暗灰色浩荡摇撼的波涛。我似乎能看到那阴郁压人的西南山影，和山半一层层枯黄不断的麦地。乍暖还寒时候，常使幼稚无知的我，起无名的惆怅的那种环境，六一姊也许还在此中。她或在推磨，或在纳鞋底，工作之余，她偶然抬头自篱隙外望海山，或不起什么感触。她决不能想起我，即或能想起我，也决不能知道这时的我，正在海外的海，山外的山的一角小楼之中，凝阴的廊上，低头疾书，追写十年前的她的嘉言懿行……

我一路拉杂写来，写到此泪已盈睫——总之，提起六一姊，我童年的许多往事，已真切活现的浮到眼前来了！

一九二四年三月二十六日黄昏。青山，沙穰。

赏析

　　冰心在1924年于美国青山沙穰疗养院写就的《六一姊》似乎是信手拈来，自然天成，无斧凿痕迹。

　　看得出来，在《六一姊》这部作品中，冰心绝非为了写作而写作，而是被"剪不断，理还乱"的思乡亲情驱使，在思绪起伏时挥笔成篇的。一个"真"字，构成了这部小说艺术魅力的核心，从这个核心扩展开去，形成了小说感人至深的艺术力量。

　　由于真，作者采用第一人称，记述童年的友伴，不仅准确传达出六一姊的音容笑貌，而且把情境变迁描画得入情入理，亲切自然。冰心幼时在海阔天空的烟台生活了七八年，六一姊的原型是她在这段生活中相识的伙伴，是在她寂寞的童年生活中发过光彩、留下痕迹的小女孩。作者以第一人称作文，又以真实的地点为背景，去写真实的人物，使人如闻其言，女见其行，真实可信。六一姊的天真活泼、早熟乖顺和知情达理在真实生活背景的衬托下，活灵活现地凸现出来，不仅令作者想起了自己童年的往事，而且带引读者同情同感，仿佛见到了活脱脱的六一姊。

　　由于真，作者在刻画人物时，用笔自然，不事雕琢。作者用朴素无华的口语娓娓述说了九岁、十一岁、十四岁时的六一姊，其前后性格的发展变化，符合客观，顺乎情理。六一姊不是什么新女性或风云人物，而是旧中国塑造出的普通女子。作者没有脱离时代拔高这个人物，而是如实地裸露出时

◎ 回国后的冰心潜心创作。摄于1956年。

代烙在她身心上的印记。冰心似乎是用平平常常的语言写出了平平常常的六一姊，却感动了平平常常的读者，这的确靠了"真"的力量。冰心不仅给了六一姊丰富的内涵，使这一形象血肉丰满，而且她用于描述人物的白话语言清新流畅，无疑给五四后的中国文坛助长了改革的声势。

列夫·托尔斯泰认为，艺术感染的深浅决定于三个条件：一是所传达的感情具有多大的独特性，二是这种感情传达有多么清晰，三是艺术家真挚程度如何。而托翁认为，这三个条件中最重要的是"艺术家的真挚"（见《艺术论》）。冰心正是这样一位真挚的作家。她"栽下平凡的小小的花，给平凡的小小的人看"，（《冰心全集》自序）她以自己的方式清晰地表达了源自心灵深处的真挚情感。她的内心，犹如真情洋溢的大海，她的笔下，是浸泡在这大海里的她所熟悉的人和事。在21世纪的今天，《六一姊》又一次给

我们以启示：生活是创作之本。首先要认真扎实地生活，真切投入地感受，才能远离虚假的空中楼阁，避免脱离实际的创作倾向，使写出的作品具有超越时空的永久生命力。

（赵秀琴）

分

绵绵的雪中，几声寒犬，似乎告诉我们说
人生的一段恩仇，至此又告一小小结束。

　　一个巨灵之掌，将我从郁闷痛楚的密网中打破了出来，我呱的哭出了
第一声悲哀的哭。

　　睁开眼，我的一只腿仍在那巨灵的掌中倒提着，我看见自己红红的玲
珑的两只小手，在我头上的空中摇舞着。

　　另一个巨灵之掌轻轻地托住我的腰，他笑着回头向仰卧在白色车床上
的一个女人说："大喜呵，好一个胖小子！"一面轻轻地放我在一个铺着白
布的小筐里。

　　我挣扎着向外看：看见许多白衣白帽的护士乱哄哄的，无声的围住那
个女人。她苍白着脸，脸上满是汗。她微呻着，仿佛刚从噩梦中醒来。眼
皮红肿着，眼睛失神的半开着。她听见了医生的话，眼珠一转，眼泪涌了
出来。放下一百个心似的，疲乏地微笑着，闭上眼睛，嘴里说："真辛苦了
你们了！"

　　我便大哭起来："母亲呀，辛苦的是我们呀，我们刚才都从死中挣扎出
来的呀！"

　　白衣的护士们乱哄哄的，无声的将母亲的车床推了出去。我也被举了
起来，出到门外。医生一招手，甬道的那端，走过一个男人来。他也像刚
从噩梦中醒来，这时才欢欣地伸出两只手，要抱又不敢抱似的，用着怜惜
惊奇的眼光，向我注视，医生笑了："这孩子好罢？"他不好意思似的，

嚅嗫着:"这孩子脑袋真长。"这时我猛然觉得我的头痛极了,我又哭起来了:"父亲呀,您不知道呀,我的脑壳挤得真痛呀。"

医生笑了:"可了不得,这么大的声音!"一个护士站在旁边,微笑地将我接了过去。

进到一间充满了阳光的大屋子里。四周壁下,挨排的放着许多的小白框床,里面卧着小朋友。有的两手举到头边,安稳地睡着;有的哭着说:"我渴了呀!""我饿了呀!""我太热了呀!""我湿了呀!"抱着我的护士,仿佛都不曾听见似的,只飘远的,安详的,从他们床边走过,进到里间浴室去,将我头朝着水管,平放在水盆边的石桌上。

莲蓬管头里的温水,喷淋在我的头上,黏黏的血液全冲了下去。我打了一个寒噤,神志立刻清爽了。眼睛向上一看,隔着水盆,对面的那张石桌上,也躺着一个小朋友,另一个护士,也在替他洗着。他圆圆的头,大大的眼睛,黑黑的皮肤,结实的挺起的胸膛。他也醒着,一声不响地望着窗外的天空。这时我已被举起,护士轻轻地托着我的肩背,替我穿起白白长长的衣裳。小朋友也穿着好了,我们欠着身隔着水盆相对着。洗我的护士笑着对她的同伴说:"你的那个孩子真壮真大啊,可不如我的这个白净秀气!"这时小朋友抬起头来注视着我,似轻似怜的微笑着。

我羞怯地轻轻地说:"好呀,小朋友。"他也谦和地说:

◎ 1979年,冰心当选为全国文联副主席。

"小朋友好呀。"这时我们已被放在相挨的两个小框床里，护士们都走了。

我说："我的周身好疼呀，最后四个钟头的挣扎，真不容易，你呢？"

他笑了，握着小拳："我不，我只闷了半个钟头呢。我没有受苦，我母亲也没有受苦。"

我默然，无聊地叹一口气，四下里望着。他安慰我说："你乏了，睡罢，我也要养一会儿神呢。"

我从浓睡中被抱了起来，直抱到大玻璃门边。门外甬道里站着好几个少年男女，鼻尖和两手都抵住门上玻璃，如同一群孩子，站在陈列圣诞节礼物的窗外，那种贪馋羡慕的样子。他们嬉笑着互相指点谈论，说我的眉毛像姑姑，眼睛像舅舅，鼻子像叔叔，嘴像姨，仿佛要将我零碎吞并了去似的。

我闭上眼，使劲地想摇头，却发觉了脖子在痛着，我大哭了，说："我只是我自己呀，我谁都不像呀，快让我休息去呀！"

护士笑了，抱着我转身回来，我还望见他们三步两回头的，彼此笑着推着出去。

小朋友也醒了，对我招呼说："你起来了，谁来看你？"我一面被放下，一面说："不知道，也许是姑姑舅舅们，好些个年轻人，他们似乎都很爱我。"

小朋友不言语，又微笑了："你好福气，我们到此已是第二天了，连我的父亲我还没有看见呢。"

我竟不知道昏昏沉沉之中，我已睡了这许久。这时觉得浑身痛得好些，底下却又湿了，我也学着断断续续地哭着说："我湿了呀！我湿了呀！"果然不久有个护士过来，抱起我。我十分欢喜，不想她却先给我水喝。

大约是黄昏时候，乱哄哄的三四个护士进来，硬白的衣裙哗哗地响着。她们将我们纷纷抱起，一一的换过尿布。小朋友很欢喜，说："我们都要看见我们的母亲了，再见呀。"

　　小朋友是和大家在一起，在大床车上推出去的。我是被抱起出去的。过了玻璃门，便走入甬道右边的第一个屋子。母亲正在很高的白床上躺着，用着渴望惊喜的眼光来迎接我。护士放我在她的臂上，她很羞涩地解开怀。她年纪仿佛很轻，很黑的秀发向后拢着，眉毛弯弯的淡淡的像新月。没有血色的淡白的脸，衬着很大很黑的眼珠，在床侧暗淡的一圈灯影下，如同一个石像！

　　我开口吚哑着奶。母亲用面颊偎着我的头发，又摩弄我的指头，仔细地端祥我，似乎有无限的快慰与惊奇。

　　二十分钟过去了，我还没有吃到什么。我又饿，舌尖又痛，就张开嘴让奶头脱落出来，烦恼的哭着。母亲很恐慌的，不住的摇拍我，说："小宝贝，别哭，别哭！"一面又赶紧按了铃，一个护士走了进来。母亲笑说："没有别的事，我没有奶，小孩子直哭，怎么办？"护士也笑着，说："不要紧的，早晚会有，孩子还小，他还不在乎呢。"一面便来抱我，母亲恋恋的放了手。

　　我回到我的床上时，小朋友已先在他的床上了，他睡得很香，梦中时时微笑，似乎很满足，很快乐。我四下里望着。许多小朋友都快乐地睡着了。有几个半醒着，哼着玩似的，哭了几声。我饿极了，想到母亲的奶不知何时才来，我是很在乎的，但是没有人知道。看着大家都饱足的睡着，觉得又嫉妒，又羞愧，就大声地哭起来，希望引起人们的注意。我哭了有半点多钟，才有个护士过来，娇痴地撇着嘴，抚拍着我，说："真的！你妈妈不给你吃饱呵，喝点水罢！"她将水瓶的奶头塞在我嘴里，我呜咽地含着，一面慢慢地也睡着了。

　　第二天洗澡的时候，小朋友和我又躺在水盆的两边谈话。他精神很饱满。在被按洗之下，他摇着头，半闭着眼，笑着说："我昨天吃了一顿饱奶！我母亲黑黑圆圆的脸，很好看的。我是她的第五个孩子呢。她和护士说她是第一次进医院生孩子，是慈幼会介绍来的，我父亲很穷，是个屠户，宰猪的。"——这时一滴硼酸水忽然洒上他的眼睛，他厌烦地喊了几声，挣扎着又睁开眼，说："宰猪的！多痛快，白刀子进去，红刀子出来！我大了，也学我父亲，宰猪，——不但宰猪，也宰那些猪一般的尽吃不做的人！"

我静静地听着，到了这里赶紧闭上眼，不言语。

小朋友问："你呢？吃饱了罢？你母亲怎样？"

我也兴奋了："我没有吃到什么，母亲的奶没有下来呢，护士说一两天就会有的。我母亲真好，她会看书，床边桌上堆着许多书，屋里四面也摆满了花。"

"你父亲呢？"

"父亲没有来，屋里只她一个人。她也没有和人谈话，我不知道关于父亲的事。"

"那是头等室，"小朋友肯定地说，"一个人一间屋子吗！我母亲那里却热闹，放着十几张床呢。许多小朋友的母亲都在那里，小朋友们也都吃得饱。"

又过了一天，看见父亲了。在我吃奶的时候，他侧着身，倚在母亲的枕旁。他们的脸紧挨着，注视着我。父亲很清癯的脸。皮色淡黄。很长的睫毛，眼神很好。仿佛常爱思索似的，额上常有微微的皱纹。

父亲说："这回看得细，这孩子美得很呢，像你！"

母亲微笑着，轻轻地摩我的脸："也像你呢，这么大的眼睛。"

父亲立起来，坐到床边的椅上，牵着母亲的手，轻轻地拍着："这下子，我们可不寂寞了，我下课回来，就帮助你照顾他，同他玩；放假的时候，就带他游山玩水去。——这孩子一定要注意身体，不要像我。我虽不病，却不算强壮……"

母亲点头说："是的——他也要早早的学音乐，绘画，我自己不会这些，总觉得生活不圆满呢！还有……"

父亲笑了："你将来要他成个什么'家'？文学家？音乐家？"

母亲说："随便什么都好——他是个男孩子呢。中国需要科学，恐怕科学家最好。"

这时我正咂不出奶来，心里烦躁得想哭。可是听他们谈得那么津津有味，我也就不言语了。

◎ 冰心在日本奈良喂鹿。

父亲说："我们应当替他储蓄教育费了，这笔款越早预备越好。"

母亲说："忘了告诉你，弟弟昨天说，等孩子到了六岁，他送孩子一辆小自行车呢！"

父亲笑说："这孩子算是什么都有了，他的摇篮，不是妹妹送的么？"

母亲紧紧地搂着我，亲我的头发，说："小宝贝呵，你多好，这么些个人疼你！你大了，要做个好孩子……"

挟带着满怀的喜气，我回到床上，也顾不得饥饿了，抬头看小朋友，他却又在深思呢。

我笑着招呼说："小朋友，我看见我的父亲了。他也极好。他是个教员。他和母亲正在商量将来教育我的事。父亲说凡他所能做到的，对于我有益的事，他都努力去做。母亲说我没有奶吃不要紧，回家去就吃奶粉，以后还吃橘子汁，还吃……"我一口气说了下去。

小朋友微笑了，似怜悯又似鄙夷："你好幸福呵，我是回家以后，就没有奶吃了。今天我父亲来了，对母亲说有人找她当奶妈去。一两天内我们就得走了！我回去跟着六十多岁的祖母。我吃米汤，糕干……但是我不在乎！"

我默然，满心的高兴都消失了，我觉得惭愧。

小朋友的眼里，放出了骄傲勇敢的光："你将永远是花房里的一盆小花，风雨不侵的在划一的温度之下，娇嫩的开放着。我呢，是道旁的小草。人们的践踏和狂风暴雨，我都须忍受。你从玻璃窗里，遥遥的外望，也许会可怜我。然而在我的头上，有无限阔大的天空；在我的四围，有呼吸不尽的空气。有自由的蝴蝶和蟋蟀在我的旁边歌唱飞翔。我的勇敢的卑微的同伴，是烧不尽割不完的。在人们脚下，青青的点缀遍了全世界！"

我窘得要哭，"我自己也不愿意这样的娇嫩呀！……"我说。

小朋友惊醒了似的，缓和了下来，温慰我说："是呀，我们谁也不愿意和谁不一样，可是一切种种把我们分开了，——看后来罢！"

窗外的雪不住地在下，扯棉搓絮一般，绿瓦上匀整地堆砌上几道雪沟。母亲和我是要回家过年的。小朋友因为他母亲要去上工，也要年前回去。我们只有半天的聚首了，茫茫的人海，我们从此要分头消失在一片纷乱的城市叫嚣之中，何时再能在同一的屋瓦之下，抵足而眠？

　　我们恋恋地互视着。暮色昏黄里，小朋友的脸，在我微晕的眼光中渐渐的放大了。紧闭的嘴唇，紧锁的眉峰，远望的眼神，微微突出的下颏，处处显出刚决和勇毅。"他宰猪——宰人？"我想着，小手在衾底伸缩着，感出自己的渺小！

　　从母亲那里回来，互相报告的消息，是我们都改成明天———一月一日——回去了！我的父亲怕除夕事情太多，母亲回去不得休息。小朋友的父亲却因为除夕自己出去躲债，怕他母亲回去被债主包围，也不叫她离院。我们平空又多出一天来！

　　自夜半起便听见爆竹，远远近近的连续不断。绵绵的雪中，几声寒犬，似乎告诉我们说人生的一段恩仇，至此又告一小小结束。在明天重戴起谦虚欢乐的假面具之先，这一夜，要尽量的吞噬，怨詈，哭泣。万千的爆竹声里，阴沉沉的大街小巷之中，不知隐伏着几千百种可怖的情感的激荡……

　　我栗然，回顾小朋友。他咬住下唇，一声儿不言语。——这一夜，缓流的水一般，细细地流将过去。将到天明，朦胧里我听见小朋友在他的床上叹息。

　　天色大明了。两个护士脸上堆着新年的笑，走了进来，替我们洗了澡。一个护士打开了我的小提箱，替我穿上小白绒紧子，套上白绒布长背心和睡衣。外面又穿戴上一色的豆青绒线褂子，帽子和袜子。穿着完了，她抱起我，笑说："你多美啊，看你妈妈多会打扮你！"我觉得很软适，却又很热，我暴躁得想哭。

小朋友也被举了起来。我愣然，我几乎不认识他了！他外面穿着大厚蓝布棉袄，袖子很大很长，上面还有拆改补缀的线迹；底下也是洗得褪色的蓝布的围裙。他两臂直伸着，头面埋在青棉的大风帽之内，臃肿得像一只风筝！我低头看着地上堆着的，从我们身上脱下的两套同样的白衣，我忽然打了一个寒噤。我们从此分开了，我们精神上，物质上的一切都永远分开了！

小朋友也看见我了，似骄似惭地笑了一笑说："你真美呀，这身美丽温软的衣服！我的身上，是我的铠甲，我要到社会的战场上，同人家争饭吃呀！"

护士们匆匆地捡起地上的白衣，扔入筐内。又匆匆地抱我们出去。走到玻璃门边，我不禁大哭起来。小朋友也忍不住哭了，我们乱招着手说："小朋友呀！再见呀！再见呀！"一路走着，我们的哭声，便在甬道的两端消失了。

母亲已经打扮好了，站在屋门口。父亲提着小箱子，站在她旁边。看见我来，母亲连忙伸手接过我，仔细看我的脸，拭去我的眼泪，偎着我，说："小宝贝，别哭！我们回家去了，一个快乐的家，妈妈也爱你，爸爸也爱你！"

一个轮车推了过来，母亲替我围上小豆青绒毯，抱我坐上去。父亲跟在后面。和相送的医生护士们道过谢，说过再见，便一齐从电梯下去。

从两扇半截的玻璃门里，看见一辆汽车停在门口。父亲上前开了门，吹进一阵雪花，母亲赶紧遮上我的脸。似乎我们又从轮车中下来，出了门，上了汽车，车门砰地一声关上了。母亲掀起我脸上的毯子，我看见满车的花朵。我自己在母亲怀里，父亲和母亲的脸颊偎着我。

这时车已徐徐地转出大门。门外许多洋车拥挤着，在他们纷纷让路的当儿，猛抬头我看见我的十日来朝夕相亲的小朋友！他在他父亲的臂里。他母亲提着青的布包袱。两人一同侧身站在门口，背向着我们。他父亲头上是一顶宽檐的青毡帽，身上是一件大青布棉袍。就在这宽大的帽檐下，小朋友伏在他的肩上，面向着我，雪花落在他的眉间，落在他的颊上。他紧闭着眼，脸上是凄傲的笑容……他已开始享乐他的奋斗！……

车开出门外，便一直地飞驰。路上雪花飘舞着。隐隐地听得见新年的锣鼓。母亲在我耳旁，紧偎着说："宝贝呀，看这一个平坦洁白的世界呀！"

我哭了。

一九三一年，八月五日。海淀。

赏析

　　1919年，冰心是积极参加"五四"运动的爱国青年女学生。如果说"五四"运动后，冰心是以写《斯人独憔悴》、《去国》等"问题小说"走上文坛，并以诗集《繁星》、《春水》及散文《寄小读者》获得赞誉的青年女作家，而到了三十年代初期，新文学运动有了新的发展，冰心受进步作家的影响，创作了小说《分》、《冬儿姑娘》，标志着她的思想有新的突破、对社会现实有成熟的思索并使其小说艺术具有了新的高度与深度，从而确立了她在中国现代文学史上的地位。短篇小说《分》创作于1931年8月5日，《冬儿姑娘》创作于1933年11月28日。茅盾在评论《分》中写道："谁也看得出，这篇《分》跟冰心女士从前的作品很不同了。如果我们把她最近的一篇《冬儿姑娘》合起来看，我们至少应该说，这位富有强烈正义感的作家不但悲哀着'花房里的一盆小花'，不但赞美着刚决勇毅的'小草'，她也知道这两者'精神上，物质上的一切都永远分开了'！"

　　《分》是用第一人称"我"写的。写一个初生婴儿从呱呱落地时的所见所闻，到与父母交谈、与同时出生的小朋友的"对话"，直到与一同出生、一同出院的小朋友分开的过程。

　　以往的不少儿童文学作品，大多宣扬"博爱"，让世界上的孩子们从小就要爱一切动物和所有的人，狗也好，虎也好，贵族和石匠也好，都是同样能够爱人和被别人爱的，因为他们有一颗善良的童心。似乎童心能够跨越

◎美国威尔斯利女子大学冬景。

一切阶级界线；似乎童心可以融合贫富与善恶间的藩篱。而冰心的《分》，却明告世人：婴儿呱呱坠地之始，就分属于不同的社会人群，有着不同的命运和前途。小说中两个婴儿最初的差别只是一个白净清秀，一个黝黑壮实，但他们的各自的母亲，一个住在头等病房，一个住在慈善机构介绍的统铺病房。小说接着叙述两个孩子：一个回家有奶粉吃，有橘子汁喝，还将有摇篮和小自行车；一个妈妈将要去当奶妈，只能喝米汤和吃糕干；一个长大将要当文学家、音乐家或是科学家，一个长大将要去宰猪，也宰那些猪一般的尽吃不做的人。这是因为他们从生下来，就属于贫富悬殊的不同的社会层次。及至出院，两个同时出生的小朋友，一个穿着柔软漂亮的毛衣，一个穿上成人粗硬的"大厚蓝布棉袄，袖子很大很长，上面还有拆改补缀的线迹；底下也是洗得褪色的蓝布的围裙"，两臂直伸着……最后，两个人分开时，一个伏在贫寒的爸爸的肩头，雪花落在他的眉间、颊上，"他已开始享乐他的奋斗"；一个坐在汽车上，依在父母爱的怀抱，面对平坦洁白的世界，"我"却为这种"分"而哭了。

在这篇小说中，作者对"花房里的一盆小花"的悲哀，和对刚决勇毅的"小草"的赞美，虽然是通过第一人称"我"来叙述的，但却流泻着作者对人生、对现实的真实揭示，从这真实的揭示里，坦诚地展示了作者的思想高度及作者所刻意追求的艺术高度。

作者创作《分》时的思想高度，已从"海化"的诗人筑起的真善美的艺术圣地，转入对人生、对现实、对社会阶级的贫富悬殊进行真诚的揭示了。这种揭示，又紧扣决定祖国命运和祖国未来前途的下一代孩子的本性，并从孩子的本性出发，描绘出不同的新一代各自的命运和前途。在这篇小说里，作者对刚决勇毅的"小草"的赞美，也确切地刻画出中华民族生存、发展、创造的民族性格。在这里，作者悲哀的是"花房里的一盆小花"，赞美的是"刚决勇毅的'小草'"，这"小草"不就是我们民族性格的象征吗？它是希望所在、未来所在。这就是作者所达到的思想高度。

（关登瀛）

我 的 同 学

我相信以她的人格和容貌的美丽，她的周围随处
都可以变成光明的天国。

　　不知女人在一起的时间，是常谈到男人不是？我们一班朋友在一起的
时候，的确常谈着女人，而且常常评论到女人的美丑。

　　我们所引以自恕的，是我们不是提起某个女人，来品头论足；我们是
抽象地谈到女人美丑的标准。比如说，我们认为女人的美可分为三种：第
一种是乍看是美，越看越不美；第二种是乍看不美，越看越觉出美来；第
三种是一看就美，越看越美！

　　第一种多半是身段窈窕，皮肤洁白的女人，瞥见时似乎很动人，但寒
暄过后，坐下一谈，就觉得她眉画得太细，唇涂得太红，声音太粗糙，态
度太轻浮，见过几次之后，你简直觉得她言语无味，面目可憎。

　　第二种往往是装束素朴，面目平凡的女人，乍见时不给人以特别的印
象。但在谈过几次话，同办过几次事以后，你会渐渐地觉得她态度大方，
办事稳健，雅淡的衣饰，显出她高洁的品味；不施铅华的脸上，常常含着
柔静的微笑，这种女人，认识了之后，很不易使人忘掉。

　　第三种女人，是鸡群中的仙鹤，万绿丛里的一点红光！在万人如海之
中，你会毫不迟疑地把她拣拔了出来。事实上，是在不容你迟疑之顷，她
自己从人丛中浮跃了出来，打击在你的眼帘上。这种女人，往往是在"修
短合度，秾纤适中……芳泽无加，铅华弗御"的躯壳里，投进了一个玲珑
高洁的灵魂。她的一言一笑，一举一动，都流露着一种神情，一种风韵，

既流丽，又端庄，好像白莲出水，玉立亭亭。

假如有机会多认识她，你也许会发现她态度从容，辩才无碍，言谈之际，意暖神寒。这种女人，你一生至多遇见一两次，也许一次都遇不见！

我也就遇见过一次！

C女士是我在大学时的同学，她比我高两班。我入大学的第一天，在举行开学典礼之前一小时，在大礼堂前的长廊上，瞥见了她。

那时的女同学，都还穿着制服，一色的月白布衫，黑绸裙儿，长蛇般的队伍，总有一二百个。在人群中，那竹布衫子，黑绸裙子，似乎特别的衬托出C女士那夭矫的游龙般的身段。她并没有大声说话，也不曾笑，偶然看见她和近旁的女伴耳语，一低头，一侧面，只觉得她眼睛很大，极黑，横波入鬓，转盼流光。

及至进入礼堂坐下——我们是按着班次坐的，每人有一定的座位——她正坐在我右方前三排的位子上，从从容容略向右倚。我正看一个极其美丽潇洒的侧影：浓黑的鬓发，一个润厚的耳郭，洁白的颈子，美丽的眼角和眉梢。台上讲话的人，偶然有引人发笑之处，总看见她微微地低下头，轻轻地举起左手，那润白的手指，托在腮边，似乎在微笑，又似乎在忍着笑。这印象我极其清楚，也很深。以后的两年中，直到她毕业时为止，在集会的时候，我总在同一座位上，看到这美丽的侧影。

我们虽不同班，而见面的时候很多，如同歌咏队，校刊编辑部，以及什么学会等等。她是大班的学生，人望又好，在每一团体，总是负着重要的责任。任何集会，只要有C女士在内，人数到的总是齐全，空气也十分融和静穆，男同学们对她固然敬慕，女同学们对她也是极其爱戴，我没有听见一个同学，对她有过不满的批评。

C女士是广东人，却在北方生长，一口清脆的北平官话。在集会中，我总是下级干部，在末座静静地领略她稳静的风度，听取她简洁的谈话。她对女同学固然亲密和气，对男同学也很谦逊大方，她的温和的笑，解除

◎ 画家王晖创作的油画《冰心》。

了我们莫名其妙的局促和羞涩，我觉得我并不是常常红脸的人，对别的女同学，我从不觉得踧踖。但我看不只我一个人如此，许多口能舌辩的男同学，在C女士面前，也往往说不出话来，她是一轮明丽的太阳，没有人敢向她正视。

我知道有许多大班的男同学，给她写过情书，她不曾答复，也不存芥蒂，我们也不曾听说她在校外有什么爱人。我呢？年少班低，连写情书的思念也不敢有过，但那几年里，心目中总是供养着她。直至现在，梦中若重过学生生活，梦境中还常常有着C女士，她或在打球，或在讲演，一朵火花似的，在我迷离的梦雾中燃烧跳跃。这也许就是老舍先生小说中所谓之"诗意"吧！我算对得起自己的理想，我一辈子只有这么一次"诗意"！

在C女士将要毕业的一年，我同她演过一次戏，在某一幕中，我们两人是主角，这一幕剧我永远忘不了！那是梅德林克的《青鸟》中之一幕。那年是华北旱灾，学校里筹款赈济，其中有一项是演剧募捐，我被选为戏剧股主任。剧本是我选的，我译的，演员也是我请的。我自己担任了小主角，请了C女士担任"光明之神"。上演之夕，到了进入"光明殿"之一幕，我从黑暗里走到她的脚前，抬头一望，在强烈的灯光照射之下，C女士散披着洒满银花的轻纱之衣，扶着银杖。经过一番化妆，她那对秀眼，更显得光耀深大，双颊绯红，樱唇欲滴。及至我们开始对话，她那银铃似的声音，虽然起始有点颤动，以后却愈来愈清爽，愈嘹亮，我也如同得了灵感似的，精神焕发，直到终剧。我想，那夜如果我是个音乐家，一定会写出一部交响曲，我如果是一个诗人，一定会作出一首长诗。可怜我什么都不是，我只做了半夜光明的乱梦！

等到我自己毕业以后，在美国还遇见她几次，等到我回国在母校教书，听说她已和一位姓L的医生结婚，住在天津。同学们聚在一起，常常互相报告消息，说她的丈夫是个很好的医生，她的儿女也像她那样聪明美丽。

我最后听到她的消息，是在抗战前十天，我刚从欧洲归来，在一位美国老教授家里吃晚饭。他提起一星期以前，他到天津演讲，演讲后的茶会中，有位极漂亮的太太，过来和他握手，他搔着头说："你猜是谁？就是我们美丽的C！我们有八九年没有见面了，真是使人难以相信，她还是和从前一样的好看，一样的年轻，……你记得C吧？"我说："我哪能不记得？我游遍了东京、纽约、伦敦、巴黎、罗马、柏林、莫斯科……我还没有遇见过比她还美丽的女人！"

又六年没有消息了，我相信以她的人格和容貌的美丽，她的周围随处都可以变成光明的天国。愿她享受她自己光明中之一切，愿她的丈夫永远是个好丈夫，她的儿女永远是些好的儿女。因为她的丈夫是有福的，她的儿女也是有福的！

赏析

1941年1月已届中年的冰心，在重庆《星期评论》第8期上，连续发表了她的关于女人系列的短篇小说，先后共9篇，有《我最尊敬体贴她们》、《我的择偶条件》、《我的母亲》、《我的教师》、《我的奶娘》等等。同年的秋天，她又写了《我的同学》等7篇，1943年以《关于女人》为书名出版，国内报刊上纷纷报道，成为畅销书之一。叶圣陶先生在《国文杂志》上加以评点，说这十来篇作品，"每篇叙述她所亲近熟悉的一个女人"，"冰心女士的作风改变了，她已舍弃她的柔细清丽，转向着苍劲朴茂。"

冰心说："女人永远是我的最高超圣洁的灵感。"作者是借着这些不灭的灵感来创作这些短篇小说的。现在就让我们来看看她是怎样写《我的同学》的。

小说是从外形到内心来写C的。作者善于剪辑镜头，让你结而不识，曲以尽致。从远看，在一二百同学中，她那"竹布衫子，黑绸裙子，似乎特别地衬托出C女士那夭矫的游龙般的身段"，"一低头，一侧面，只觉得她眼睛很大，极黑，横波入鬓，转盼流光。"近看，她有极其美丽潇洒的侧影："浓黑的鬓发，一个润厚的耳郭，洁白的颈子，美丽的眼角和眉梢。"这样美丽、端庄的仪表，自然给人留下很深的印象。

作品大部分的文字是写C女士的精神世界的，作者采取了烘云托月的笔法，虚实结合地写了C女士的精明能干。在学校歌咏队、校刊编辑部，每一个

◎ 冰心与学者钱钟书、杨绛夫妇。

团体集会，她"总是负着重要的责任"，她办事稳静、得当，对女同学固然亲密和气，对男同学也谦逊大方，"我没有听见一个同学，对她有过不满的批评。"

曾有不少大班的男同学，给C写过情书，她不曾答复，也不存芥蒂，她在校外也没有什么爱人。这是写了C女士端庄的一面。而她与同学游玩，在集会上演讲，又写出了她活泼的一面。作者说，她像"一朵火花似的，在我迷离的梦雾中燃烧跳跃"。

小说最重要的细节，是写了"我"与C女士同台演出梅德林克的话剧《青鸟》。那年华北旱灾，学校里筹款赈济。"我"被选为戏剧股主任、挑选了剧本，自己演小主角，C女士担任"光明之神"。作者绘声绘色地写道：

"上演之夕，到了进入光明殿之一幕，我从黑暗里走到她的脚前，抬头一望，在强烈的灯光照射之下，C女士散披着洒满银花的轻纱之衣，扶着银杖。经过一番化妆，她那对秀眼，更显得光耀深大，双颊绯红，樱唇欲滴。及至我们开始对话，她那银铃似的声音，虽然起始有点颤动，以后却愈来愈清爽，愈嘹亮，我也如同得了灵感似的，精神焕发，直至剧终。我想，那夜如果我是个音乐家，一定会写出一部交响曲，我如果是一个诗人，一定会作出一首长诗。可怜我什么都不是，我只做了半夜光明的乱梦！"

　　冰心先生写的《我的同学》，虽然是用散文化的笔法来写的，但在塑造C女士这个人物上，既有丰满的外形描绘，又有内心、意志的活动的展现，已经达到了形神（生）兼备的地步。

　　从小说的全篇来看，我们看到的是大学生的健康的生活，活跃的学习气氛，对国事、人民的关切，对美好理想的追求，因此叶圣陶先生才说，作者舍弃了她的"柔细清丽"，转向"苍劲朴茂"了，作为进入中年的冰心，思想越来越成熟，作品也写得更加动人了。

（陈　模）

我的房东

我是'人性'中最'人性'，'女性'中最'女性'
的一个女人。

　　一九三七年二月八日近午，我从日内瓦到了巴黎。我的朋友中国驻法大使馆的L先生，到车站来接我。他笑嘻嘻地接过了我的一只小皮箱，我们一同向站外走着。他说："你从罗马来的信，早收到了。你吩咐我的事，我为你奔走了两星期，前天才有了眉目，真是意外之缘！吃饭时再细细地告诉你吧。"

　　L也是一个单身汉，我们走出站来，无"家"可归，叫了一辆汽车，直奔拉丁区的北京饭店。我们挑了个座位，对面坐下，叫好了菜。L一面擦着筷子，一面说："你的条件太苛，挑房子哪有这么挑法？地点要好，房东要好，房客要少，又要房东会英语！我知道你难伺候，谁叫我答应了你呢，只好努力吧。谁知我偶然和我们的大使谈起，他给我介绍了一位女士，她是贵族遗裔，住在最清静高贵的贵族区——第七区。我前天去见了她，也看了房子……"他搔着头，笑说："真是'有缘千里来相会'，这位小姐，绝等漂亮，绝等聪明，温柔雅澹，堪配你的为人，一会儿你自己一见就知道了。"我不觉笑了起

◎ 日文版《关于女人》书影。

来，说："我又没有托你做媒，何必说那些'有缘''相配'的话！倒是把房子情形说一说吧。"这时菜已来了，L还叫了酒，他举起杯来，说："请！我告诉你，这房子是在第七层楼上，正临着拿破仑殡宫那条大街，美丽幽静，自不必说。只有一个房东，也只有你一个房客！这位小姐因为近来家道中落，才招个房客来帮贴用度，房租伙食是略贵一点，我知道你这个大爷，也不在乎这些。我们吃过饭就去看吧。"

我们又谈了些闲话，酒足饭饱，L会过了账，我提起箱子就要走。L拦住我，笑说："先别忙提箱子，现在不是你要不要住那房子的问题，是人家要不要你做房客的问题。如今七手八脚都搬了去，回头一语不合，叫人家撵了出来，够多没意思！还是先寄存在这里，等下说定了再来拿吧。"我也笑着依从了他。

一辆汽车，驰过宽阔光滑的街道，转弯抹角，停在一座大楼的前面。进了甬道，上了电梯，我们便站在最高层的门边。L脱了帽，按了铃，一个很年轻的女佣出来开门，L笑着问："R小姐在家吗？请你转报一声，中国大使馆的L先生，带一位客人来拜访她。"那女佣微笑着，接过片子，说："请先生们客厅里坐。"便把我们带了进去。

我正在欣赏这一间客厅连饭厅的陈设和色调，忽然看见L站了起来，我也连忙站起。从门外走进了一位白发盈顶的老妇人。L笑着替我介绍说："这位就是我同您提过的X先生。"转身又向我说："这位是R小姐。"

R小姐微笑着同我握手，我们都靠近壁炉坐下。R小姐一面同L谈着话，一面不住地打量我，我也打量她。她真是一个美人！一头柔亮的白发。身上穿着银灰色的衣裙，领边袖边绣着几朵深红色的小花。肩上披着白绒的围巾。长眉妙目，脸上薄施脂粉，也淡淡地抹着一点口红。岁数简直看不出来，她的举止顾盼，有许多地方十分地像我的母亲！

R小姐又和我攀谈，用的是极流利的英语。谈起伦敦，谈起罗马，谈起瑞士……当我们谈到罗马博物馆的雕刻和佛劳伦斯博物馆的绘画时，她忽然停住了，笑说："X先生刚刚来到，一定乏了，横竖将来我们谈话的机会多得很，还是先带你看看你的屋子吧。"她说着便站起引路，L在后面笑着在我耳边低声说："成了。"

我的那间屋子，就在客厅的后面，紧连着浴室，窗户也是临街开的。陈设很简单，却很幽雅，临窗一张大书桌子，桌上一瓶茶色玫瑰花，还疏疏落落地摆着几件文具。对面一个书架子，下面空着，上层放着精装的英法德各大文豪的名著。床边一张小几，放着个小桌灯，也是茶红色的灯罩。此外就是一架大衣柜，一张摇椅，屋子显得很亮，很宽。

我们四围看了一看，我笑说："这屋子真好，正合我的用处……"R小姐也笑说："我们就是这里太静一些，马利亚的手艺不坏，饭食也还可口。哪一天，你要出去用饭，请告诉她一声。或若你要请一两个客人，到家里来吃，也早和她说。衣服是每星期有人来洗……"一面说着，我们又已回到客厅里。L拿起帽子，笑说："这样我们就说定了，我相信你们宾主一定会很相得的。现在我们先走了。晚饭后X先生再回来——他还没去拜望我们的大使呢。"

我们很高兴的在大树下，人行道上并肩的走着。L把着我的臂儿笑说："我的话不假吧，除了她的岁数稍微大一点之外！大使说，推算起来，恐怕她已在六旬以外了。她是个颇有名的小说家，也常写诗。她挑房客也很苛，所以她那客房，常常空着，她喜欢租给'外路人'，我看她是在招致可描写的小说中人物，说不定哪一天，你就会在她的小说中出现！"我笑说："这个本钱，我倒是捞得回来。只怕我这个人，既非儿女，又不英雄，没有福气到得她的笔下。"

午夜，我才回到我的新屋子里，洗漱后上床，衾枕雪白温软，我望着茶红色的窗帘，茶红色的灯罩，在一圈微晕的灯影下，忽然忘记了旅途的乏。我赤足起来，从书架上拿了一本歌德诗集来看，不知何时，朦胧睡去——直等第二天微雨的早晨，马利亚敲门，送进刮胡子的热水来，才又醒来。

从此我便在R家住下了，早饭很简单，只是面包牛油咖啡，多半是自己在屋里吃。早饭后就到客厅坐坐，让马利亚收拾我的屋子。初到巴黎，逛街访友，在家吃饭的时候不多，我总是早晨出去，午夜回来。好在我领了一把门钥，独往独来，什么人也不惊动。有时我在寒夜中轻轻推门，只觉得温香扑面，踏着厚软的地毯，悄悄地走回自己屋里，桌上总有信件鲜花，有时还有热咖啡或茶，和一盘小点心。我一面看着信，一面吃点心喝茶——这些事总使我想起我的母亲。

第二天午饭时，见着R女士，我正要谢谢她给我预备的"消夜"，她却先笑着说："X先生，这半月的饭钱，我应该退还你，你成天的不在家！"我笑着坐下，说："从今天起，我要少出去了，该看的人和该看的地方，都看过了。现在倒要写点信，看点书，养养静了。"R小姐笑说："别忘了还有你的法文，L先生告诉我，你是要练习法语的。"

真的，我的法文太糟了，书还可以猜着看，话却是无人能懂！R小姐提议，我们在吃饭的时候说法语。结果是我们谈话的范围太广，一用法文说，我就词不达意，笑着想着，停了半天。次数多了，我们都觉得不方便，不约而同地笑了出来，说："算了吧，别扭死人！"从此我只顾谈话，把法语丢在脑后了！

巴黎的春天，相当阴冷，我们又都喜欢炉火。晚饭后常在R小姐的书房里，向火抽烟，闲谈，这书房是全房子里最大的一间，满墙都是书架，书架上满是文学书。壁炉架上，摆着几件东方古董。从她的谈话里，知道她的父亲做过驻英大使——她在英国住过十五年——也做过法国远东殖民地长官——她在远东住过八年。她有三个哥哥，都不在了。两个侄子，也都在上次欧战时阵亡。一个侄女，嫁了，有两个孩子，住在乡下。她的母亲，是她所常提到的，是一位身体单薄，多才有德的夫人，从相片上看去，眉目间尤其像我的母亲。

◎ 共度幸福晚年的冰心夫妇。

我虽没有学到法语，却把法国的文学艺术，懂了一半。我们常常一块儿参观博物院，逛古迹，听歌剧，看跳舞，买书画……她是巴黎一带的名闺，我和她朝夕相从，没看过R小姐的，便传布着一种谣言，说是×××在巴黎，整天陪着一位极漂亮的法国小姐，听戏，跳舞。这风声甚至传到国内我父亲的耳朵里，他还从北平写信来问。我回信说："是的，一点不假，可惜我无福，晚生了三十年，她已是一位六旬以上的老姑娘了！父亲，假如您看见她，您也会动心呢，她长得真像母亲！"

我早可以到柏林去，但是我还不想去，我在巴黎过着极明媚的春天——

在一个春寒的早晨，我得到国内三弟报告订婚的信。下午吃茶的时候，我便将他们的相片和信，带到R小姐的书房里。我告诉了她这好消息，因此我又把皮夹里我父亲、母亲，以及二弟，四弟两对夫妇的相片，都给她看了。她一面看着，很客气地称赞了几句，忽然笑说："X先生，让我问你一句话，你们东方人不是主张'男大当婚，女大当嫁'的吗？为何你竟然没有结婚，而且你还是个长子？"我笑了起来，一面把相片收起，挪过一个锦墩，坐在炉前，拿起铜条来，拨着炉火，一面说："问我这话的人多得很，你不是第一个。原因是，我的父母很摩登，从小，他们没有强迫我订婚或结婚。到自己大了，挑来挑去的，高不成，低不就，也就算了……"R女士凝视着我，说："你不觉得生命里缺少什么？"我说："这个，倒也难说，根本我就没有去找。我认为婚姻若没有恋爱，不但无意义，而且不道德。但一提起恋爱来，问题就大了，你不能提着灯笼去找！我们东方人信'夙缘'，有缘千里来相会，若无缘呢，就是遇见了，也到不了一处……"这时我忽然忆起L君的话，不觉抬头看她，她正很自然地靠坐在一张大软椅里，身上穿着一件浅紫色的衣服，胸前带几朵紫罗兰。闪闪的炉火光中，窗外阴暗，更显得这炉边一角，温静，甜柔……

她举着咖啡杯儿，仍在望着我。我接下去说："说实话，我还没有感觉到空虚，有的时候，单身人更安逸，更宁静，更自由……我看你就不缺少什么，是不是？"她轻轻地放下杯子，微微地笑说："我嘛，我是一个女人，就另是一种说法了……"说着，她用雪白的手指，挑着鬓发，轻轻地向耳后一掠，从椅旁小几上，拿起绒线活来，一面织着，一面看着我。

我说："我又不懂了，我总觉得女人天生的是家庭建造者。男人倒不怎样，而女人却是爱小孩子，喜欢家庭生活的，为何女人倒不一定要结婚呢？"R小姐看着我，极温柔软款地说："我是'人性'中最'人性'，'女性'中最'女性'的一个女人。我愿意有一个能爱护我的，温柔体贴的丈夫，我喜爱小孩子，我喜欢有个完美的家庭。我知道我若有了这一切，我就会很快乐地消失在里面去——但正因为，我知道自己太清楚了，我就不愿结婚，而至今没有结婚！"

我抱膝看着她。她笑说："你觉得奇怪吧，待我慢慢地告诉你——我还有一个毛病，我喜欢写作！"我连忙说："我知道，我的法文太浅了，但我们的大使常常提起你的作品，我已试着看过，因为你从来没提起，我也就不敢……"R小姐拦住我，说："你又离了题了，我的意思是一个女作家，家庭生活于她不利。"我说："假如她能够——"她立刻笑说："假如她身体不好……告诉你，一个男人结了婚，他并不牺牲什么。一个不健康的女人结了婚，事业——假如她有事业、健康、家务，必须牺牲其一，我若是结了婚，第一牺牲的是事业，第二是健康，第三是家务……"

——写到这里，我忽然忆起去年我一个女学生，写的一篇小说，叫做"三败俱伤"——她低头织着活计，说："我是一个要强，顾面子，好静，有洁癖的人；在情感上我又非常的细腻，体贴；这些都是我的致命伤！为了这性格，别人用了十分心思，我就得用上百分心思；别人用了十分精力，我就得用上百分精力。一个家庭，在现代，真是谈何容易，当初我的母亲，她做一个外交官夫人，安南总督太太，真是仆婢成群，然而她……她的绘画，她的健康，她一点没有想到顾到。她一天所想的是丈夫的事业，丈夫的健康，儿女的教养，儿女的……她忙忙碌碌地活了五十年！至今我拿起她的画稿来，我就难过。嗳，我的母亲……"她停住了，似乎很激动，轻轻地咳嗽了两声，勉强地微笑说："我母亲的事情，真够写一本小说的。你看见过英国女作家V·Saekville—West写的All Passion Spent(七情俱净)吧？"

我仿佛记得看过这本书，就点头说："看过了，写的真不错……不过，R小姐，一个结婚的女人，她至少有了爱情。"她忽然大声地笑了起来，说："爱情？这就是一件我所最拿不稳的东西，男人和女人心里所了解的爱情，根本就不一样。告诉你，男人活着是为事业——天晓得他说的是事业还是职业！女人活着才为着爱情；女人为爱情而牺牲了自己的一切，而男人却说：'亲爱的，为了不敢辜负你的爱，我才更要努力我的事业'！这真是名利双收！"她说着又笑了起来，笑声中含着无限的凉意。

我不敢言语，我从来没有看见R小姐这样激动过，我虽然想替男人辩护，而且我想我也许不是那样的男人。

她似乎看出了我的心绪，她笑着说："每一个男人在结婚以前，都说自己是个例外，我相信他们也不说假话。但是夫妻关系，是种最娇嫩最伤脑筋的关系，而时光又是一件最无情最实际的东西。等到你一做了他的同衾共枕之人，天长地久……呵！天长地久！任是最坚硬晶莹的钻石也磨成

◎ 1938年夏，冰心全家在燕南园寓所前留影。

了光彩模糊的沙颗，何况是血淋淋的人心？你不要以为我是生活在浪漫的幻想里的人，我一切都透彻，都清楚。男人的'事业'当然要紧，讲爱情当然是不应该抛弃了事业，爱情的浓度当然不能终身一致。但是更实际的是，女人终究是女人，她也不能一辈子以结婚的理想，人生的大义，来支持她困乏的心身。在她最悲哀，最柔弱，最需要同情与温存的一刹那顷，假如她所得到的只是漠然的言语，心不在焉的眼光，甚至于尖刻的讥讽和责备，你想，一个女人要如何想法？我看的太多了，听的也太多了。这都是婚姻生活里解不开的死结！只为我太知道，太明白了，在决定牺牲的时候，我就要估量轻重了！"

她俯下身去，拣起一根柴，放在炉火里，又说："我母亲常常用忧愁的眼光看着我说：'德利莎！你看你的身体！你不结婚，将来有谁来看护你？'我没有说话，我只注视着她，我的心里向她叫着说：'你看你的身体吧，你一个人的病，抵不住我们五个人的病。父亲的肠炎，回归热……以及我们兄妹的种种稀奇古怪的病……三十年来，还不够你受的？'但我终究没有言语。"

她微微地笑了，注视着炉火，"总之我年轻时还不算难看，地位也好，也有点才名，因此我所受的试探，我相信也比别的女孩子多一点。我也曾有过几次的心软……但我都终于逃过了。我是太自私了，我扔不下这支笔，因着这支笔，我也要保持我的健康，因此——

"你说我缺少恋爱吗？也许，但，现在还有两三个男人爱慕着我，他们都说我是他们唯一终身的恋爱。这话我也不否认，但这还不是因为我们没有到得一处的缘故？他们当然都已结过了婚，我也认得他们温柔能干的夫人。我有时到他们家里去吃饭喝茶，但是我并不羡慕他们的家庭生活！他们的太太也成了我的好朋友，有时还向我抱怨她们的丈夫。我一面轻描淡写地劝慰着她们，我一面心里也在想，假如是我自己受到这些委屈，我也许还不会有向人诉说的勇气！有时在茶余酒后，我也看见这些先生们，向着太太皱起眉头，我就会感觉到一阵颤栗，假如我做了他的太太，他也对我皱眉，对我厌倦，那我就太……"

我笑了，极恳挚地轻轻拍着她的膝头，说："假如你做了他的太太，他就不会皱眉了。我不相信世界上有任何男子，有福气做了你的丈夫，还会对你皱眉，对你厌倦。"她笑着摇了摇头，微微地叹一口气，说："好孩子，谢谢你，你说得好！但是你太年轻了，不懂得——这二三十年来，我自己住着，略为寂寞一点，却也舒服。这些年里，我写了十几本小说，七八本诗，旅行了许多地方，认识了许多朋友。我的侄女，承袭了我的名字，也叫德利莎，上帝祝福她！小德利莎是个活泼健康的孩子，廿几岁便结了婚。她以恋爱为事业，以结婚为职业。整天高高兴兴的，心灵里，永远没有矛盾，没有冲突。她的两个孩子，也很像她。在夏天，我常常到她家里去住。她进城时，也常带着孩子来看我。我身后，这些书籍古董，就都归她们了。我的遗体，送到国家医院去解剖，以后再行火化，余灰撒在赛纳河里，我的一生大事也就完了……"

我站了起来，正要说话，马利亚已经轻轻地进来，站在门边，垂手说："小姐，晚饭开齐了。"R小姐吃惊似的，笑着站了起来，说："真是，说话便忘了时候，X先生，请吧。"

饭时，她取出上好的香槟酒来，我也去拿了大使馆朋友送的名贵的英国纸烟，我们很高兴地谈天说地，把刚才的话一句不提。那晚R小姐的谈锋特别隽妙，双颊飞红，我觉得这是一种兴奋，疲乏的表示。饭后不多一会，我便催她去休息。我在客厅门口望着她迟缓秀削的背影，呆立了一会。她真是美丽，真是聪明！可惜她是太美丽，太聪明了！

十天后我离开了巴黎，L送我到了车站。在车上，我临窗站到近午，才进来打开了R小姐替我预备的筐子，里面是一顿很精美的午餐，此外还有一瓶好酒，一本平装的英文小说，是All Passion Spent。

我回国不到一月，北平便沦陷了。我还得到北平法国使馆转来的R小姐的一封信，短短的几行字：

"X先生：

听说北平受了轰炸，我无时不在关心着你和你一家人的安全！振奋起来吧，一个高贵的民族，终久是要抬头的。有机会请让我知道你平安的消息。

你的朋友　德利莎。"

我写了回信，仍托法国使馆转去，但从此便不相通问了。

三年以后，轮到了我为她关心的时节，德军进占了巴黎，当我听到巴黎冬天缺乏燃料，要家里住有德国军官才能领到煤炭的时候，我希望她已经逃出了这美丽的城市。我不能想象这静妙的老姑娘，带着一脸愁容，同着德国军官，沉默向火！

"振奋起来吧，一个高贵的民族，终久是要抬头的！"

赏析

冰心在《关于女人》一书中，曾经塑造了十几个性格各异的女人形象，描述了她们各自不同的命运。描写女人，常常离不开恋爱、婚姻、家庭、工作……爱情和事业是困惑着每一个男人和女人的无法回避的课题。然而，对于女人来讲，似乎更难一些。作家在《关于女人》的《后记》中写道："四十年来，我冷眼旁观，发现了一条真理，其实也就是古人所早已说过的话，就是：'男人活着是为了事业，女人活着是为爱情'——这虽然也有千万分之一的例外，——靠爱情来维持生活，真是一件可怜而且危险不过的事情！"生活中有一些女性，她们常常是带着一种对爱情，对家庭的盲目走进婚姻。她们在传统婚姻模式高压下，往往以牺牲自己的事业和人格为代价，换取爱情和婚姻的欢心。她们走进婚姻，却又失去了自己。女人如何在爱情与事业中树立独立意识，寻求自我价值，随着时代的发展，为越来越多的女性所思索、探求。《我的房东》中的法国女人R小姐，便是走出这个怪圈中的一个。

R小姐德利莎是"我"在巴黎暂住时的房东。她出身高贵，长得聪明、漂亮；她温柔、多情，是个60多岁的未婚老姑娘。在爱情与事业问题上，她有独自的见解。在她看来，"女人终究是女人，她也不能一辈子以结婚的理想，人生的大义，来支持她困乏的心身"。她为了事业的追求，不想做一个"为爱情而牺牲了自己的一切"的女人。因此，在爱情与事业这个"死结"

◎ 1936年，冰心在美国新泽西。

面前，她作出了勇敢的抉择。其实，爱情与事业并非是个"死结"，婚姻不应当成为女人独立的羁绊。男女两性的结合，应当像两朵莲花，并蒂怒放。不过，生活又是纷纭繁杂的，每个人都有自己的经历，自己的人生体验。《我的房东》的强烈艺术感染力，就在于作家通过"我"与这个独身老女人的相识相处，生动地刻画了一个具有独特命运和性格的人物形象。"艺术的真正生命正在于对个别特殊事物的掌握和描述"（歌德语）。R小姐对爱情与事业的见解未必就是真理，也未必要每个女人都需如此。不过，德利莎就是德利莎，《我的房东》中的R小姐真正是"这一个"，因而才具有一定的普遍性。

这篇作品同《关于女人》中的各篇一样，以一个男人"我"的叙事角度，描写了R小姐独特的一生。作家采用了中国小说传统的单线型结构，情节单纯，线索明晰，自始至终围绕着中心人物展开有头有尾的情节，使主题在完整的情节描写与人物刻画中表现出来。作品开头就写"我"途经巴黎，在一位L朋友帮助下找到了一处房子，房子的主人是个漂亮、聪明的R小姐。接着L陪"我"看房，与R相见。"我"在R处住下后，不但得到R的热情款待，而且在茶余饭后与R的攀谈中，"我"了解了R的身世、经历，特别是在爱情与事业上R的观点和做法。我在R处小住几天后，便取道回国。分别时，R热情相送，之后还写信对"我"表示关切。全篇情节由发端——展开——结局至尾声，次第展开，环环相扣。

（贺 嘉）

张 嫂

只要有光明照在她的身上，总是看见她在
光影里做点什么。

可怜，在"张嫂"上面，我竟不能冠以"我的"两个字，因为她不是我的任何人！她既不是我的邻居，也不算我的佣人，她更不承认她是我的朋友，她只是看祠堂的老张的媳妇儿。

我住在这祠堂的楼上，楼下住着李老先生夫妇，老张他们就住在大门边的一间小屋里。

祠堂的小主人，是我的学生，他很殷勤地带着我周视祠堂前后，说："这里很静，×先生正好多写文章。山上不大方便，好在有老张他们在，有事叫他做。"老张听见说到他，便从门槛上站了起来，露着一口黄牙向我笑。他大约四十上下年纪，个子很矮，很老实的样子。我的学生问："张嫂呢？"他说："挑水去了。"那学生又陪我上了楼，一边说："张嫂是个能干人，比她老板伶俐得多，力气也大，有话宁可同她讲。"

为着方便，我就把伙食包在李老太太那里，风雨时节，省得下山，而且村店里苍蝇太多，夏天尤其难受。李老夫妇是山西人，为人极其慈祥和蔼。老太太自己烹调，饭菜十分可口。我早晨起来，自己下厨房打水洗脸，收拾房间，不到饭时，也少和他们见面。这一对老人，早起早睡，白天也没有一点声音，院子里总是静悄悄的，同城内M家比起来，真有天渊之别，我觉得十分舒适。

住到第三天，我便去找张嫂，请她替我洗衣服。张嫂从黑暗的小屋里，钻了出来，阳光下我看得清楚：稀疏焦黄的头发，高高的在脑后挽一个小髻；面色很黑，眉目间布满了风吹日晒的裂纹；嘴唇又大又薄，眼光很锐利；个子不高，身材也瘦，却有一种短小精悍之气。她迎着我，笑嘻嘻地问："你家有事么？"我说："烦你洗几件衣服，这是白的，请你仔细一点。"她说："是了，你们的衣服是讲究的——给我一块洋碱！"

李老太太倚在门边看，招手叫我进去，悄悄地说："有衣服宁可到山下找人洗，这个女人厉害得很，每洗一次衣服，必要一块胰皂，使剩的她都收起来卖——我们衣服都是自己洗。"我想了一想，笑说："这次算了，下次再说罢。"

第二天清早，张嫂已把洗好的衣服被单，送了上来，——洗得很洁白，叠得也很平整——一落的都放在我的床上，说："×先生，衣服在这里，还有剩下的洋碱。"我谢了她，很觉得"喜出望外"，因此我对她的印象很好。

熟了以后，她常常上楼来扫地，送信，取衣服，倒纸篓。我的东西本来简单，什么东西放在哪里她都知道。我出去从不锁门，却不曾丢失过任何物件，如银钱，衣服，书籍等等。至于火柴，点心，毛巾，胰皂，我素来不知数目，虽然李老太太说过几次，叫我小心，我想谁耐烦看守那些东西呢？拿去也不值什么，张嫂收拾屋子，干净得使我喜欢，别的也无所谓了。

张嫂对我很好，对李家两老，就不大客气。比方说挑水，过了三天两天就要涨价，她并不明说，只以怠工方式出之。有一两天忽然看不见张嫂，水缸里空了，老太太就着急，问老张："你家里呢？"他笑说："田里帮工去了。"叫老张帮忙挑一下水罢，他答应着总不动身。我从楼上下来，催促了几遍，他才慢腾腾地挑起桶儿出去。在楼栏边，我望见张嫂从田里上来，和老张在山脚下站着说了一会话。老张挑了两桶水，便躺了下去，说是肚子痛。第二天他就不出来。老先生气了，说："他们真会拿捏人，他

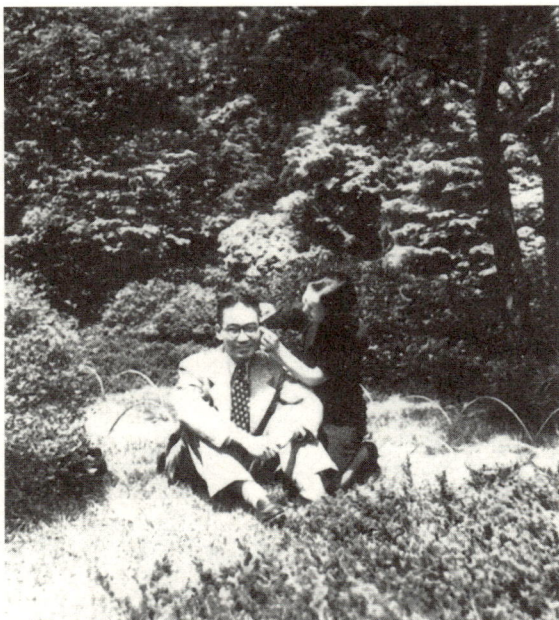
◎ 1974年，冰心与吴文藻在日本郊游。

以为这里就没有人挑水了！我自己下山去找！"老先生在茶馆里坐了半天，同乡下人一说起来，听说是在山上，都摇头笑说："山上呢，好大的坡儿，你家多出几个钱吧！"等他们一说出价钱，老先生又气得摇着头，走上山来，原来比张嫂的价目还大。

我悄悄地走下山去，在田里找到了张嫂，我说："你回去挑桶水罢，喝的水都没有了。"她笑说："我没有空。"我也笑说："你别胡说！我懂得你的意思，以后挑水工钱跟我要好了，反正我也要喝要用的。"她笑着背起筐子，就跟我上山——从此，就是她真农忙，我们也没有缺过水，——除了她生产那几天，是老张挑的。

我从不觉得张嫂有什么异样，她穿的衣服本来宽大，更显不出什么。只有一天，李老太太说："张嫂的身子重了，关于挑水的事，您倒是早和老张说一声，省得他临时不干。"我也不知应当如何开口，刚才还看见张嫂背着一大筐的豆子上山，我想一时不见得会发动，也就没提。

第二天早起，张嫂没有上来扫地。我们吃早饭的时候，看见老张提着一小篮鸡蛋进门。我问张嫂如何不见？他笑嘻嘻地说："昨晚上养了一个娃儿！"我们连忙给他道贺，又问他是男是女。李老太太就说："他们这些人真本事，自己会拾孩子。这还是头一胎呢，不声不响地就生下来了，比下个蛋还容易！"我连忙上楼去，用红纸包了五十块钱的票子，交给老张，说："给张嫂买点红糖吃。"李老太太也从屋里拿了一个红纸包出去，老张笑嘻嘻的都接了，嘴里说："谢谢你家了——老太太去看看娃儿么？"李老太太很高兴地就进到那间黑屋里去。

我同李老先生坐在堂屋里闲谈。老太太一边摇着头，一边笑着，进门就说："好大的一个男孩子，傻大黑粗的！你们猜张嫂在那里做什么？她坐在床板上织渔网呢，今早五更天生的，这么一会儿的工夫，她又做起活来了。她也不乏不累，你说这女人是铁打的不是！"因此就提到张嫂从十二岁，就到张家来做童养媳，十五岁圆的房。她婆婆在的时候，常常把她打得躲在山洞里去哭。去年婆婆死了，才同她良懦的丈夫，过了一年安静的日子，算起来，她今年才二十五岁。

这又是一件出乎我意外的事，我以为她已是三四十岁的人，"劳作"竟把她的青春，洗刷得不留一丝痕迹！但她永远不发问，不怀疑，不怨望。日出而作，日入而息——挑水，砍柴，洗衣，种地，一天里风车儿似的，山上山下的跑——只要有光明照在她的身上，总是看见她在光影里做点什么。有月亮的夜里，她还打了一夜的豆子！

从那天起，一连下了五六天的雨。第七天，天晴了，我们又看见张嫂背着筐子，拿着镰刀出去。从此我们常常看见老张抱着孩子，哼哼唧唧地坐在门洞里。有时张嫂回来晚了，孩子饿得不住的哭，老张就急得在门口转磨。我们都笑说："不如你下地去，叫她抱着孩子，多省事。她回来又是现做饭，奶孩子，不要累死人。"老张摇着头笑说："她做得好，人家要她，我不中用！"老张倒很坦然的，我却常常觉得惭愧。每逢我拿着一本闲书，悠然地坐在楼前，看见张嫂匆匆地进来，忙忙地出去，背上，肩上，手里，腰里，总不空着，她不知道她正在做着最实在，最艰巨的后方生产的工作。我呢，每逢给朋友写信，字里行间，总要流露出劳乏，流露出困穷，流露出萎靡，而实际的我，却悠然地坐在山光松影之间，无病而呻！看着张嫂高兴勤恳的，鞠躬尽瘁的样儿，我常常猛然的扔下书站了起来。

那一天，我的学生和他一班宣传队的同学，来到祠堂门口贴些标语，上面有"前方努力杀敌，后方努力生产"等字样。张嫂站在人群后面，也在呆呆望着。回头看见我，便笑嘻嘻地问："这上面说的是谁？"我说："上半段说的是你们在前线打仗的老乡，下半段说的是你。"她惊讶地问："×先生，你呢？"我不觉低下头去，惭愧地说："我么？这上面没有我的地位！"

赏析

　　"稀疏焦黄的头发，高高的在脑后挽一个小髻；面色很黑，眉目间布满了风吹日晒的裂纹；嘴唇又大又薄，眼光很锐利；个子不高，身材也瘦，却有一种短小精悍之气。"这个亮相，恰如商标一般鲜明而又扼要地披露了小说主人公张嫂的形貌、身份乃至性格。在她身上，差不多集中了旧中国劳动妇女的一切典型特征：既有过度操劳与贫困造成的营养不良和早衰，又有艰苦生活磨炼就的精干和坚韧。

　　作者从几个不同的侧面来刻画表现张嫂的性格：

　　首先是她的超乎寻常的勤恳耐劳。小说中描写她"日出而作，日入而息——挑水，砍柴，洗衣，种地，一天里风车儿似的，山上山下的跑——只要有光明照在她的身上，总是看见她在光影里做点什么。有月亮的夜里，她还打了一夜的豆子！"甚至在她分娩的当天还不停地劳作，孩子落地不过几个时辰，便又坐在床上织起渔网来，怪不得小说中另一人物李老太太感慨不已："你说这女人是铁打的不是！"

　　然而，正是这无限辛劳的生活，带给她年轻生命的早衰之悲，才二十五岁年纪，看上去"以为她已是三四十岁的人"，"'劳作'竟把她的青春，洗刷得不留一丝痕迹"，"但她永远不发问，不怀疑，不怨望"，即使是在做童养媳、饱受婆婆虐待的时候，也仍默默地承受着这一切。旧中国处在三座大山重压下的劳动妇女那种只知奉献不晓索取，逆来顺受、忍辱负重的韧性淋漓尽致地

◎ 冰心与学者费孝通。

体现于张嫂的性格中。

除此，作者还着力表现了张嫂性格中的善良正直与自尊。譬如她热情尽心地帮"我"洗衣、收拾房间，并不图报酬，但对于为人有些苛刻的李老夫妇，却以怠工的方式来维护自己的尊严，而当"我"友好地揭穿她的小小诡计之后，她也便笑着勾销了与李老夫妇的恩怨，"从此，就是她真农忙，我们也没有缺过水"，足见她心地的善良，及其对精神平等的那种极朴素的要求。

作者冰心在刻画张嫂这一人物时是颇具匠心的。譬如，对比手法的运用，就很讲究，既达到强烈的艺术效果，又自然不露痕迹，而且采用递进对比的方式，使人物的性格在对比中突现出不同侧面，并在递进对比中得到升华。如写张嫂必要写到她的丈夫老张，通过学生的介绍及挑水风波、老张哄孩子等细节，使老张的委琐、懒散和笨拙自然地反衬出张嫂的精干、勤恳和耐劳；又如写张嫂与房客李老太太在不同阶层背景下的生活矛盾，通过"胰皂问题"等细节，使李老太太的狭隘、苛刻和好猜忌鲜明地反衬出张嫂的坦荡、朴实和宽容；此外，作者还在"我"与张嫂之间进行了对比，通过揭露"我呢，每逢给朋友写信，字里行间，总要流露出劳乏，流露出困穷，流露出萎靡，而实际的我，却悠然地坐在山光松影之间，无病而呻！"来揭示"我"所代表的小资产阶级知识分子特有的闲散、空虚、苍白，不切实际的精神弱点与张嫂所代表的劳动人民勤恳、脚踏实地、鞠躬尽瘁的精神品性之间的巨大反差。这个对比较之于前两个已显然递进一层，更深刻地揭示了张嫂这一形象的社会内涵和意义。

　　这篇小说创作于1943年，是作者署名"男士"的系列作品之一。这些作品的出现，标志冰心的创作已开始登上了一个新的艺术台阶，由早期的徘徊于个人狭窄的精神天地，转而纵横深入现实的大千社会，使其早期信奉的"为人生而艺术"的文学宗旨，得到更进一步的实现。如这篇小说中，冰心通过塑造张嫂这一旧中国劳动妇女的典型形象，来探讨中国劳动妇女的性格与命运，及其在中华民族历史进程中的地位与意义，表达出对中国劳动妇女质朴坚韧的品格的由衷敬佩，以及对其不公的命运的深切同情，并以此表明，支撑我们民族的坚韧脊梁的，竟一大部分来自这些背负着比男子更沉重担子的最低层的妇女。特别是冰心透过张嫂这一形象来无情地解剖反衬知识分子的性格弱点，促使广大知识分子自省、奋起、跳出个人小圈子，向劳动人民学习，增强社会责任感和实干精神。彼时亦正值中国人民投入艰苦的抗日救亡运动之时，这篇小说所倡扬的鞠躬尽瘁的实干精神，及所表达的以人民大众为主体的进步历史观，则深刻地反映出时代的心声。

（汤　锐）

我的朋友的母亲

惊喜袭击了各个人的心，那时真是"飞鸟各投林"，
所剩下的只是一片白茫茫的大地。

今年春天，正在我犯着流行性感冒的时候，K的母亲——K老太太来看我。

那是下午三时左右，我的高热度还未退清，朦朦胧胧的觉得有人站在我床前。我挣扎着睁开眼睛，K老太太含着满脸的微笑，摇手叫我别动。她自己拉过一张凳子，就坐在床边，一面打开一个手绢包儿，一面微笑说："我听见K说你病了好几天了，他代了你好几堂课。我今天新蒸了一块丝糕，味儿还可口，特地送来给你尝尝。"她说着就把一碟子切成片儿嫩黄喷香上面嵌着红枣的丝糕，送到我枕畔。我连忙欠身起来道谢，说："难得伯母费心。"一面又喊工友倒茶。K老太太站起来笑说："你别忙了，我刚才来的时候，甬道里静悄悄的没有一个人。这时候大家都上着课，你再一病倒睡着，他们可不就都偷懒出去了？我要茶自己会倒！"她走向桌边，拿起热水壶来，摇了摇，笑说："没有开水了，我在家里刚喝了茶来的，倒是你恐怕渴了，我出去找点水你喝。"我还没有来得及拦住她，她已经拿着热水壶出去了。

我赶紧坐起，把衾枕整理了一下，想披衣下床，一阵头昏，只得又躺下去。K老太太又已经进来，倒了一杯热茶，放在我床前凳子上。我笑着谢说："这真是太罪过了，叫老太太来服侍我——"K老太太一面坐下，也笑着说："哪里的话，这是我应该做的事。你们单身汉真太苦了，病了连一

◎ 冰心与雷洁琼。

杯热水都喝不到！你还算好，看你这屋子弄得多么干净整齐，K就不行，他一辈子需要人照应，母亲，姐姐，太太——"我说："K从小是个有福气的人——他太太近来有信么？"

老太太摇了摇头，忽然看着我说："F小姐从军去了，今早我去送她的……"

我不觉抬头看着K老太太。

K老太太微笑着叹了一口气，把那块手绢平铺在膝上，不住地摩抚着，又抬头看着我说："你和K这样要好，这件事你一定也知道了。说起F小姐，真是一个温柔的女子，性格又好，模样儿也不错，琴棋书画，样样都来得，和K倒是天生一对——不过我觉得假若由他们那样做了，我对不起我北平那个媳妇，和三个孙儿。"

我没有言语，只看着老太太。

老太太面容沉寂了下来："我知道K什么事都不瞒你，我倒不妨同你细谈——假如你不太累。K这两天也不大开心呢，你好了请你从旁安慰安慰他。"

我连忙点了点头，说："那是一定。K真是一个实心的人，什么事都不大看得开！"

老太太说："可不是！他从前不是在法国同一个女孩子要好，没有成功，伤心的了不得，回国来口口声声说是不娶了，我就劝他，我说：'你父亲早撒下我走了，我辛苦半生，好容易把你和你姊姊抚养大了，你如今学成归国，我满心希望你成家立业，不但我看着高兴，就是你父亲在天之灵，也会安慰的。你为着一个异种外邦的女人，就连家庭也不顾了，亏得你平常还那样孝顺！本来结婚就不是一个人的事，你的妻子也就是你父母的儿媳，你孩子的母亲。你不要媳妇我还要孙子呢，而且你还是个独子！'他就说：'那么您就替我挑一个罢，只要您高兴就行。'这样他就结了婚，那天你不是还在座？"

我又点一点头，想起了许多K的事情。

"提起我的媳妇，虽不是什么大出色的人物，也还是个师范毕业生，稳稳静静地一个人，过日子，管孩子，也还过得去。我对她是满意的，何况她还替我生了三个白白胖胖的孙儿！"

老太太微笑了，满面的慈祥，凝望的眼光中似乎看见了K的那几个圆头圆脸，欢蹦乱跳的孩子。

"K也是真疼他那几个孩子，有了孩子以后，他对太太也常是有说有笑的。你记得我们北平景山东街那所房子罢？真是'天棚鱼缸石榴树'，K每天下课回来，浇浇花，看看鱼，画画，写字，看看书，抱抱孩子，真是很自得的，我在一旁看着，自然更高兴，这样过了十年——其实那时候，F小姐就已经是他的助教了，他们并没有怎么样……

"后来呢，就打起仗来了，学校里同事们都纷纷南下，也有带着家眷走的。那时也怪我不好，我不想走，我扔不下北平那个家，我又不愿意他们走，我舍不得那几个孩子。我对K说：'我看这仗至多打到一两年，你是有职分的人，暂时走开也好，至于孩子们和他们的母亲，不妨留着陪我，反正是一门老幼，日本人不会把我们怎么样。' K本来也不想带家眷，听了我的话，就匆匆的自己走了，谁知道一离开就是八年。

"我们就关起门来，和外面不闻不问，整天只盼着K的来信，这样的过了三四年。起先还能接到K的信和钱，后来不但信稀了，连拨款也十分困难。我那媳妇倒是把持得住，仍旧是稳稳静静的服侍着我，看着孩子过日子，我手里还有些积蓄，家用也应付得开。三年前我在北平得到K的姐夫从香港打来的电报，说是我的女儿病重，叫我就去，我就匆匆地离开了北平，谁想到香港不到十天，我的女儿就去世了……"

老太太眼圈红了，折起那块手绢来，在眼边轻轻地按了一按，我默默的将那杯茶推到她的面前。

老太太勉强笑了笑，端起茶杯来，呷了一口就又放下。

"谁又知道我女儿死后不过十天，日本人又占领了香港，我的女婿便赶忙着要退到重庆来。他问我要不要回北平？若是要回去呢，他就托人带我到上海。我那时方寸已乱，女儿死了，儿子许久没有确实消息，只听过往的人说他在重庆生活很苦，也常生病，如今既有了见面的可能，我就压制不住了。我对我女婿说：'我还是跟你走罢，后方虽苦，可是能同K在一起。北平那方面，你弟妇还能干，丢下他们一两年也不妨。' 这样，我又从韶关，桂林，贵阳，一路跋涉到了这里……

"看见了K，我几乎哭了出来，谁晓得这几年的工夫，把我的儿子折磨得形容也憔悴了，衣履也褴褛了！他看见我，意外的欢喜，听到他姐姐死去的消息，也哭了一场。过后才问起他的孩子，对于他的太太却淡淡的不提，倒是我先说了几句。问起他这边的生活，他说和大家一样，衣食住

○ 冰心与赵朴初。

都比从前苦得多，不过心理上倒还痛快。说到这里，他指着旁边的F小姐，说：

'您应当谢谢F小姐，这几年来，多亏得她照应我。'我这时才发觉她一直站在我们旁边。

"F小姐也比从前瘦了，而似乎出落得更俊俏一些，她略带羞涩的和我招呼，问起她在北平的父母。我说我在北平的时候，常和他们来往，他们都老了一点，生活上还过得去……说了一会，F小姐便对K说：'请老太太和我们一块儿用饭罢？'K点头说好，我们就一同到F小姐住处去。

"在我找到房子以前，就住在F小姐那里，她住着两间屋子，用着一个女工，K一向是在那里用饭的，衣服也在那边洗。我在那边的时候，K自然是整天同我们在一起，到晚上才回到宿舍去。我在一旁看着，觉得他们很亲密，很投机，一块儿读书说画，F小姐对于K的照应体贴，更是无微不至。他们常常同我说起，当初他们一路出来，怎样的辛苦，危险；他们怎样的一块逃警报，有好几次几乎炸死；K病了好几场，有一次患很重的猩红热，几乎送了命。这些都是K的家信中从来不提的，他们说起这些经历的时候，都显着很兴奋，很紧张，K也总以感激温存的眼光，望着F小姐。我自然也觉得紧张，感激，而同时又起一种说不上来的不安的情绪。

"等到我搬了出来，便有许多K的同事的太太，来访问我，吞吞吐吐的问我K的太太为何不跟我一同出来？我说本来是只到香港的，因此也没想到带着他们。这些太太们就说：'如今老太太来了就好了，否则K先生一个人在这里真怪可怜的——这年头一个单身人在外面真不容易，生活太苦，而且……而且人们也爱说闲话！'她们又问F小姐和我们有没有亲戚关系？她的身世如何？我就知道话中有因，也就含含糊糊的应答，说F家同我们是世交，F小姐从一毕业就做着K的助教，她对人真好，真热心，她对于K的照应帮忙，我是十分感激的。

"不过我不安的情绪，始终没有离开我，我总惦记着北平那些孩子，我总憋着想同K说开了，所以就趁着有一天，我们的女工走掉了，K向我提议说：'妈妈不必自己辛苦了，我们还是和F小姐一块儿吃去罢，就是找到了女工，以后也不必为饮食麻烦，合起来吃饭，是最合理的事。'我就说：'我难道不怕麻烦，而且我岁数大了，又历来没有做过粗活，也觉得十分劳瘁，不过我宁可自己操劳些，省得在一起让人说你们的闲话！'K睁着大眼看着我，我便委婉地将人们的批评告诉了他，又说：'我深知你们两个心里都没有什么，抗战把你们拉在一起，多同一次患难，多添一层情感。你是有家有孩子的人，散了就完了，人家F小姐一个多才多艺的女子，岂不就被你耽误了？'K低着头没有说什么，从那时候，一直沉默了四五天。

"到了第六天的夜里，我已经睡下了，他摸着黑进来，坐在我的床沿，拉着我的手，说：'妈妈，我考虑了四五天，我不能白白的耽误人家。我相信我们分开了，是永远不会快乐的，我想——我想同北平那个离了婚……'我没有言语，他也不往下说，过了半天，他俯下来摇我，急着说：'怎么，妈妈，您在哭？'我忍不住哭了出来，说：'我哭的是可怜你们这一班苦命的人，你命苦，F小姐也命苦，最苦命的还是北平你那个媳妇和三个孩子。他们没有对不起任何人，他们辛辛苦苦的在北平守着，等待着团圆的一天。我走了，算不了什么，就是苦命，也过了一辈子了，你若是……还是我回去守着他们罢！'这时K也哭了，紧紧握了我的手一下，就转身出去。"

　　老太太咽住了，又从袖口里掏手绢，我赶紧笑说："对不起，伯母，请您给我一杯水，这丝糕放在这里怪香的，我想吃一块。"老太太含着泪笑着站起，倒了两杯茶来，我们都拈起丝糕来吃着。暂时不言语。

　　老太太咳嗽了一声，用手绢擦一擦嘴，说："我想了一夜，第二天一早，我就去看F小姐。她正要上课去，看见了我，脸上显出十分惊讶，我想我的神色一定很不好，我说：'对不住，我想耽误你半天工夫，来同你谈一件事。'她的面色倏然苍白了，连忙回身邀我进到内屋去，把门扣上，自己就坐在我的旁边，静静地等着。我停了半天，忍不住又哭了，我说：'F小姐，我不会绕弯儿说话，听说K想同你结婚？'F小姐的脸飞红了，正要说话，我按住她的手，说：'你别着急，这自然是K一方面的痴心妄想，不是我做母亲的夸自己的儿子，K和你倒是天生的一对，可惜的是他已经是有妻有子的人了……'F小姐没有说话，只看着我。我说：'自然现在有妻有子的人离婚的还多得很，不过，K你是晓得的，极其疼爱他的孩子，同时他太太也没有对不起他的地方。F小姐低下头去，我又说：'F小姐，你从小我就疼你，佩服你，假如你是我的亲女儿，我决不愿你和一个离过婚的人结婚，在他是一个幸福，在你却太不值得了！'我抚摩着她的手，说：'你想想，从前在北平的时候，你还不是常常到我们家里来？你对他发生过感情没有？我准知道那时你的理想，也不是像他那样的人。只因打了仗，你们一同出来，患难相救护，疾病相扶持，这种同甘苦，相感激的情感的积聚，便发生了一种很坚固的友情——同时大家想家，大家寂寞，这孤寂的心，就容易拉到一起。战争延长到七八年，还家似乎是不可能的事，家里一切，一天一天的模糊，眼前一切，一天一天的实在。弄到后来，大家弄假成真的，在云雾中过着苟安昏乐的日子——等到有一天，雨过天晴，太阳冲散了云雾，日影下，大家才发现在糊里糊涂之中，丧失了清明正常的自己！

◎ 冰心与巴金。

"'你看见过坐长途火车的没有？世界小，旅途长，素不相识的人也殷勤的互相自己介绍，亲热的叙谈，一同唱歌，一同玩牌，一同吃喝，似乎他们已经有过终身的友谊。等到目的地将到，大家纷纷站起，收拾箱笼，倚窗等望来接他们的亲友，车一开入站，他们就向月台上的人招手欢呼，还不等到车停，就赶忙跳了下去。能想起回头向你招呼的，就算是客气的人，差不多的都是头也不回地就走散了，战事虽长，也终有和平的一天，有一天，胜利来到，惊喜袭击了各个人的心，那时真是"飞鸟各投林"，所剩下的只是一片白茫茫的大地。

"'假如你们成功了呢，你们是回去不回去？假如是回去了呢，你是个独女，不能不见你的父母？K也许可以不看他的太太，而那几个孩子，他是舍不得丢开的。你们仍旧生活在从前环境中间，我不相信你们能够心安理得，能够快乐，能够自然。人们结婚后不是两个人生活在孤岛上，就是在孤岛上，过了几天，几月，几年以后，也会厌倦腻烦，而渴望孤岛外的一切。你对K的认识，没有我清楚，他就像他的父亲，善感，易变，而且总倾向于忧郁，他永没有完全满足快乐的时候，总是追求着什么。在他不满足，忧郁的情境之中，他实在是最快乐的，你也许不懂得我的话，因为你没有同这样的一个人，共同生活过。

"'所以我替你想，为你的幸福起见，我劝你同K分开，"眼不见为净"。你年纪轻轻的，人品又好，学问又好，前途实在光明得很——我离开北平之前，你母亲还来找我，说香港和重庆通讯容易，要我替她写信给你，说他们老了，这战事不知几时才完，他们不知道将来能不能见着你，他们别无所嘱，只希望你谨慎行事，把终身托付给一个能爱护你，有才德的人。我提到这些，就是提醒你，K一辈子是个大孩子，他永远需要别人的爱护，而永远不懂得爱护别人，换句话说，就是他有他自己爱护的方法！我把话都说尽了，你自己考虑考虑看。'这时F小姐已哭得泪人儿一般……

"我正在劝慰她，忽然听见K在外面叫我，我赶紧把门反掩上，出来便往家走，K一声不响的跟着我回来。

"此后我绝口不提这件事，K的情绪反而稳定了下来。我不知道他同F小姐又谈过没有，我只静候着他们的决定。终于在前天夜里，K告诉我说F小姐决定从军去了，明天便走，她希望我能去送她。K说着并没有显出特别的悲伤，我反而觉得难过。这女孩子真是聪明，有决断！不是我心硬，我相信军队的环境和训练，是对她好的，至少她的积压的寂寞忧伤，有个健全高尚的发泄。今早我去送她，她没有掉下一滴泪，昂着头，挺着胸，就上了车……咳，都是这战争搅得人乱七八糟的……"

老太太停住了。这一篇话听得我凄然而又悚然，我便笑说："伯母也不必再难过了，这件事总算告一段落，我想他们将来都会感激您的。伯母！我真是佩服您，怪不得朋友们都夸您通今博古，您说起文哲名词来，都是一串一串的！"老太太笑了，说："别叫你们年轻人笑话，我小的时候，也进过几天的'洋学堂'，如今英文差不多都忘光了，不过K的中文杂志书籍，我还看得懂——我看我该走了，你也乏了，我也出来了半天。你想吃什么，只管打发人去告诉我，我就做了送来。"她说着一面站起要走。

我欠起身来，说："对不起，我不能送了。您来这么一说，我倒觉得清醒了许多。您若不嫌单身汉屋里少茶没水的，就请常过来坐坐。"老太太站住了，笑说："真的，听说从前有人同你提过F小姐，你为什么不答应？你答应了多好，省去许多麻烦。"我笑说："不是我不答应，我是不敢答应，她太多才多艺了，我不配！"老太太笑着摇头说："哪里的话，你是太眼高了，不是我说你，'越挑越眼花'！"

老太太的脚声，渐渐地在甬道中消失了。我凝望着屋顶，反复咀嚼着"飞鸟各投林"这一句话！这时窗外的暮色，已经压到屋里来了！

赏析

　　冰心在《关于女人》的集子中，以"男士"作笔名，描述了她熟悉的"女人"——奶娘、教师、学生、教授……的生活遭遇，生动地刻画了十四个不同类型、不同性格的女性形象。其中，憎恨侵略者的善良的奶娘，坚韧耐劳的张嫂，换上军装的产科医生，默默地献出生命的S女士等形象都光彩照人。冰心是写海的圣手，写大自然的圣手，写女人的圣手，更是写母亲母爱的圣手。在《关于女人》的十六篇作品中，从小说艺术的角度看，在写母亲母爱的艺术画廊里，《我的朋友的母亲》一篇，堪称是出类拔萃的绝笔，与奥地利作家茨威格的名篇《象棋的故事》、《一个女人的二十四小时》、《一封陌生女子的来信》具有同等的艺术魅力。所不同的是，茨威格写的畸形人物的是畸形性格，而生活在战乱中具有强烈正义感和民族自尊心的冰心，塑造的却是维系中华民族生活、生存、通今博古而又善良、智慧和决断中国母亲的典型形象。古今中外文学作品中的男性典型形象和女性典型形象往往是划时代的典型个性，是具有民族性和世界性的"那一个"，因而具有其独特性和生活的普通性。在中国，在抗日战争的大背景下，在文学的领地里，仅是女性典型的创造，可以是在前方英勇杀敌的英雄，也可以是为抗战搞后勤的女战士，还可以是在大后方过着离乱生活的普通妇女和母亲。作家无论创造什么样的"那一个"，都是从他的气质和生活出发的。然而，这不是问题的关键，关键是作家能否创作出经过典型化的典型形象。《我的朋友的母亲》中的母亲形象，就是作家着力塑造

◎ 冰心和吴青正在观赏从景德镇送来的"女寿星"。

的典型形象。

这位老母亲的儿子K，在法国学习时爱上了一位小姐，由于没有成功，致使他不愿再娶。经母亲劝说，由母亲做主，与一位北京的女子结婚后，生了三个儿子，妻子能吃苦耐劳，三个孩子都很活泼可爱。战争使K先生与他的助教F女士从北京转移到重庆。F小姐对K照应体贴，K得了几次病，都由F小姐照顾，渐渐地两人产生了感情。K渐渐地把北京的妻子、孩子淡忘了，并想同F小姐结婚。F小姐漂亮，年轻，聪明，善书画，多才多艺，如与K结婚，真是天生的一对。是战争使他们患难相救护，疾病相扶持；家里的一切，一天天模糊，眼前的一切，一天天实在。如今亲热的叙谈，一同唱歌，一同玩牌，一同吃喝，并即将成婚。这时，K的母亲在从北京到香港办完女儿病逝的丧事后，由于香港被日本占领，她与女婿便一同转移到重庆。她见到了离家七八年形容憔悴、衣服褴褛的儿子，她见到了几年来与她儿子患难与共、人品出众的F小姐。

小说情节的发展，把这位母亲推到矛盾的风口浪尖，等待着她的是做出理智的、艺术的决断。如果这位母亲一点头，K与F小姐就会马上结婚，就会使北京等待K归来的儿媳与三个孙子的希望化为泡影，这位母亲用心血营造的巢穴就被拆散；如果老母亲硬作决断，不同意他们结婚，就会使K与F小姐在心灵上造成"死结"，甚至会造成无可挽回的错上加错。对这件带有社会普遍性的家庭"大事"，冰心笔下的这位温厚善良、通情达理、有见有识、又如此决断的老妈妈，却成功地、艺术地解开了这个"结"，从而塑造了"维持这个世界"的展现中华民族妇女聪明才智、志大艺高的城市普通劳动妇女的典型个性。

　　这位可敬的老母亲，虽不懂算卦看相，却能一眼看透K与F小姐的灵魂，并对他们的性格了如指掌；她虽不懂易经，不会批"八字"，却对他们暂时心灵上的结合与即使结合后未来的命运予以如泣如诉的描绘，使K与F小姐诚悦心服地洒着泪水欣然从命，并使这位老母亲的风姿展立在文学的画廊。

（关登瀛）

陶奇的暑期日记（节选二则）

"虎头蛇尾"！那么大的一个脑袋，那么细小的一条尾巴，多难看，多可笑！

1953年7月14日　晴

昨天早晨，在发过成绩报告单之后，张老师把我留下了。

她笑着问我："陶奇，你对于你自己的学习成绩满意不？"

我本来自己觉得还满意。我的算术、历史、地理、美术、体育，都是五分，语文、自然和音乐，都是四分；就没有三分的。但是我一想，我还有三种科目是四分的，到底还不算顶好，就说："我不满意，我下学期还要努力，决心消灭四分。"

张老师问说："你知道我对你的学习成绩满意不？"

我抬头看着她的脸，说："我不知道……"

张老师说："我不大满意！特别是你的作文，你没有尽到最大的努力。"她说话的时候，一直是笑着，可是我的脸"轰"的一下就红了，头也抬不起来。

张老师把我拉到她的身边，看着我，很严肃又很温和地说："陶奇，你是能写的，但是你不好好地写。你的条件比谁都好，你家里有那么多的书。我知道你看的书很多，你

◎《陶奇的暑假日记》书影。

姐姐说你把《吕梁英雄传》和《卓娅和舒拉的故事》都看完了。"

我低着头说:"我看书尽是瞎看。我就是看故事,快快地看完就完了。许多字我都不认得,有的时候连人名和故事都记不清。"

张老师笑了起来,说:"你这个形容词倒是用得恰当,'瞎看',看完了和不看一样!看书一定要细细地、慢慢地看。你这种'瞎看'的习惯,一定要改。不过你有一件长处,你很会说故事,同学们不是都爱听你说故事吗?"

我不好意思地笑了笑说:"说和写就不一样,说就容易,写就写不出来。"

张老师说:"那怎么会呢?话怎么说,就怎么写。"

我说:"我有许多字不会写。还有,我的形容词太少了!有的时候,我的话很多,就是形容不出来,我就索性不写。"

张老师笑了说:"所以我说你看书要慢慢地看,看每一个字是怎么写的;要细细地看,看人家形容一件东西的时候,是怎么形容的。你说你不会形容,可是我知道你很会学人,我看见过你学郑校长。"

我的脸又红起来了。那是在一次课间休息的时候,我偷偷学给大家看的,张老师怎么会看见了呢?

我笑着没有话说。

张老师追问我说:"你学得像极了,你是怎么形容她的呢?"

我没有法子,就说:"郑校长不是长得很矮吗,所以她说话的时候,总是踮起脚尖,端起肩膀,用左手的大拇指和中指扶一扶眼镜,然后就咳嗽一声,抬高嗓子,说:'孩—子—们!'"说到这里,我看见张老师不笑了,就赶紧停住,说:"我知道我不应该……"

张老师笑了一笑,说:"我还看见你学过李春生。"

我也笑了,说:"李春生刚来的时候,总是不擤鼻涕,因为鼻子不通,说话总是呜嚷呜嚷地……"

张老师说:"你是班里的卫生干事,你应该好好地劝他,不应该学他,嘲笑他。你还喜欢给同学起外号，比方说你管范祖谋叫'四眼狗'，因为他戴眼镜……"

我心里难过极了！张老师对于我淘气的事情，知道的真多真清楚呀！我赶紧说："就为这一件事，范祖谋和我大吵了一顿，从那时候起，我就没有再给同学起过外号了。本来我说'四眼狗'也没有什么坏意思，我爷爷给我讲过太平天国的故事，说太平天国有一位很勇敢的将军，名叫陈玉成，他的外号就叫'四眼狗'……"我说不下去，眼泪都快掉下来了。

张老师又笑了，说："我们都知道你淘气，可是我们中国古语说'淘气的小子是好的，淘气的姑娘是巧的。'从前所谓淘气的孩子，都是心思很活泼的。比方说你会学人，会给人起外号，都是你眼睛尖锐的地方。你会看出每一个人形象的特点，把他突出的地方夸大了，不过我愿意你把你的尖锐的观察力，放在帮助你描写的一方面，不用它作寻找人家身体上，或是别方面的缺点的工具。"

我用手背擦了擦眼睛，点了点头。

张老师又笑说："你学会编歌，听说你们跳猴皮筋时候唱的歌，差不多都是你编的。"

我摇了摇头，说："那是我们大伙编的——编歌很容易，说顺了口就行。从小我爷爷就教给我背古诗，都是很顺口的，像'床前明月光'……"

张老师就笑问："这首诗是谁做的？"

我说："是唐朝的李白。"

张老师笑说："对！对！你爷爷旧文学的根底很深，所以我说你的条件好得很，你爸爸不也是一个作家？你看你姐姐，她就会写文章，她不是一向都是班里的黑板报编辑吗？"

我说："我爸爸前几天又到鞍山体验生活去了。"

张老师说："话说回来吧，拿你这么多的有利条件，你对你作文方面，想怎样来'消灭四分'？"

我想了一想，说："我从下学期起，一定好好地做作文……不，我趁着暑假里没有什么事，就开始练习做几篇。"

张老师说："你在暑假里好好地写日记好不好？每天写它一千字左右，就是很好的练习。"

我吐了一下舌头，笑说："一千字左右！那太多了，我哪有那么多话说！"

张老师笑说："你忘了你写过一千多字的文章！像《西郊公园的一天》、《我的母亲》和《我们的队日》这几篇作文，你都写了一千二三百字。"

我说："西郊公园太好玩了，动物又多，猴子啦，大象啦，写起来就没个完！还有我的母亲，我对她熟极了，我就有许多话说。我们过队日的时候，节目也多，也有意思。别的题目，我就写不出来，每次我只能写二三百字！"

张老师笑了起来说："写日记就不同了，都是你身边熟悉的事情，也好玩得很。"

我说："暑期生活，左不过是作暑期作业，找同学玩，吃饭，睡觉……多么单调！"

张老师说："你试试看。你不要尽写每天什么时候起床，什么时候学习，什么时候吃饭、睡觉，像排课程表似的，就没有意思了。你要写每天突出的一件事：你看见了什么人，玩了什么地方，看了什么书，做了什么事，听了什么故事，详细地，生动地，把它叙述描写了下来。就是这一天什么可记的事都没有，你还可以抄下你所看过的书里面的，你最喜欢的一段，或是什么人说的一段话，什么人来信里写的一段话……反正一天都不让它空着，长短倒无所谓。我相信你一定会写长的……"她一面说着，就打开抽屉，拿出一个厚厚的本子来送给我。我接过打开一看，原来是一个牛皮纸面，红格稿纸订成的本子。张老师说："这稿纸每页是五百字，这里有一百页光景。这是我从前自己订的日记本，现在送给你吧。你看，这么厚厚的一本！等你暑假过完了，这本子也写满了，那时候你该多么高兴！"

我双手把这厚厚的本子抱在胸前，连心带脸都热起来了！我说："张老师，谢谢您！我一定坚决完成任务！"

张老师笑了，拍着我的肩膀说："这不过是我对你的建议，你不要把它当做一个负担！你只好好地注意每天在你身边所发生的一切事情，想写什么就写什么，只要把它写得自然、生动就行。不会写的字问姐姐，不会用的形容词请教你爷爷——先试几天看看，觉得有意思呢，就接着写下去。我们就这样定规好不好？"

我又谢了张老师，紧紧地抱着那本子，飞快地跑了回来。爷爷、奶奶和姐姐都在家。我喘吁吁地把成绩报告单和本子都给爷爷他们看了，又把张老师对我说的话，大概说了一遍。爷爷很高兴，说："张老师一定觉得你还能写，你要好好地写下去。"奶奶就忙着替我擦汗，又递给我一杯凉开水，一面说："你看你热得这样！还不好好地走路，总是跑！"姐姐一面细细地看我的成绩报告，一面笑对爷爷说："小奇也许会写得好，就是她有一个毛病，'虎头蛇尾'。"

我看了她一眼——姐姐总是挑人的短处！不过她对我的批评常常是对的，这句形容词也值得记下来，"虎头蛇尾"！那么大的一个脑袋，那么细小的一条尾巴，多难看，多可笑！

以上是昨天的事。今天我没做什么，就是在家休息。

我真高兴，我已经写了六页半，三千多字了。照这样写下去，这个本子就不够用了！这是个很好的开端，我一定不要"虎头蛇尾"，我要多多地写，不间断，坚－持－下－去！

胳臂都酸了，明天再写。

◎ 风华正茂的冰心，摄于美国。

7月31日　晴

　　今天早晨爷爷对陈姨说："西郊的名胜有小秋的叔叔带你们去玩了，但是在北京你们还必须去参观天坛，因为天坛是北京最伟大最美丽的一所建筑。"

　　下午四点钟，爷爷和陈姨就带着我和小秋到天坛去。

　　天坛里面真大呀！大路旁边和广场上排立着数不清的苍翠的柏树，树干粗极了。爷爷说天坛和这些古柏都有五百多岁了，它们比我大四十多倍呢。

　　我们走进西门，上了高大的白石大道，往北一进走到祈年殿的层阶底下。抬头一看，这祈年殿真是雄伟美丽呀！它是圆形的，上面有三层深蓝色的琉璃瓦顶，中间有五色的彩画。我们上了台阶，进到殿里，抬头看见屋顶上每一个方框里都画着云彩的图案。爷爷说："这祈年殿是从前的封建帝王来祈祷五谷丰登的地方。这方框叫做'藻井'，里面画的是四季气候不同的云彩，所以没有一个是相同的。"

　　我们出了祈年殿，就往南走。到了一个圆形的围墙前面，爷爷说："这是'回音壁'，你们去站在两边，轻轻地对话，彼此就都能听见。"我和小秋就赶紧分头跑去，把耳朵贴在墙上。我听见小秋轻轻地说："二姐，你在哪儿呢？"我笑说："我在这儿呢……"我们正说着，看见后面来了一大群人。男的穿着西装。女的身上披着极其美丽的轻纱，手臂上戴着许多耀眼的镯子，额上点着红点，耳朵上戴着大耳环。我们就站开，让

◎冰心（左三）与友人在北京西山。

他们也来听。陈姨低声说："这是印度朋友，到北京来玩的。"

我们又走上"圜丘"，爷爷说这是从前帝王祭天的地方。这是一个三层汉白玉砌成的圆的平坛，每层也都有白石的栏杆。顶上一层台面，当中是一块整的圆石板。爷爷叫我们站在正中间，又叫我们喊一句话。我们两个人就并排朝南站着，齐声喊："毛主席万岁！"就听见四面八方有隆隆的回声："毛主席万岁！"这时印度朋友们正走到台下，就抬头来看。有两个年轻的女人便走上来，摸摸我们的头问："你好？"我们笑着说："好，你好？"那两位印度女人便也笑着喊："和平万岁！"我们拉着她们的手也跟着她们喊。我又喊："印度人民万岁！"底下一大群印度朋友都笑着向我们拍手，他们又拥上前来，和我们站在一起，我们一同喊："和平万岁！""印度人民万岁！""毛主席万岁！"在我们笑着喊着的时候，有一位印度朋友给我们照了相。照完了相，他们就走了。我们彼此笑着挥手说了"再见"。

陈姨望着她们的后影说："印度女人的衣服多好看多凉快呀，走起路来飘飘扬扬的。"小秋问："印度国在哪里呀？离我们远不远？"爷爷说："印度在我们的西南边，和我们隔着一座大山呢，可是我们两国在两千年以前就有交往了。《西游记》上唐僧取经的'西天'，就是现在的印度。"小秋想了一想，说："那么在有天坛的一千五百年前，我们和印度人就是朋友了。"爷爷笑着说："对！"

圜丘上太阳很大，我们就到下面茶桌上去坐了一会儿，喝了橘子水。爷爷要了一壶茶，他说凉水喝了不解渴。

我们坐到黄昏才回来。今天我们真快乐。我们看了天坛，又和印度的朋友们一块照了相，我想他们会把我们的相片带回印度去的！

赏析

《陶奇的暑期日记》是冰心写于五十年代的一部日记体中篇儿童小说，作品以陶奇的日记为线索结构全篇，通过陶奇笔下丰富多彩的暑期生活展示了五十年代的社会生活场景及当时孩子们淳朴、活泼、进取的精神世界，尤其是"我"——陶奇的形象的塑造，不仅使作品增添了鲜活的童稚之气，而且使貌似散淡的作品富有了韵致。

首先，这篇小说典型地体现了"以儿童的眼睛去看，以儿童的耳朵去听，以儿童的心灵去体会"（陈伯吹语）的创作思想。比如，在8月28日的日记中，主人公描述了游览什刹海的经过，将男孩子、女孩子的神态描绘得活灵活现，童趣盎然，作者写道："孙家英在地上拾起一根树枝，递给他说：'这是你的金箍棒，这岛上什么也没有，不会出乱子的，你就由性跳吧！'李春生笑着接过金箍棒，做个鬼脸，就转过身去站了一会，再转过脸来的时候，他的眉毛，眼睛，鼻子，嘴都皱在一起，活猴子就上场了！"写尽了李春生的顽皮和机灵，使人仿佛看到了他那眉毛、眼睛、鼻子、嘴都皱在一起的滑稽相，令人忍俊不禁。尤其可贵的是，对这一场面的描绘，就作者的态度而言，不是从成人的观赏角度描述的，而是纯然写成了孩子眼中的生活。这种指导思想在作品的其他部分中也常有体现。这一方面是作家不泯的童心使然，另一方面也是作家有意为之的艺术追求。只有写出了孩子的思想、情感和追求才有可能赢得孩子的青睐，这是所有有作为的儿童文学作家都不会放弃的追求。《陶奇的暑期

◎冰心与欢度"六一"儿童节的小朋友合影。

日记》不仅在"儿童化"方面特色显著，而且也处处浸润了教化儿童的良苦用心。作品从始至终表现的就是一个聪颖而调皮的孩子坚持写日记战胜自己的过程，这本身就是对孩子意志力的培养。

其次，散文式笔法是这篇小说的又一个突出特点。这种笔法在作品中主要表现为以下几个方面：

（一）语言平实，以叙述性语言为主；

（二）语言自由，在叙述的同时间以抒情；

（三）语言通俗、规范。

最后，这部小说在使儿童愉悦、给儿童启迪教育的同时，还教会了孩子们写日记的方式方法，有助于培养孩子记日记的良好习惯。《陶奇的暑期日记》记载的无非是孩子们的假期生活，但一经变成文字却使人感到有情有理有趣，这便是作品提供给小读者的首要经验，即日记要记自己有感受、经过思索的事，要着意训练自己的叙述、描写、抒情的本领。比如，在7月31日的日记中，作者写了"我"与爷爷、小秋、陈姨游天坛的经过。作者首先以天坛之大起笔，并引用爷爷的话说明了天坛历史的久远："爷爷说天坛和这些古柏都有五百多岁了，它们比我大四十多倍呢。"随后，按照西门、祈年殿、回音壁、"圜丘"的游览顺序叙写了天坛之行的概况。在叙述的过程中，作者又抓住了游览中遇到的趣事——与印度朋友相遇、交谈，着力描写渲染，从而使"日记"不仅线索清晰，而且重点突出，点面结合，情趣盎然。

总之，这部中篇小说虽未着力于人物性格的塑造，但叙述主人公"我"以及李春生等的形象却都十分鲜明，小读者从中可以受到多方面的教育。但《陶奇的暑期日记》确实因为这种体裁形式的限制而使作者一贯的语言风格没能充分发挥，同时也使作者一以贯之的爱的主题没能充分展开。然而，由于它如实地展现当时社会的生活及人们，尤其是孩子们的精神世界，因而仍有其不可低估的认识价值和现实意义。

（徐莉萍）

小橘灯

这朦胧的橘红的光，实在照不了多远，但这小姑娘的镇定、勇敢、乐观的精神鼓舞了我，我似乎觉得眼前有无限光明！

　　这是十几年以前的事了。

　　在一个春节前一天的下午，我到重庆郊外去看一位朋友。她住在那个乡村的乡公所楼上。走上一段阴暗的仄仄的楼梯，进到一间有一张方桌和几张竹凳、墙上装着一架电话的屋子，再进去就是我的朋友的房间，和外间只隔一幅布帘。她不在家，窗前桌上留着一张条子，说是她临时有事出去，叫我等着她。

　　我在她桌前坐下，随手拿起一张报纸来看，忽然听见外屋板门吱地一声开了，过了一会，又听见有人在挪动那竹凳子。我掀开帘子，看见一个小姑娘，只有八九岁光景，瘦瘦的苍白的脸，冻得发紫的嘴唇，头发很短，穿一身很破旧的衣裤，光脚穿一双草鞋，正在登上竹凳想去摘墙上的听话器，看见我似乎吃了一惊，把手缩了回来。我问她："你要打电话吗？"她一面爬下竹凳，一面点头说："我要××医院，找胡大夫，我妈妈刚才吐了许多血！"我问："你知道××医院的电话号码吗？"她摇了摇头说："我正想问电话局……"我赶紧从机旁的电话本子里找到医院的号码，就又问她："找到了大夫，我请他到谁家去呢？"她说："你只要说王春林家里病了，她就会来的。"

　　我把电话打通了，她感激地谢了我，回头就走。我拉住她问："你的家远吗？"她指着窗外说："就在山窝那棵大黄果树下面，一下子就走到

◎ 九十余岁的冰心在为读者签名。

的。"说着就登、登、登地下楼去了。

我又回到里屋去，把报纸前前后后都看完了，又拿起一本《唐诗三百首》来，看了一半，天色越发阴沉了，我的朋友还不回来。我无聊地站了起来，望着窗外浓雾里迷茫的山景，看到那棵黄果树下面的小屋，忽然想去探望那个小姑娘和她生病的妈妈。我下楼在门口买了几个大红橘子，塞在手提袋里，顺着歪斜不平的石板路，走到那小屋的门口。

我轻轻地扣着板门，刚才那个小姑娘出来开了门，抬头看了我，先愣了一下，后来就微笑了，招手叫我进去。这屋子很小很黑，靠墙的板铺上，她的妈妈闭着眼平躺着，大约是睡着了，被头上有斑斑的血痕，她的脸向里侧着，只看见她脸上的乱发，和脑后的一个大髻。门边一个小炭炉，上面放着一个小沙锅，微微地冒着热气。这小姑娘把炉前的小凳子让我坐了，她自己就蹲在我旁边，不住地打量我。我轻轻地问："大夫来过了吗？"她说："来过了，给妈妈打了一针……她现在很好。"她又像安慰我似的说："你放心，大夫明早还要来的。"我问："她吃过东西吗？这锅里是什么？"她笑说："红薯稀饭——我们的年夜饭。"我想起了我带来的橘子，就拿出来放在床边的小矮桌上。她没有作声，只伸手拿过一个最大的橘子来，用小刀削去上面的一段皮，又用两只手把底下的一大半轻轻地揉捏着。

我低声问："你家还有什么人？"她说："现在没有什么人，我爸爸到外面去了……"她没有说下去，只慢慢地从橘皮里掏出一瓣一瓣的橘瓤来，放在她妈妈的枕头边。

炉火的微光，渐渐地暗了下去，外面变黑了。我站起来要走，她拉住我，一面极其敏捷地拿过穿着麻线的大针，把那小橘碗四周相对地穿起来，像一个小筐似的，用一根小竹棍挑着，又从窗台上拿了一段短短的蜡头，放在里面点起来，递给我说："天黑了，路滑，这盏小橘灯照你上山吧！"

　　我赞赏地接过，谢了她，她送我出到门外，我不知道说什么好，她又像安慰我似的说："不久，我爸爸一定会回来的。那时我妈妈就会好了。"她用小手在面前画一个圆圈，最后按到我的手上："我们大家也都好了！"显然地，这"大家"也包括我在内。

　　我提着这灵巧的小橘灯，慢慢地在黑暗潮湿的山路上走着。这朦胧的橘红的光，实在照不了多远，但这小姑娘的镇定、勇敢、乐观的精神鼓舞了我，我似乎觉得眼前有无限光明！

　　我的朋友已经回来了，看见我提着小橘灯，便问我从哪里来。我说："从……从王春林家来。"她惊异地说："王春林，那个木匠，你怎么认得他？去年山下医学院里，有几个学生，被当做共产党抓走了，以后王春林也失踪了，据说他常替那些学生送信……"

　　当夜，我就离开那山村，再也没有听见那小姑娘和她母亲的消息。

　　但是从那时起，每逢春节，我就想起那盏小橘灯。十二年过去了，那小姑娘的爸爸一定早回来了。她妈妈也一定好了吧？因为我们"大家"都"好"了。

赏析

　　《小橘灯》是冰心1957年1月所写的儿童短篇小说。

　　它情节单纯，结构严谨，蕴藉深邃，耐人寻味。它以"我"忆记当年的所见、所感，揭示了小姑娘一家的悲惨遭遇和小姑娘优美的心灵对"我"的鼓舞，同时表达了作者对劳动人民的深切同情与对新社会的无限热爱。

　　全文根据表达这一主题和刻画人物的需要，设置四个段落。

　　第一段，交代了故事发生的时间、地点和造成小姑娘一家凄苦境遇的社会原因，为小姑娘的出场、情节的发端，做了简要的铺垫。

◎《小橘灯》书影。

　　第二段，刻画了小姑娘的形象，描述了她家的困境和小橘灯故事的发展过程；展现了在旧制度下劳动人民的贫寒和小橘灯"橘红的光"的象征意义。

　　第三段，补叙小姑娘父亲的公开身份、地工任务，说明斗争的激烈，白色恐怖的严重和小姑娘性格形成的家庭、社会根源。

　　第四段，回到作品的写作时间上来，表明对小姑娘及其一家的深切念怀、由衷祝愿，和对新社会的无比热爱之情。

这四个大段，实际也就是塑造和表现人物及其关系的过程。文中正面上场的有"我"、小姑娘和"我"的朋友。这三个人物的性格和在作品中的作用均不相同。

"我的朋友是个虚构的人物"①。有她出现，会节省很多笔墨：可只写"我"去看她、等她和跟她的几句交谈。这就既便于点明当时重庆的"政治、环境、气候"又给"我"与小姑娘的接触创造了条件。尤其通过她的口所做的补充，更使人看到了广大群众为争取解放而进行的英勇斗争。

"我"这一重要人物，是个富于正义感、同情心的热情、善良又悟性颇强的进步知识分子的形象。她同情贫苦人，更热爱孩子，主动帮小姑娘拨电话，并买橘子去看望她的妈妈。只与小姑娘攀谈几句，就敏感地悟出了她对光明的渴望，对胜利的信心。小橘灯的本来光"照不了多远"，但她却从它的制作者——小姑娘的精神品质中汲取了力量，受到了鼓舞，面对朦胧的灯光，"似乎觉得眼前有无限光明"。了解了小姑娘父亲政治面目后，对她一家更加关注，"每逢春节"都想起小橘灯，直到十二年以后，还在想着"那小姑娘的爸爸一定早回来了。她妈妈也一定好了吧？因为我们'大家'都'好'了"。从这一系列的思想性格，尤其从"我"的由渴望光明到赞美光明，都可以窥察到"我"的原型就是作者本身。

小姑娘是中心人物。作者对这一形象的塑造更为匠心独运。她按"我"与小姑娘接触的时间顺序，首先描绘了小姑娘的外貌、气色、衣着，表露了小姑娘的弱小和贫困。接着，从她打电话的内容及对"我"交代："你只要说王春林家里病了，她就会来的"时的神态，又写了她的懂事、镇静和能干。她虽年小而又瘦弱，却过早地担起了家务重担，妈妈病了，她冒着严寒及时请医生，而且态度从容，相信一提爸爸的名字医生准会赴诊的。可见，无论母亲病重，

①冰心《漫谈〈小橘灯〉的写作经过》。

或家中衣食无着，她都不悲观、不气馁，反而安慰着"我"："她现在很好"，"你放心，大夫明早还要来的"。面对以"红薯稀饭"为"年夜饭"的贫苦现实，她只置于一笑。这都充分展示了她性格中的乐观和坚定。

小姑娘为我做了小橘灯，并关照"我"："天黑了，路滑，这盏小橘灯照你上山吧！"话语不多，却饱含着深情厚谊。临别时又像安慰"我"似的说："不久，我爸爸一定会回来的。那时我妈妈就会好了。"还"用小手在面前画一个圆圈，最后按到我的手上：'我们大家也都好了'"。这充满希望的语言，无疑是暗指全国一定会解放，曙光就在眼前。到此，小姑娘的形象升华了。这就不能不使人在这个孩子的身上，看到中国下一代的希望，看到中国未来的希望。几年后，小姑娘的预想果然得到了证实，那就是'大家'都'好'了。

小姑娘的坚强、自信、乐观等性格特点，来自艰苦生活的磨炼，来自父辈的思想、身教的影响。这是作者在背景、环境刻画中所昭示的。把具体人物置于具体环境中去塑造，既写出她的性格及其早熟，又展示了这一切的成因，真实而令人信服。这是作者忠于生活、忠于小说创作法则所取得的一个重要成就。

（浦漫漪）.

诗 歌 卷

可爱的

除了宇宙，

最可爱的只有孩子。

和他说话不必思索，

态度不必矜持。

抬起头来说笑，

低下头去弄水。

任你深思也好，

微讴也好；

驴背山，

山门下，

偶一回头望时，

总是活泼泼地，

笑嘻嘻地。

一九二一年六月二十三日，在西山

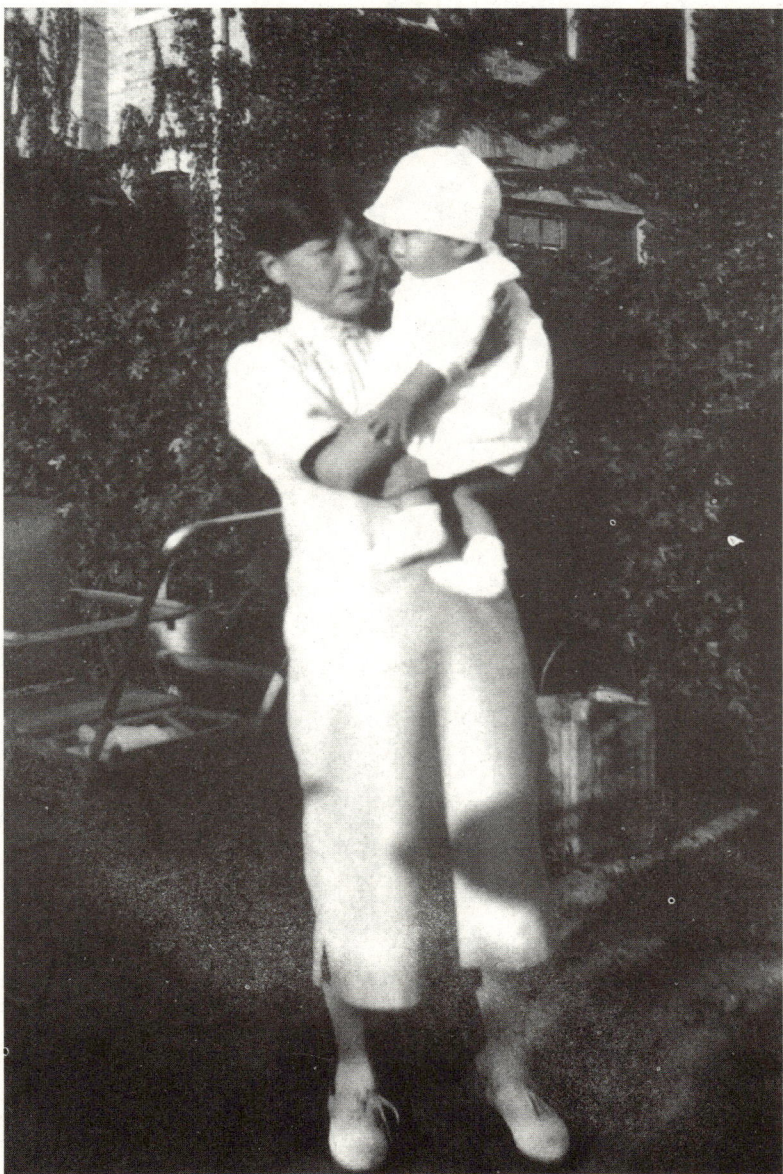

◎ 冰心抱着未满周岁的儿子吴平。

赏析

　　冰心是中国现代儿童文学光荣的先驱者之一。从"五四"时期开始，她就不倦地为孩子们写散文、写小说、写诗。她认定："除了宇宙，最可爱的只有孩子。"她呼吁："万千的天使，/要起来歌颂小孩子。/小孩子！/他细小的身躯里，/含着伟大的灵魂。"（《繁星·三五》）

　　童心是成人心里的故乡。在儿童身上，作家看到了淳朴的天性、真挚的感情和看世界看社会的那一双明澈无邪的眼睛。和儿童说话，不必如同对成人说话那样"人心隔肚皮"，可以无拘无束，"不必思索"，也"不必矜持"。他们的那一双双亮眼，一张张小脸蛋，大写着"爱"的真诚。只有经历了尘世间的丑恶、变态、扭曲、阴谋、欺诈、罪孽之后，才能对人类的童年那种淳朴、真挚、无邪百倍厚爱。在苦难太多的社会，童心成了作家躲避尘世风雨、寻求希望与安慰、发掘超越历史现实的本质真谛的精神寄托。

　　冰心的这首小诗，平易，亲切，娓娓道来，如对面说话。作品写的是对西山儿童一颦一笑的百般爱恋，而其底处，则有着崇爱童心的深层内涵。冰心对童心看得十分珍贵，在诗文中，反复把儿童比作她"灵魂中"的"光明喜乐的星"（繁星·四》）。正是童心的力量，使冰心一辈子心系着未来一代，心系着儿童文学。

　　只要是涉及真正的文学，必然有真挚、亮丽的童心在。这就是这首小诗给我们的启示。

（王泉根）

诗的女神

她在窗外悄悄地立着呢！

帘儿吹动了——

窗内，

窗外，

在这一刹那顷，

忽地都成了无边的静寂。

看啊，

是这般的：

　　满蕴着温柔，

　　微带着忧愁，

欲语又停留。

夜已深了，

人已静了，

屋里只有花和我，

请进来罢！

只这般的凝立着么？

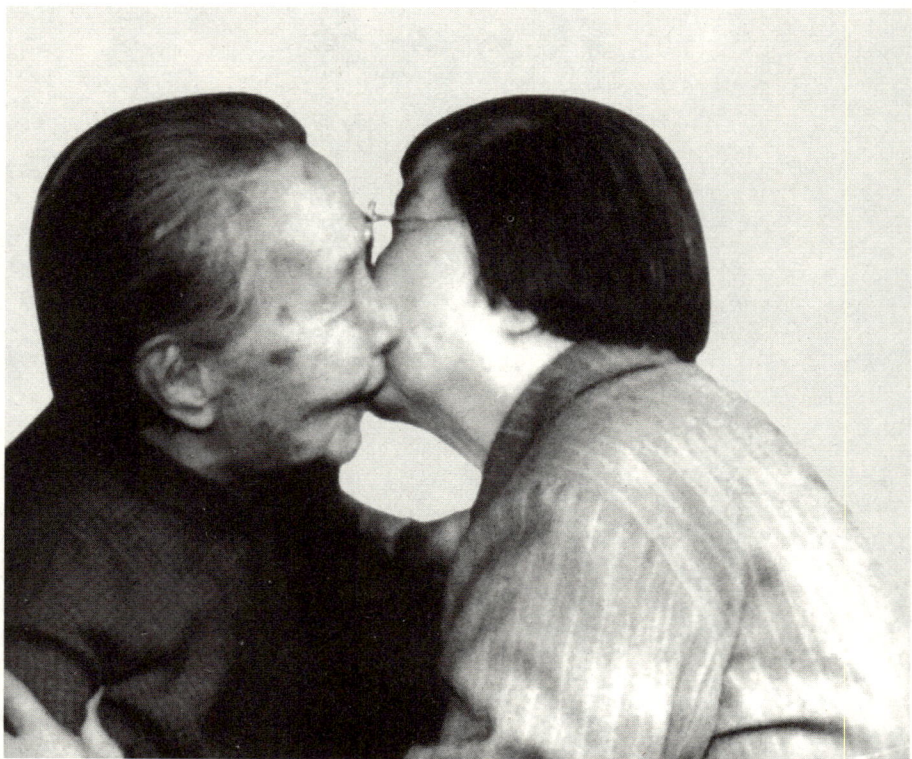

◎ 冰心视邓颖超为"生平第一知己"。

量我怎配迎接你?

诗的女神啊!

还求你只这般的,

经过无数深思的人的窗外。

一九二一年十二月九日。

赏析

对冰心的"诗的女神",我们应当是很熟悉的。她曾撒下满天"繁星"熠熠发光；她曾伴着一弯"春水"潺潺流淌；沿着半个多世纪《寄小读者》的道路，始终可以追寻到她徘徊行进的足迹；纵览冰心的全部创作，她投下的身影或深或浅，然而却无所不在。所以，要真正了解冰心，便不能不读这首《诗的女神》。

1921年，正是年轻的冰心诗兴不绝、一发难收的时候（《繁星》、《春水》两集中的小诗皆在此前后发表，《寄小读者》中的诸篇通讯也于两年后相继问世）。"诗的女神"频频光顾她的小屋，终于有一天，她提笔记录下了这样一场奇特的会面：

躲开车喧马闹，绕过烟红酒绿，夜深人静之时，女神款款而来。她选择了"只有花"和"深思的人"之所在，悄然立于"灯火阑珊处"。

隔窗而站，如"水中之月、镜中之像"（严羽语），一片扑朔迷离；风吹帘动、芳容初展的"一刹那顷"，天地无声人无言，万籁俱寂，一片莹彻玲珑、圣洁神秘。在这"朦胧与清朗浑然莫辨"（魏尔伦语）的绝美之境中，"窗外"的世界、"窗内"的一切，都被诗的女神不可抗拒的魅力征服了、溶化了。

诗人略其形而直取其神，一个柔和似水、楚楚动人的神女便栩栩如生、飘跃纸上。女神欲言又止，始终没说一句话，但她浓浓的温情，淡淡的愁绪、含而未露的千言万语，却如同绵绵春雨，笼罩、浸润了年轻诗人的全部身心，使她深深地沉醉在其中，与之融为一体。她已不知不觉地汇入天地间"无边的静寂"里，飞升到女神所展现的、世人神往却难以企及的境界中。此刻，诗人对女神气随意合、归心低首。多少倾心私语、灵犀的沟通、多少神示启迪、微细的奥妙，都仿佛同这静寂的分分秒秒一起凝固了。真是"此间有真间，欲辩已忘言"（陶渊明）！

　　心心相印，互为知己的感觉使诗人感到由衷的温暖，她终于打破了这一刻千金的沉默。当她热情地招呼女神时，女神却依然故我，"只这般的凝立着"。这使诗人又情不自禁地吐出一线惶恐："量我怎配迎接你？"在女神感天动地的博大、完美面前，自己是不是显得太小、太不般配？但这隐隐的不安，仍掩盖不住女神降临所带来的强烈的欣喜，何况这小小的"自卑"，又是与深深的自信紧密要相连的！

　　慧心超群的诗人得到了女神丰厚的馈赠，立刻想到，世上还有好多像自己这样"深思的人"，也在翘盼诗神，"为伊消得人憔悴"（王国维引柳永词）。于是"还求"女神再从他们那里"经过"——这是典型的冰心的思路，一个崇尚美好、博爱的人的思路。她要让更多的人得到女神的赐予、让女神特有的、诗的美洒满人间。这看来只是写诗人心情、愿望的结

◎ "深幽妩媚，别具风格"，慰冰湖是冰心留美学习期间常去的地方。

句，实际上为女神形象的完整、升华补上了重要的一笔。至此，诗的女神已在读者面前神韵丰满、翩然而立。

"诗的女神"为冰心带来的无形财富使她用之不竭。女神的音容气质、神采风姿，构成了几乎贯穿冰心几十年的创作风格与美学追求。这便是："满蕴着温柔，微带着忧愁，欲语又停留。"

数年后，在《寄小读者·通讯二十七》中，冰心又直接摘引此诗，以重申、强调自己作品的艺术特色，足见"诗的女神"对她影响之深，也足见她对"诗"的高度重视与广义理解。

的确，冰心作品中的感情与笔致与她的"女神"一样，一直是至温至柔的。她倾注全力、反复变奏讴歌的母爱、童心，皆以温柔为特质，而她伏案面对的，又往往是"天真纯洁的小朋友"，所以，她更喜欢使作品具有"诗的女神"曾经使她感受过的，那种春夜细雨般的渗透力。

应该说，《诗的女神》本身就是一首以诗写诗的好诗。冰心将她获得灵感的过程，将她对诗、对艺术美的认识和追求，通过短短二十行、百余字，转化为一幅有声有色、感性极强的画面，转化为一场神奇动人的幻景，情境交融，出神入化，一下子就唤醒了读者的想象力，把人们的视线引向了一个含意深邃的艺术境界。

（陶　力）

繁星(节选八首)

一

繁星闪烁着——

深蓝的太空,

何曾听得见它们对语?

沉默中,

微光里,

它们深深的互相颂赞了。

二

童年啊!

是梦中的真,

是真中的梦,

是回忆时含泪的微笑。

七

醒着的,

只有孤愤的人罢!

听声声算命的锣儿,

敲破世人的命运。

八

残花缀在繁枝上；

鸟儿飞去了，

撒得落红满地——

生命也是这般的一瞥么？

一五

小孩子！

你可以进我的园，

你不要摘我的花——

看玫瑰的刺儿，

刺伤了你的手。

四二

云彩在天空中，

人在地面上——

思想被事实禁锢住，

便是一切苦痛的根源。

四三

真理，

    在婴儿的沉默中，

        不在聪明人的辩论里。

五五

成功的花。

人们只惊慕她现时的明艳！

    然而当初她的芽儿，

    浸透了奋斗的泪泉，

    洒遍了牺牲的血雨。

赏析

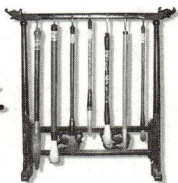

1923年1月，作为"文学研究会丛书"之一，冰心在商务印书馆出版第一部诗集《繁星》。这是中国新文学史上第六部个人诗集。

《繁星》收小诗凡164首，书前有1921年9月1日写成的"自序"，述说她写作和成书的经过——1919年的冬夜，她和大弟围炉读印度大诗人泰戈尔的《飞鸟集》，弟弟对她说："你不是常说有时思想太零碎了，不容易写成篇段么？其实也可以这样的收集起来"。从那时起，她有时便把那些零碎的思想记在一个小本里。第二年夏，二弟从书堆里翻出这个小本，并在第一页写上"繁星"二字。第三年秋，三弟对她说，这些小故事也是可以印在纸上的。冰心说，如此经过三个小孩子的鉴定，才将两年前零碎的思想，拿出来发表。这就是《繁星》。

《繁星》中多是歌咏自然、母爱、童真、人类之爱的隽丽晶莹小诗。这些诗是诗人生活、感情、思想的自然酿造。冰心的童年是偎依在自然的怀抱里成长的。她纯洁的灵魂在蓝天大海和母爱中浸泡过，少女时代又经中国传统的教育和西方教会学校的深刻感化，于是母爱、人类之爱和

○《繁星》书影。

自然之爱的爱的哲学，便得到了强化和神化，而狂风暴雨般的"五四"爱国运动和新文化运动，又使她受到一次全新意识的"政治"洗礼。东西方文化的碰撞，自然会在她生活和思想里产生火花，理想、现实、自己，都有距离；矛盾、虚无、苦闷，是很难超越的人生。

　　冰心的小诗具有丰富而深刻的哲理，所以我们说她的诗是典型的哲理诗。"人类啊！相爱吧，我们都是长行的旅客，向着同一的归宿。""小孩子！你可以进我的园，你不要摘我的花——看玫瑰的刺儿，刺伤了你的手。""青年人啊！为着后来的回忆，小心着意的描你现在的图画。""创造新陆地的，不是那滚滚的波浪，却是它底下细小的泥沙。""真理，在婴儿的沉默中，不在聪明人的辩论里。""言论的花儿/开得愈大，行为的果子/结得愈小。"诗集中几乎是随便哪一首，都具有一般人没有发现，或很少思考的既朴素又深刻的哲理。这些小诗，就像永含不化的口香糖，真是令人回味无穷，我们从中得到的是经验，是教训，是关于社会、人生、世界、宇宙、自然的哲学箴言。苏雪林说，冰心的诗将那些常人抓不住和猜不透的人生、哲学内涵，通过"一朵云，一片石，一阵浪花的呜咽，一声小鸟的娇啼，都能发现其中的妙理；甚至连一秒钟间所得于轨道边花石的印象也能变成这一段'神奇的文字'"。还说，她的诗虽是几句，有时数万言的哲学讲义都解释不出来，而"她只以十几字便清清楚楚表现出来了"。

（阎纯德）

春水（节选七首）

二

四时缓缓地过去——
百花互相耳语说：
　"我们都只是弱者！
　　甜香的梦
　　　轮流着作罢，
　　憔悴的杯
　　　也轮流着饮罢，
上帝原是这样安排的啊！

三

青年人！
你不能像风般飞扬，
　便应当像山般静止。
浮云似的
无力的生涯，
只做了诗人的资料啊！

一四

自然唤着说：
　"将你的笔尖儿

浸在我的海里罢！
人类的心怀太枯燥了。”

一五

沉默里，

　　充满了胜利者的凯歌！

四三

春何曾说话呢？

　　但她那伟大潜隐的力量，

　　　　已这般的

　　温柔了世界了！

七三

我的朋友！

　　倘若春花自由的开放时，

　　无意中愁苦了你，

你当原谅它是受自然的指挥的。

一三四

命运如同海风——

吹着青春的舟，

　　飘摇的，

　　　曲折的，

　　渡过了时光的海。

赏析

　　《春水》的内容和风格是《繁星》的遗风和继续——爱的哲学；母爱，人类之爱，大自然之爱及童心；蕴藉含蓄，寓理抒情，清莹隽永，玲珑剔透。

　　冰心一生都没有停止对大自然的礼赞。在她心中，高山大海日月星辰朝晖夕照，都是她作品里的美好事物，赋予它们无限的生命和激情。"春何曾说话呢？但她那伟大潜隐的力量，已这般的／温柔了世界了！"我们无须过多附会，是"春"使这个冷酷的世界有了更多的色彩和温情。"春江水暖鸭先知"是宋代大诗人苏轼《惠崇〈春江晚景〉》一诗中的名句。冰心笔下许是一位"先驱者"——"人在廊上，书在膝上，拂面的微风里／知道春来了。"

　　诗人就是诗。在诗人看来，自然的力量是无穷的。"自然的微笑里，融化了／人类的怨嗟。"在人类的历史长河里，无穷无尽的不仁义不道德不平等不民主不自由造成没完没了的恩恩怨怨强掳豪夺兵火相加你杀我砍你死我活，从远古迄至今日，还没人能够解决这个矛盾，这都是因为私心贪心野心没有爱心之故。诗人为我们描画和设计了令人陶醉的大自然的微笑，虽然那里也有风雨，但这与人类相比自然是诗一般的天堂了。

　　另外读冰心的诗，我们会发现诗中的意象和情绪常被孤独、寂寞、梦幻所困扰。这一切都是现实酿造的苦酒。诗人心中虽有无限光明，却敌不住黑色潮流的袭击，这几乎是那时的诗人无法超越的事实。"在模糊的世界中——我忘记了最初的一句话，也不知道最后的一句话。"于是，世界似乎成了一个混沌。因为世界

◎《春水》书影。

是模糊的，所以才会忘记最初的，也不知道最后。这也许是与世界相处的一种方法。还有，"倘若春花自由的开放时，无意中愁苦了你，你当原谅它是受自然的指挥的。"一切若是自然所为，一切便可原谅了。因为，大自然是爱的源泉。

在她的诗里，过去我们只是强调母爱、人类之爱、自然之爱等等，而诗中的其他思想往往被忽视。冰心是一位伟大的爱国主义者和人道主义者，她的思想是通过朦胧的隐秘的诗的语言和艺术来表现的。但有的思想也很明显："先驱者！绝顶的危峰上/可曾放眼？便是此身解脱，也应念着山下/劳苦的众生！"这里，我们可以清楚地看到诗人悲天悯人的伟大胸怀。"为着断送百万生灵/不绝的炮声，严静的夜里，凄然的将捉在手里的灯蛾/放到窗外去了。"自然，这是对战争涂炭生灵的抗议，这种反战的思想，追求民众自由解放的精神，在她的诗里是不难发现的。《春水》带去她很多意绪，她要春水缓缓地流到人间、也要坐到泉源边上，静候回音——她希望人间永远是春天……

冰心的诗内容非常丰富，远非"爱的哲学"全能包容。她的这些无韵小诗有向往的，追求的，爱的，憎的，梦一般朦胧的、幻灭的，每题小诗对于不同的读者，给予的感受会因不同的经验、知识、阅历、艺术修养而不同。因此，她的诗给人的审美享受是不同的。只有真正的诗才有这样的艺术力量。

（阎纯德）

假如我是个作家

假如我是个作家，
我只愿我的作品
入到他人脑中的时候，
平常的，不在意的，没有一句话说；
流水般过去了，
不值得赞扬，
更不屑得评驳；
然而在他的生活中
痛苦，或快乐临到时，
他便模糊的想起
好像这光景曾在谁的文字里描写过；
这时我便要流下快乐之泪了！

假如我是个作家，
我只愿我的作品
被一切友伴和同时有学问的人
　　轻蔑——讥笑；
然而在孩子，农夫，和愚拙的妇人，
他们听过之后，
　　慢慢的低头，
　　深深的思索，
我听得见"同情"在他们心中鼓荡；
这时我便要流下快乐之泪了！

假如我是个作家，
我只愿我的作品
在世界中无有声息，
没有人批评，
　　更没有人注意；
只有我自己在寂寥的白日，或深夜，
对着明明的月
　　　　丝丝的雨
　　　　飒飒的风，
低声念诵时，
能以再现几幅不模糊的图画；
这时我便要流下快乐之泪了！

假如我是个作家，
我只愿我的作品
在人间不露光芒，
　　　没个人听闻，
　　　没个人念诵，
只我自己忧愁，快乐，
或是独对无限的自然，
　　能以自由抒写，
当我积压的思想发落到纸上，
这时我便要流下快乐之泪了！

　　　　　　　　　　一九二二年一月十八日

赏析

一贯追求"淡泊以明志"的冰心，从没有把自己的创作当成惊天动地的伟业，她只以最真实的思想诉诸文字，以作品来袒露自己的感情志向，她娓娓动听地诉说着内心的秘密，从而使读者为之心动、为之感怀，读这首诗歌也可从这个基本点去感悟和把握。

全诗是以"假如我是个作家"时，我希求什么作为表述主体的。全诗四节从不同角度阐发这个命题。作家的使命是神圣的，许多人庄重而严正地论证作家应当担负的历史职责，然而冰心的诗句却另辟蹊径，她所谈论的不仅是一个郑重的题目，而更多的是表述一种人生理想。

在这首冰心创作初期的作品中，我们可以读到冰心的人格要求，感情表达方式，更主要的读懂了她创作的目的与理想，诗歌仿佛是诗人创作的宣言书，它展示着作者从创作初始就抱定的进步而积极的人生态度。

冰心诗风是轻柔温婉的，给读者以附人耳边轻语低诉的感觉。这首《假如我是个作家》也没有昂扬激奋的语调，它以娓娓诉说为其特点。这种独特的表达语气是与作者不虚夸不张狂的人格特点相适应的，同时也与诗中表达的内容相呼应。全诗几次三番谈到自己创作都用温和的词语来表述，这种表达风格确实是诗人气质的表现，也是诗歌形式与内容相互依存的必然。

（周 星）

不忍

我用小杖
　　将网儿挑破了，
辛苦的工程
　　一霎时便拆毁了。

我用重帘
　　将灯儿遮蔽了，
窗外的光明
　　一霎时便隐没了。

我用微火
　　将新写的字儿烧毁了，
幽深的诗情
　　一霎时便消灭了。

我用冰冷的水儿
　　将花上的落叶冲走了。
无聊的慰安
　　一霎时便洗荡了。

我用矫决的词儿

　　将月下的印象掩没了，

自然的牵萦

　　一霎时便斩绝了。

这些都是"不忍"啊——

上帝！

　　在渺茫的生命道上，

　　除了"不忍"，

　　我对众生

更不能有别的慰藉了。

　　　　　　　　　一九二二年七月十一日

赏析

　　《不忍》诗中，连续用五个小节、每小节四行的诗句，向读者亮出五种应予珍爱的景、物：辛苦的工程（蛛网）、窗外的光明、幽深的诗情、无聊的慰安（花上落叶）和自然的牵萦（月下的印象）。善良的人们呐，怎么会破坏这些温馨美好的事物呢？

　　然而，作者的高明之处就在于，先用"破坏"这些美好事物的写法，说"我""用小杖"挑破了蛛网，"用重帘"隐没了光明，"用微火"烧毁了诗情，"用冰水"洗荡了慰安，"用矫决的词儿"斩绝了自然的牵萦……直读到第六小节，即全诗最后一节时，作者才回弯一转："这些都是'不忍'呵"，不忍"破坏"这一切美好、一切温馨、一切光明、一切珍良。

◎ 1924年冬，冰心（左）在美国威尔斯利女子大学校园内。

这时，当我们再重读前五小节时，则会自然地在每节第一行的"我用"两字之间，加上"如果"二字，变成了"我如果用小杖"挑破了蛛网，如果用重帘隐没了光明，如果用微火烧毁了诗情，如果用冰水洗荡了慰安，如果用矫决的词儿斩绝了自然的牵萦……而"这些都是'不忍'啊"！

正因为作者有这样一颗善良的不忍之心，所以，她才在诗末明白而庄严地向上帝、向人类、向全世界宣告——

在渺茫的生命道上，
除了"不忍"，
我对众生
更不能有别的慰藉了。

（尹世霖）

十 年

她寄我一封信，
　　提到了江南晚风天，
她说"只是佳景
　　　没有良朋！"

八个字中，
我想着江波，
　　想着晚霞，
　　想着独立的人影。

这里是
　　只有闷雨，
　　只有黄尘，
　　只有窗外静沉沉的天。

我的朋友！
　　谁说人生似浮萍？
暂住……
　　一暂住又已是十年！

一九二二年八月十九日

赏析

诗中，冰心虚设了一个"她"。"她"生活在"只是佳景/没有良朋"的江南。而"我"（即冰心）生活的北方（北京），"只有闷雨/只有黄尘/只有窗外静沉沉的天"。

这种心境是离不开当时黑暗落后愚昧的社会环境的。1919年五四运动的急流怒潮已过，中国依然是北洋军阀统治，直、皖、奉系以及南方各小派系军阀间混战不休。地方上匪患不止，旱涝频仍，灾民逃荒。面对这一切，曾经参加过五四群众运动、担任北京协和女子大学理预科学生会文书的冰心，心情怎能不凄惶呢？她不甘沉默，她在思索，写出一篇篇揭露封建统治、抨击封建思想的小说和清新隽永、富有哲理的小诗。《十年》就是在这种背景下创作的。

然而，冰心并没有陷入悲观主义。她向无所作为的"人生如浮萍"的不可知论发出了质问，并希望变革来得快些，不要"一暂住又是十年"——

> 我的朋友！
>
> 谁说人生似浮萍？
>
> 暂住
>
> 一暂住又已是十年！

《十年》充分展示了冰心的诗才！她将景、事、情熔于一炉，借事叙景，借景抒情，重在抒情。事——"她"从江南来了一封信，诗借用了信中的八个字。

◎ 冰心夫妇闲坐于昆明湖畔。

景——从"八个字中"叙说江南之景和北国之景。情——抒发对"人生似浮萍"的质询及"一暂住又已是十年"的感叹与不满，呼唤荡涤"黄尘"、"闷雨"的日子早些到来。

《十年》还借用了小说"虚拟"的写法，虚设出"她"和她的"一封信"，由此发出写景、抒情。

《十年》兼有散文的笔法，行笔如云，写法自由，却又不离中心。

《十年》不愧为五四新文化运动中的一首新诗佳作！

（尹世霖）

纸船——寄母亲

我从不肯妄弃了一张纸，

　　总是留着——留着，

叠成一只一只很小的船儿，

　　从舟上抛下在海里。

有的被天风吹卷到舟中的窗里，

　　有的被海浪打湿，沾在船头上。

我仍是不灰心的每天的叠着，

　　总希望有一只能流到我要他到的地方去。

母亲，倘若你梦中看见一只很小的白船儿，

　　不要惊讶它无端入梦。

这是你至爱的女儿含着泪叠的，

　　万水千山，求他载着她的爱和悲哀归去。

　　　　　　　　　　一九二三年八月二十七日

◎冰心一家的娱乐时光。

《纸船》是冰心1923年去国留学途中在海船上写的一首诗，副标题为：寄母亲。

在这首诗里，诗人凭借叠纸船嬉水这种孩提时常玩的游戏，遥寄自己对母亲的怀恋，亲切自然地创造出一种梦幻似的悱恻的意境，不禁令人凄然泪下。

全诗分三小节。

第一节，写行动：我不肯妄弃了一张纸，/总是留着——留着。接连两个"留着"，不仅形成了诗韵的旋律感，也使诗人执著的情感得以强化。叠成一只一只很小的船儿，/从舟上抛下在海里。与前两句衔接，这"一只一只"，自然是说船儿虽小而数量却多，体现出诗人这一行动的意切情真。

第二节，写意愿。前两句：有的被天风吹卷到舟中的窗里，/有的被海浪打湿，沾在船头上。乍看似写自然环境的无情干扰，其实是表达诗人内心的痛楚。她知道，自己此去，与亲人将相隔万里，短期内是无法相聚的。然而她坚信，母女之间的亲情，是风吹浪打不能拆开，万水千山不能隔断的。因之下两句随即接写：我仍是不灰心的每天叠着，/总希望有一只能流到我要他到的地方去。

第三节，写梦境。冰心相信，她想念母亲，母亲也在想念她。她叠的小船儿，定会漂流到母亲的梦里。她只希望母亲，不要惊讶它无端入梦。因为，这是你至爱的女儿含着泪叠的，/万水千山，求他载着她的爱和悲哀归去。

读罢《纸船》，谁能不为诗人对母亲的笃情而动容呢！

（张美妮）

乡 愁

我们都是小孩子，
　　偶然在海舟上遇见了。
谈笑的资料穷了之后，
　　索然的对坐，
　　无言的各起了乡愁。

记否十五之夜，
　　满月的银光
　　　　射在无边的海上。
琴弦徐徐的拨动了，
　　生涩的不动人的调子，
天风里，
　　居然引起了无限的凄哀？

记否十七之晨，
　　浓雾塞窗，
　　　　冷寂无聊。
角儿里相挨的坐着——
不干己的悲剧之一幕，
　　曼声低诵的时候，
　　竟引起你清泪沾裳？

　"你们真是小孩子，

◎ 冰心一家在云南呈贡的旧居。

已行至此，

何如作壮语？"

我的朋友！

前途只闪烁着不定的星光，

后顾却望见了飘扬的爱帜。

为着故乡，

我们原只是小孩子！

不能作壮语，

不忍作壮语，

也不肯作壮语了！

一九二三年八月二十七日

赏析

《乡愁》以叙事型的句式开篇：

> "我们都是小孩子，
>
> 偶然在海舟上遇见了。"

海舟上偶然相遇，提供了地点、环境，"都是小孩子"，表明了抒情主人公的身份、年龄，因此有了这两个条件，"谈笑的资料穷了之后，"才出现"索然的对坐，/无言的各起了乡愁"的场面。

这场面无疑是很动人的。

请看他们是怎样回味自己旅途生活的：十五之夜弹拨琴弦，天风里引发无限凄哀，分明是乐极生悲；十七之晨浓雾塞窗，不干己的一幕悲剧，竟引起抒情主人公的"清泪沾裳"。

这时，有长者来发话了：

> "你们真是小孩子，
>
> 已行至此，
>
> 何如作壮语？"

长者阅尽人间沧桑，已知道审时度势无可无不可的道理，所以在"小孩子"悲苦的情绪中施以鼓励，希望他们能振作起来，正视面前的现实。"何如作壮语？"为什么不说些豪迈的话来鼓励呢？

不。冰心出面来回答道：我们正因为是率真的小孩子，才不顾掩饰自己的真情实感，该哭当哭，该笑当笑，既然"前途只闪烁着不定的星光"，为着故乡，我们"不能作壮语，/不忍作壮语，/也不肯作壮语了！"

这是地道的冰心式的回答，坦诚、爽快，不为自己的乡愁流露而后悔，也不去硬充成熟者作壮语，爱就是爱，愁就是愁，既然前提"我们都是小孩子"，童言无忌，童心无碍，为故乡流泪又算什么？！

《乡愁》这首小诗，说的就是

◎ 冰心与父亲，摄于1923年。

这么一个极透明的道理。诗人紧扣"乡愁"，但又偏偏在谈笑之后的背景下来加以突出，这就显示了一种独特的匠心。

值得一提的是尾段中两句排比得比较工整的诗："前途只闪烁着不定的星光，/后顾却望见了飘扬的爱帜。"这是全诗的诗眼，"飘扬的爱帜"自然是远方的母爱之旗，在茫茫海洋中给诗人以引导与召唤，使她在闪烁不定的前途星光中，看见母亲的期待的目光，这种力量敦促诗人投入生活，鼓起勇气面对现实。

（高洪波）

惆怅

当岸上灯光，

    水上星光，

无声地遥遥相照。

苍茫里，

    倚着高栏，

只听见微击船舷的波浪。

我的心

    是如何的惆怅——无着！

梦里的母亲

    来安慰病中的我，

絮絮地温人的爱语——

几次醒来，

    药杯儿自不在手里。

海风压衾，

    明灯依然，

我的心

    是如何的惆怅——无着！

循着栏杆来去，——

群中的欢笑，

　掩不过静里的悲哀！

"我在海的怀抱中了，

　母亲何处？"

天高极，

　海深极，

月清极，

　人静极，

空泛的宇宙里，

我的心

　是如何的惆怅——无着！

一九二三年八月二十五日

赏析

　　《惆怅》一诗写得层次鲜明，首段写岸上灯光与水上星光的"无声地遥遥相照"，一下子强化了别离之苦，距离感借岸与水的意象巧妙地表达出来，继而是游子倚高栏（或曰船舷）远眺的造型，借此抒发出第一层的惆怅无着。

　　随后，冰心笔触马上转入"梦里的母亲"身上，这是因为自己途中患病。人在旅途，人在病中，自然极易思念家庭和母亲，因此冰心在这一段写出了梦与现实的另一种不可逾越的距离："海风压衾，/明灯依然，"梦醒之后是冰冷的现实，一缕母爱的温馨只可向梦境中寻觅，这种苦涩的体味，怎不叫"我的心/是如何的惆怅——无着！"

　　第二层的惆怅无着，因为梦中的母爱显示出了更加浓重的忧伤。

　　至此，诗人全以静态入笔端，仿佛是"静夜思"般的自言自语，海是静的，岸是静的，明灯也是静物，在静的梦中摇曳着静的思乡情调。

　　到得第三段，冰心开始由静入动，在船上，静寂过后，人们"循着栏杆来去，——群中的欢笑"在甲板上弥漫。在欢笑声中，冰心无法掩饰静里的悲哀，母亲和故乡一寸寸远去，大海的怀抱波翻浪涌，母亲却在何处？欲哭无泪，欲叫无声，诗人只好以高天、深海、清月来衬以极静的人。闹中求静的诗人，意图排开一切外在的热闹，步入自己惆怅无着的内心深处，寻求母爱的支撑，抵达那远方的彼岸。

　　去国的游子恋母之思、别乡之苦，全在《惆怅》这首小诗中得以展现，而宇宙空泛中诗人自己飘浮无着的心灵，正是大寂寞的一种极富诗意的表达。

（高洪波）

我再也不能承受这样的温存

我从浓眠中忽然醒起。

窗外已黄昏，

西山隐约地拖出烟痕！

朦胧里我伸出臂儿，

　要牵住梦中的爱抚，

猛然惊觉……

我已是没娘的孩子，

我再也不能承受这样的温存！

屋里已黑到没有一丝光亮，

我全身消失在无际的悲凉；

我的魂灵如同迷途的小鸟，

在昏夜里随着狂风飞扬。

我泪已枯，

我肠已断，

没有一点人声入耳，

眼前是一片惨默的海洋！

这海洋惨默到无穷时候：

波面上涌出银光！

菊花的影儿在地，

月儿正照着东墙。

我挣扎着披衣站起，

茫然地开起窗门，

满月正自田野边升起，

笼罩着一个圆满的乾坤！

这样圆满的乾坤。

母亲正在天阍，

有天母温存的爱抚，

　　爱抚她病弱的灵魂！

只有我弃留在世上……

　　我泪纵枯，

　　我肠纵断，

在世上我已是没娘的孩子，

　　我再也不能承受这样的温存！

　　　　　　　　　一九三〇年十二月五日夜

賞析

　　这首诗写于1930年12月5日夜。这一年的年初，冰心的母亲因病撒手人寰、离她而去了。失去母亲的冰心，在经历了近一年的悲痛后，锻造了这首诗，来抒发内心的想念、郁闷和失落感。

　　诗首，冰心交代了时空和自己的心境。初冬之夜，自家屋中，梦里依稀慈母泪，忽而惊醒，却再也不见母亲的身影，再不能享受温暖的母爱，苦楚和悲哀一时填满了心胸，痛感到"我已是没娘的孩子，/我再也不能承受这样的温存"。

　　中间五段，抒写了诗人感情的起伏变化。先用两段道出丧母后的至哀至痛。诗人感到四围一片漆黑，"黑到没有一丝光亮"，深感孤独无依，"无际的悲凉"，哀至极端，便泪枯肠断，沉入"惨默的海洋"。诗人直抒胸臆，直写实感实情，在诗行中寄托了对慈母的无限怀念。短短几言诗，引读者顿生同情，与诗人的心弦发生共振，因为母爱是相通的，人们对于母爱的感受也多有共同之处。接下来三段，峰回路转。凭借想象的支撑，诗人从悲哀的极限中走出，见到了碧海"银光"和"圆满的乾坤"，推想母亲"病弱的灵魂"正在天国沐浴着天母的温存爱抚。诗人勾描出一幅宁静美丽的画面，占据画面中心的仍是母亲。这无疑是诗人在痛定之后，对母亲归宿的良好祝福。

　　结尾一段，又回到自身，重复着悲哀的诗句，虽含着伤痛，但似乎已经能够接受既定的事实。

　　冰心这首诗，通篇满溢一个"情"字。它带给我们的是对母亲的无尽深情。

◎ 身处逆境的冰心仍不改报效祖国的赤子之心。

　　诗人的母亲，知书识礼、慈爱温厚的大家女子，她不仅给诗人以血肉之躯，而且造就了温暖和睦的家庭气氛。诗人四岁时她便教她识字，默默牺牲，培养子女成才。失去这样一个好母亲，怎不叫诗人痛断愁肠。失去母亲的悲伤之情形成低沉的主调贯穿诗的始终，而其中，蕴含着温馨的母女亲情、顾影自怜的童稚情和女性纤细缠绵的柔情。感情是诗歌的血脉。冰心这首诗是有感而发，是激情的果实，真情的流露。尽管它的表现面比较狭窄，但蕴含十分深厚，能引起读者共鸣。它鲜明而又朦胧、具体而又宽泛地表现出母爱的伟大力量。

（赵秀琴）

别踩了这朵花

小朋友，你看，

你的脚边，

一朵小小的黄花。

我们大家

　　绕着它走，

别踩了这朵花！

去年有一天：

秋空明朗，

秋风凉爽，

它妈妈给它披上

一件绒毛的大氅，

降落伞似的，

把它带到马路边上。

冬天的雪，给它

　　盖上厚厚的棉衣，

它静静地躺卧着，

等待着春天的消息。

这一天，它觉得

　　身上湿润了，

它闻见泥土的芬芳；

它快乐地站起身来，

伸出它金黄的翅膀。

你看，它多勇敢，

就在马路边上安家；

它不怕行人的脚步，

也不怕来往的大车。

春游的小朋友们

　　多么欢欣！

春风里飘扬着新衣

　　——新裙，

你们头抬得高，

　　脚下得重，

小心在你不知不觉中，

把小黄花的生机断送；

我的心思你们也懂，

在春天无边的快乐里，

这快乐也有它的一份！

赏析

　　《别踩了这朵花》是冰心先生年近花甲时，写给小朋友们的一首优美的诗。

　　诗篇的第一节开宗明义，诗人直抒胸臆：

> 小朋友，你看，
>
> 你的脚边，
>
> 一朵小小的黄花。
>
> 我们大家
>
> 绕着它走，
>
> 别踩了这朵花！

　　诗句以朗白口语出之，短小简约；采用第二人称，犹如殷殷面谈；诗人以率直恳切的语气，向小朋友提出一个希望——一种提醒，嘱咐，乃至要求。

　　诗篇接下去以饱含情感的诗行，给我们作了动人的抒写。

　　小黄花不仅有一个懂得真正爱它的妈妈，而且更有大自然母亲的慈厚关怀，使它得以茁壮成长。同时它自己也是懂事的，它没有辜负自己的妈妈和大自然母亲的深情关爱和期望。它有不畏难险的坚强性格和蓬勃的生命力，难怪它博得了诗人的热情赞许。

这首诗的最后一节，又回到了诗人的"直抒胸臆"，是对小朋友更深一层的希望和嘱咐：

你们头抬得高，
脚下得重，
小心在你不知不觉中，
把小黄花的生机断送；

◎冰心与巴金（左）、夏衍（中）在一起散步。

我的心思你们也懂，
在春天无边的快乐里，
这快乐也有它的一份！

在这首诗里，"小黄花"其实也是一个象征物。诗人吁请小朋友们要热爱"小黄花"、保护"小黄花"，实际也是要大家热爱和保护一草一木，热爱和保护大自然，推而及之，也是要大家重视环境保护问题，使人类得以安身立命的生态自然环境不受人为的破坏。

（樊发稼）

雨 后

嫩绿的树梢闪着金光，
广场上成了一片海洋！
水里一群赤脚的孩子，
快乐得好像神仙一样。

小哥哥使劲地踩着水，
把水花儿溅起多高。
他喊："妹，小心，滑！"
说着自己就滑了一跤！

他拍拍水淋淋的泥裤子，
嘴里说："糟糕——糟糕！"
而他通红欢喜的脸上，
却发射出兴奋和骄傲。

小妹妹撅着两条短粗的小辫，
紧紧地跟在这泥裤子后面，
她咬着唇儿，
提着裙儿，
轻轻地小心地跑，
心里却希望自己
也摔这么痛快的一跤！

1959年6月23日

賞析

《雨后》是一首描写童稚举止、心态的诗，也是一支充溢着儿童情趣的欢乐的歌。

这首诗一共四小节，中心是描写一对小兄妹在雨后踩水嬉戏的情状和心理。文笔明快，语言幽默，洋溢着动人的童真与童趣。自然，如再细细咀嚼，品味，就会感到其中更深邃丰富的内涵。在这首诗中，冰心是为我们描绘了一幅新中国儿童幸福生活的欢乐图；她寓情于景，寓理于境，通过几个小小的画面，创造出一个既能捉摸，又可感知、生动欢快氛围中的艺术境界。

第一节四句，把这首诗的时间、地点、人物、场景，形象地展现在读者面前，"嫩绿的树梢闪着金光"，点出了春末夏初这一季节；"广场上成了一片海洋"，可见这广场之阔大，使人自然联想到天安门广场。诗人对天

◎冰心与老舍的夫人胡絜青。

安门广场是有着特殊的感情的，在这里爆发的"五四"运动，曾把她这个有文学才华的少女卷进文学的浪潮。在《归来以后》一文里，她曾感慨地写道："尤其是'五四'纪念地的天安门，那黯旧的门楼，荒凉的广场，曾是万千天真纯洁的爱国青年，横遭反动统治阶级血腥迫害的处所，如今是金碧交辉，明光四射，成了中国人民和世界人民团结一致争取和平的象征，成了春秋节日，伟大的人民领袖检阅壮大的人民队伍的地方了。"这样，我们就不难理会，诗人正是以"一群赤脚的孩子"雨后在这里淌水嬉戏，"快乐得好像神仙一样"的图景，去传递她对于翻天覆地后的新中国，犹如雨过天晴所感到的欢愉，对亿万儿童能幸福地生活、成长所感受到的喜悦。

　　诗的第二、三、四节，具体地描绘了众多孩子们中的一对小兄妹踩水嬉戏的动人情景。他们之所以能这样无忧无虑地玩耍，不仅在于童稚的天性，也是由于社会大环境给予了他们生活的保障。试看冰心写于二三十年代的诗歌、散文和小说，何曾出现过如此安定、欢快的图景？那时，她虽然对黑暗的社会现实不满，却未看到新兴力量的成长和祖国的光明前景，因而不时从母爱、童真和自然美中去寻找精神危机中的避风棚。她向母亲倾诉："心中的雨点来了，除了你，谁是我无遮拦天空下的荫蔽？"如今，她看到新中国的儿童在党和人民政府的关怀和爱护下，茁壮成长，"一阵阵清朗活泼的笑声，叫出了新中国的希望。"她还凭借诗的语言抒发了心中的愉悦和对孩子们的喜爱之情。

　　　　　　　　　　　　　　　　　　　　　　　（张美妮）

小白鸽捎来的信

泰戈尔爷爷到过你们的首都北京，

他说：在那里他留下了他的心。

这里也来过许多热情的中国朋友，

谈的也都是团结、友爱，与和平。

我多么想去中国看望你啊，

我知道你也想来印度看我。

但妈妈说我们还都是小孩子，

小孩子不能自己远出、旅行。

现在我请小白鸽

　　　　给你送去一串红花环，

请你也让它

　　　　给我带来一条红领巾。

虽然我们现在还不能相见握手谈心，

但这两件火红的礼物

会替我们说出我们的厚意和深情！

　　　　　　　　　　　　一九八三年二月五日

赏析

古今中外表现友谊的诗篇不计其数。友谊也是儿童诗常写常新的主题。

冰心的这首《小白鸽捎来的信》，通过具体的情节，感人的形象，表现了中印儿童真挚友好的感情。

冰心于1953年11月曾经访问过印度，次年3月发表了散文《与小朋友谈访印之行》，文章写道："印度的小朋友们，更是热情的……他们把自己捏的泥人、自己叠的纸鸟，都送给我们作为献礼。我们离开的时候，他们总在校门两旁喊着口号，排队相送，我们握手拥抱，依依不舍。"

从这段话中，我们可以了解到印度小朋友对中国人民的友好感情。我想，正因为作者有亲身感受，所以事隔三十年以后，作者仍记忆犹新，并且为这首诗选取了一个新的角度——全诗以印度小朋友的口吻，通过他们的回顾、愿望、幻想，抒发了对中国小朋友的友好之情。这个新巧的构思，使我们读起来感到新鲜、亲切。

这首儿童诗没有空泛抽象的抒情，它选取新颖的角度，通过一连串典型的生活片断和心理活动的描写，表达了中印小朋友的友谊。因为诗是写给小朋友读的，所以选取的事例都很有儿童情趣，表现了儿童天真的幻想。

诗虽然不长，但感情腾跌起伏：第一节写长辈们长期友好交往，第二节写小朋友们"想去中国"和"想来印度"而不能成行的遗憾，第三节写请小白鸽代为传送友情，一波三折，充分表现了孩子们活跃的思维和丰富的想象。

◎ 冰心与叶圣陶共赏海棠花。

　　诗的语言浅近平易，娓娓而谈，如话家常，自然、朴实、情真意切。既适宜静静默读，仔细体味，也适宜大声朗诵，收到声情并茂的艺术效果。

（金 波）

附 录

冰心作品要目

《繁星》（诗集）

商务印书馆1923年1月出版。

《超人》（散文、小说集）

商务印书馆1923丰5月出版。

《春水》（诗集）

新潮社1923年5月出版。

《寄小读者》（通讯集）

北新书局1926年5月初版。

《寄小读者》（通讯集）

北新书局1927年四版。

《春水》（诗集）

北新书局1927年出版。

《往事》（小说、散文合集）

上海开明书店1930年1月出版。

《往事》（小说、散文集）

文学周刊社1930年出版。

《南归》（散文、小说集）

北新书局1931年出版。

《先知》（译作）

[黎巴嫩]凯罗·纪伯伦散文诗集，上海新月书店1931年10月初版。

《往事》（散文、小说集）

开明书店1931年出版。

《冰心全集》之一《冰心小说集》

北新书局1932年1月初版。

《姑姑》（小说集）

北新书局1932年7月初版。

《冰心全集》之二《冰心诗集》

北新书局1932年8月初版。

《冰心全集》之三《冰心散文集》

北新书局1932年9月初版。

《南归》（散文、小说集）

北新书局1932年出版。

《最后的安息》（小说集）

商务印书馆1932年出版。

《超人》（散文、小说集）

商务印书馆1932年再版。

《先知》（译作）

凯罗·纪伯伦散文诗集，商务印书馆1932年出版。

《闲情》（诗、散文合集）

北新书局1932年12月出版。

《去国》（小说集）

北新书局1933年出版。

《平绥沿线旅行纪》

平绥铁路管理局1935年2月出版。

《冬儿姑娘》（小说集）

北新书局1935年5月出版。

《冰心游记》

北新书局1935年出版。

《冰心著作集》之一《冰心小说集》

开明书店1942年出版。

《冰心著作集》之二《冰心散文集》

开明书店1943年7月出版。

《冰心著作集》之三《冰心诗集》

开明书店1943年9月出版。

《关于女人》（小说集）

重庆天地出版社1943年9月初版。

《寄小读者》（通讯集）

开明书店1945年出版。

《往事》

开明书店1945年再版。

《关于女人》（小说集）

开明书店1945年11月出版。

《冰心小说选》

开明书店1947年出版。

《冰心选集》

上海中央书局1949年出版。

《如何鉴赏中国文学》（演讲集）

东京大日本雄辩会讲谈社1949年9月出版。

《冰心小说散文选集》

人民文学出版社1954年9月出版。

《印度童话集》（译作）

中国青年出版社1955年1月出版。

《印度民间故事》（译作）

少年儿童出版社1955年出版。

《吉檀迦利》（译作）

印度泰戈尔著，人民文学出版社1955年4月出版。

《园丁集》（译作）

印度泰戈尔著，人民文学出版社1955年出版。

《石榴女王》（译作）

印度安纳德著，少年儿童出版社1955年8月出版。

《我爱劳动了》（小说集）

与人合集，中国少年儿童出版社1956年出版。

《陶奇的暑期日记》（中篇小说）

少年儿童出版社1956年5月出版。

《还乡杂记》（散文集）

少年儿童出版社1957年4月出版。

《先知》（译作）

凯罗·纪伯伦著，人民文学出版社1957年4月出版。

《小橘灯》（北京文艺丛书）

人民出版社1957年6月出版。

《归来以后》（散文集）

作家出版社1958年4月出版。

《泰戈尔选集·诗集》（译作）

与石真合译，人民文学出版社1958年5月出版。

《泰戈尔剧作集》（其中"齐德拉"、"暗室之王"）（译作）

中国戏剧出版社1959年8月出版。

《我们把春天吵醒了》（散文集）

百花文艺出版社1960年1月出版。

《小橘灯》（小说、诗、散文合集）

作家出版社1960年4月出版。

《樱花赞》（散文集）

百花文艺出版社1962年11月出版。

《1959—1961儿童文学选》（负责编选）

人民文学出版社1963年10月出版。

《拾穗小札》（散文集）

作家出版社1964年3月出版。

《马亨德拉诗抄》（译作）

与孙用合译，作家出版社1965年5月出版。

《小橘灯》（修订新版）

人民文学出版社1978年7月出版。

《冰心选集》（小说、诗、散文）

人民文学出版社1979年3月出版。

《1949—1979儿童文学剧本选》

与熊塞声合作主编，人民文学出版社1979年11月出版。

《泰戈尔诗选》（译作）

人民文学出版社1980年9月再版。

《晚晴集》（散文、小说合集）

百花文艺出版社1980年9月出版。

《冰心儿童散文选》

吉林人民出版社1980年6月出版。

《三寄小读者》（通讯集）

少年儿童出版社1981年7月出版。

《燃灯者》（译作）

马耳他安东·布蒂吉格著，人民文学出版社1981年8月出版。

《泰戈尔小说选》（译作）

与黄雨石合译，贵州人民出版社1981年9月出版。

《记事珠》

人民文学出版社1982年1月出版。

《石榴女王》（译作）

少年儿童出版社1982年2月再版。

《先知》（译作）

凯罗·纪伯伦著，湖南人民出版社1982年7月出版。

《冰心作品选》

中国少年儿童出版社1982年10月出版。

《冰心论创作》

吴重阳、萧汉栋、鲍秀芬编，上海文艺出版社1982年10月出版。

《冰心文集》第一卷（小说卷）

上海文艺出版社1982年11月出版。

《冰心选集（三卷本）》第一卷（短篇小说）

四川人民出版社1983年3月出版。

《冰心散文选》

人民文学出版社1983年3月出版。

《吉檀迦利》（译作）

泰戈尔著，湖北人民出版社1983年4月出版。

《我的故乡》

福建人民出版社1983年5月出版。

《冰心文集》第二卷（诗歌卷）

上海文艺出版社1983年5月出版。

《冰心选集（三卷本）》第二卷（散文）

四川人民出版社1984年8月出版。

《冰心选集（三卷本）》第三卷（诗）

四川人民出版社1984年8月出版。

《冰心文集》第三卷（散文卷）

上海文艺出版社1984年10月出版。

《吉檀迦利　园丁集》（译作）

泰戈尔著，湖南人民出版社1984年出版。

《冰心》（中国现代作家选集）

卓如编，人民文学出版社1985年1月出版。

《默庐试笔》

范伯群编，百花文艺出版社1985年5月出版。

《冰心代表作》（中国现当代著名作家文库）

刘家鸣编，黄河文艺出版社1986年9月出版。

《冰心著译选集》上、中、下册

卓如选编，海峡文艺出版社1986年11月出版。

《冰心作品集》（中外儿童文学名著评介丛书）

严文井主编，明天出版社1986年12月出版。

《先知》（译作）

凯罗·纪伯伦著，人民文学出版社1987年5月出版。

《榕树》（与人合译）

泰戈尔著，人民文学出版社1987年5月出版。

《友情》（与人合译）

泰戈尔等著，人民文学出版社1987年7月出版。

《关于男人》（散文集）

人民文学出版社1988年2月出版。

《闲情》

花城出版社1988年2月出版。

《回忆录》（译作）

与金克木合译，泰戈尔著，人民文学出版社1988年4月出版。

《冰心和儿童文学》

卓如编，少年儿童出版社1990年9月出版。

《冰心近作选》

舒乙、周明明编，作家出版社1991年4月出版。

《冰心散文选集》

林呐、徐柏容、郑法清主编，百花文艺出版社1992年2月出版。

《九旬文选》

舒乙编，香港勤＋缘出版社1992年6月初版，1992年10月再版。

《冰心选集》（小说卷、散文卷、诗歌卷、翻译卷、文学理论卷、儿童文学卷）

李保初、李嘉言编，河北教育出版社1992年7月出版。

（浦漫汀　陶　力整理）